中国古典文学
读本丛书典藏

宋词三百首笺注

唐圭璋 笺注

人民文学出版社

图书在版编目(CIP)数据

宋词三百首笺注/唐圭璋笺注. —北京：人民文学出版社,2016（2025.3重印）
（中国古典文学读本丛书典藏）
ISBN 978-7-02-011708-6

Ⅰ.①宋… Ⅱ.①唐… Ⅲ.①宋词—注释 Ⅳ.①I222.844

中国版本图书馆 CIP 数据核字（2016）第 121850 号

责任编辑　胡文骏
装帧设计　陶　雷
责任印制　王重艺

出版发行　人民文学出版社
社　　址　北京市朝内大街 166 号
邮政编码　100705

印　　刷　三河市鑫金马印装有限公司
经　　销　全国新华书店等

字　　数　287 千字
开　　本　880 毫米×1230 毫米　1/32
印　　张　12.875　插页 3
印　　数　24001—26000
版　　次　2005 年 8 月北京第 1 版
印　　次　2025 年 3 月第 8 次印刷

书　　号　978-7-02-011708-6
定　　价　43.00 元

如有印装质量问题，请与本社图书销售中心调换。电话：01065233595

目　录

自　序　1
原　序　况周颐　1
笺　序　吴梅　1

宴山亭　徽宗皇帝　1
木兰花　钱惟演　3
苏幕遮　范仲淹　5
御街行　范仲淹　6
千秋岁　张　先　10
菩萨蛮　张　先　10
醉垂鞭　张　先　11
一丛花　张　先　11
天仙子　张　先　12
青门引　张　先　15
浣溪沙　晏　殊　16
浣溪沙　晏　殊　17
清平乐　晏　殊　18
清平乐　晏　殊　18
木兰花　晏　殊　19
木兰花　晏　殊　19
木兰花　晏　殊　20

踏莎行　晏　殊　21
踏莎行　晏　殊　21
蝶恋花　晏　殊　22
凤箫吟　韩　缜　24
木兰花　宋　祁　26
采桑子　欧阳修　29
诉衷情　欧阳修　29
踏莎行　欧阳修　30
蝶恋花　欧阳修　31
蝶恋花　欧阳修　33
蝶恋花　欧阳修　34
木兰花　欧阳修　34
浪淘沙　欧阳修　35
青玉案　欧阳修　36
曲玉管　柳　永　40
雨霖铃　柳　永　41
蝶恋花　柳　永　42
采莲令　柳　永　43
浪淘沙慢　柳　永　43
定风波　柳　永　44
少年游　柳　永　45
戚　氏　柳　永　46
夜半乐　柳　永　47
玉胡蝶　柳　永　48
八声甘州　柳　永　48
迷神引　柳　永　49

竹马子　柳　永　50
桂枝香　王安石　51
千秋岁引　王安石　52
清平乐　王安国　54
临江仙　晏几道　56
蝶恋花　晏几道　57
蝶恋花　晏几道　58
鹧鸪天　晏几道　58
生查子　晏几道　59
木兰花　晏几道　60
木兰花　晏几道　60
清平乐　晏几道　61
阮郎归　晏几道　61
阮郎归　晏几道　62
六么令　晏几道　63
御街行　晏几道　63
虞美人　晏几道　64
留春令　晏几道　64
思远人　晏几道　65
水调歌头　苏　轼　69
水龙吟　苏　轼　72
永遇乐　苏　轼　75
洞仙歌　苏　轼　76
卜算子　苏　轼　79
青玉案　苏　轼　82
临江仙　苏　轼　83

定风波	苏　轼	84
江城子	苏　轼	85
贺新郎	苏　轼	86
望海潮	秦　观	91
八六子	秦　观	92
满庭芳	秦　观	93
满庭芳	秦　观	96
减字木兰花	秦　观	97
浣溪沙	秦　观	98
阮郎归	秦　观	98
绿头鸭	晁元礼	100
蝶恋花	赵令畤	101
蝶恋花	赵令畤	102
清平乐	赵令畤	103
水龙吟	晁补之	104
忆少年	晁补之	105
洞仙歌	晁补之	106
临江仙	晁冲之	108
虞美人	舒　亶	109
渔家傲	朱　服	110
惜分飞	毛　滂	112
菩萨蛮	陈　克	114
菩萨蛮	陈　克	115
洞仙歌	李元膺	116
青门饮	时　彦	118
谢池春	李之仪	119

卜算子	李之仪	120
瑞龙吟	周邦彦	124
风流子	周邦彦	126
兰陵王	周邦彦	127
琐窗寒	周邦彦	130
六　丑	周邦彦	131
夜飞鹊	周邦彦	133
满庭芳	周邦彦	135
过秦楼	周邦彦	137
花　犯	周邦彦	138
大　酺	周邦彦	140
解语花	周邦彦	142
蝶恋花	周邦彦	144
解连环	周邦彦	145
拜星月慢	周邦彦	145
关河令	周邦彦	147
绮寮怨	周邦彦	147
尉迟杯	周邦彦	148
西　河	周邦彦	149
瑞鹤仙	周邦彦	150
浪淘沙慢	周邦彦	152
应天长	周邦彦	153
夜游宫	周邦彦	155
青玉案	贺　铸	157
感皇恩	贺　铸	159
薄　幸	贺　铸	159

浣溪沙	贺　铸	160
浣溪沙	贺　铸	161
石州慢	贺　铸	161
蝶恋花	贺　铸	163
天门谣	贺　铸	163
天　香	贺　铸	164
望湘人	贺　铸	164
绿头鸭	贺　铸	166
石州慢	张元幹	167
兰陵王	张元幹	168
贺新郎	叶梦得	170
虞美人	叶梦得	172
点绛唇	汪　藻	173
喜迁莺	刘一止	175
高阳台	韩　疁	176
汉宫春	李　邴	178
临江仙	陈与义	180
临江仙	陈与义	181
苏武慢	蔡　伸	183
柳梢青	蔡　伸	184
鹧鸪天	周紫芝	185
踏莎行	周紫芝	186
帝台春	李　甲	187
忆王孙	李　甲	188
三　台	万俟咏	189
二郎神	徐　伸	191

江神子慢　田　为　194

蓦山溪　曹　组　195

贺新郎　李　玉　197

烛影摇红　廖世美　199

薄　幸　吕滨老　201

南　浦　鲁逸仲　202

满江红　岳　飞　204

烛影摇红　张　抡　206

水龙吟　程　垓　208

六州歌头　张孝祥　210

念奴娇　张孝祥　212

六州歌头　韩元吉　214

好事近　韩元吉　215

瑞鹤仙　袁去华　216

剑器近　袁去华　216

安公子　袁去华　217

瑞鹤仙　陆　淞　218

卜算子　陆　游　221

水龙吟　陈　亮　222

忆秦娥　范成大　224

眼儿媚　范成大　225

霜天晓角　范成大　226

贺新郎　辛弃疾　230

念奴娇　辛弃疾　232

汉宫春　辛弃疾　233

贺新郎　辛弃疾　234

7

水龙吟　辛弃疾　235
摸鱼儿　辛弃疾　237
永遇乐　辛弃疾　239
木兰花慢　辛弃疾　241
祝英台近　辛弃疾　242
青玉案　辛弃疾　243
鹧鸪天　辛弃疾　244
菩萨蛮　辛弃疾　245
点绛唇　姜　夔　250
鹧鸪天　姜　夔　251
踏莎行　姜　夔　252
庆宫春　姜　夔　252
齐天乐　姜　夔　254
琵琶仙　姜　夔　256
八　归　姜　夔　258
念奴娇　姜　夔　259
扬州慢　姜　夔　260
长亭怨慢　姜　夔　262
淡黄柳　姜　夔　263
暗　香　姜　夔　264
疏　影　姜　夔　267
翠楼吟　姜　夔　270
杏花天　姜　夔　271
一萼红　姜　夔　272
霓裳中序第一　姜　夔　273
小重山　章良能　275

唐多令	刘　过	276
木兰花	严　仁	278
风入松	俞国宝	279
满庭芳	张　镃	281
宴山亭	张　镃	282
绮罗香	史达祖	285
双双燕	史达祖	286
东风第一枝	史达祖	288
喜迁莺	史达祖	289
三姝媚	史达祖	290
秋　霁	史达祖	290
夜合花	史达祖	291
玉胡蝶	史达祖	291
八　归	史达祖	292
生查子	刘克庄	294
贺新郎	刘克庄	295
贺新郎	刘克庄	296
木兰花	刘克庄	297
江城子	卢祖皋	299
宴清都	卢祖皋	300
南乡子	潘　牥	301
瑞鹤仙	陆　叡	303
渡江云	吴文英	306
夜合花	吴文英	307
霜叶飞	吴文英	308
宴清都	吴文英	309

齐天乐　　吴文英　310
花　犯　　吴文英　312
浣溪沙　　吴文英　313
浣溪沙　　吴文英　314
点绛唇　　吴文英　315
祝英台近　吴文英　315
祝英台近　吴文英　316
澡兰香　　吴文英　317
风入松　　吴文英　319
莺啼序　　吴文英　320
惜黄花慢　吴文英　322
高阳台　　吴文英　323
高阳台　　吴文英　324
三姝媚　　吴文英　326
八声甘州　吴文英　327
踏莎行　　吴文英　328
瑞鹤仙　　吴文英　329
鹧鸪天　　吴文英　330
夜游宫　　吴文英　331
贺新郎　　吴文英　332
唐多令　　吴文英　333
湘春夜月　黄孝迈　335
大　有　　潘希白　337
青玉案　　黄公绍　339
摸鱼儿　　朱嗣发　341
兰陵王　　刘辰翁　342

宝鼎现　刘辰翁　343

永遇乐　刘辰翁　345

摸鱼儿　刘辰翁　346

高阳台　周　密　348

瑶　华　周　密　348

玉京秋　周　密　350

曲游春　周　密　351

花　犯　周　密　353

瑞鹤仙　蒋　捷　354

贺新郎　蒋　捷　356

女冠子　蒋　捷　357

高阳台　张　炎　361

渡江云　张　炎　362

八声甘州　张　炎　363

解连环　张　炎　364

疏　影　张　炎　365

月下笛　张　炎　366

天　香　王沂孙　369

眉　妩　王沂孙　371

齐天乐　王沂孙　372

长亭怨慢　王沂孙　373

高阳台　王沂孙　374

法曲献仙音　王沂孙　375

疏　影　彭元逊　377

六　丑　彭元逊　378

紫萸香慢　姚云文　379

金明池　僧　挥　380

凤凰台上忆吹箫　李清照　384

醉花阴　李清照　385

声声慢　李清照　386

念奴娇　李清照　389

永遇乐　李清照　390

自　序

　　清嘉庆间，张惠言校录《词选》，所选宋词只六十八首，且不录柳永及吴文英两家。是其所选，诚不免既狭且偏。彊村先生兹选，量既较多，而内容主旨以浑成为归，亦较精辟。大抵宋词专家及其代表作品俱已入录，即次要作家如时彦、周紫芝、韩元吉、袁去华、黄孝迈等所制浑成之作，亦广泛采及，不弃遗珠。至目次，首录帝王，末录女流，乃当时沿袭旧书编选体例，今亦不复改易。惟书中李重元《忆王孙》一首误作李甲，无名氏《青玉案》一首误作黄公绍，皆确系偶然失考，则于其词下注明，以免一误再误。忆予昔为是书作笺，但侧重评语一面，以后随时增加注解，视原笺差富。今特汇刊一处，以供读者参研。惟是原选取舍，间有不当；评语中亦不免有穿凿附会之处，还望读者批判抉择，勿为所囿云。一九五七年十二月，唐圭璋。

原　序

　　词学极盛于两宋,读宋人词当于体格、神致间求之,而体格尤重于神致。以浑成之一境为学人必赴之程境,更有进于浑成者,要非可躐而至,此关系学力者也。神致由性灵出,即体格之至美,积发而为清晖芳气而不可掩者也。近世以小慧侧艳为词,致斯道为之不尊;往往涂抹半生,未窥宋贤门径,何论堂奥!未闻有人焉,以神明与古会,而抉择其至精,为来学周行之示也。彊村先生尝选《宋词三百首》,为小阮逸馨诵习之资;大要求之体格、神致,以浑成为主旨。夫浑成未遽诣极也,能循涂守辙于三百首之中,必能取精用闳于三百首之外,益神明变化于词外求之,则夫体格、神致间尤有无形之吻合,自然之妙造,即更进于浑成,要亦未为止境。夫无止境之学,可不有以端其始基乎?则彊村兹选,倚声者宜人置一编矣。中元甲子燕九日,临桂况周颐。

笺　序

　　圭璋既汇校纳兰容若词竟,又取《宋词三百首》为之笺释。《宋词三百首》者,彊村先生朱古微所辑也。先生得半塘翁词学,平生所诣,接步梦窗,所作《彊村语业》,海内奉为圭臬。此三百首者为学者端趋向,蕙风序中所谓"抉择其至精,为来学周行之示也"。圭璋据厉、查二家笺《绝妙好词》例,疏通而畅明之,晨夕钞录,多历年所,引书至二百馀种,都若干万言,可云勤矣。籀讽再四,有数善焉:卷中所录半负盛名,顾如时彦名闻不著,圭璋爬梳遗逸,字里爵秩,粲然具备,其善一也。采录诸词,脍炙万口,诸家评骘,有如散沙。圭璋博收广采,萃于一编,遗事珍闻,足资谭屑,其善二也。彊村所尚在周、吴二家,故清真录二十二首,君特录二十五首,其义可思也。圭璋汇列宋以后各家之说,而于近人中如亦峰、夔笙、孺博、任公、壬秋、伯弢、静安、述叔诸子之言,亦捃摭集录,较他家尤备,力破邦彦疏隽少检、梦窗七宝楼台之谰言,其善三也。《四库提要》论《绝妙好词笺》,以为多泛滥旁涉,不尽切于本事,未免有嗜博之弊。今圭璋所作,博涉群籍又过于厉、查二家,盖为后学辨泾、渭,示门户,反复详审,固不厌其词之多也。昔郑氏笺《诗》,既据《毛诗》以诠释义理,勒成一书;复取三百篇时序先后,别为《诗谱》,汉儒详实,有如是者。圭璋此书既名曰笺,固当取法乎前修,此正深得康成之教焉。辛未七夕,吴梅。

徽宗皇帝

帝名佶,神宗第十一子。建元建中靖国、崇宁、大观、政和、重和、宣和。在位二十五年,内禅皇太子,尊帝为教主道君皇帝。靖康二年北狩,绍兴五年崩于五国城(今吉林宁安县附近),庙号徽宗。平生于诗文书画之外,尤工长短句,近《彊村丛书》辑有《徽宗词》一卷。

宴山亭

北行见杏花

裁剪冰绡[1],轻叠数重,淡著燕脂匀注。新样靓妆[2],艳溢香融,羞杀蕊珠[3]宫女。易得凋零,更多少、无情风雨。愁苦,问院落凄凉,几番春暮? 凭寄离恨重重,者[4]双燕何曾,会人言语?天遥地远,万水千山,知他故宫何处?怎不思量?除梦里有时曾去。无据,和梦也新来不做。

【注解】

〔1〕冰绡:绡似缣而疏者。冰绡,洁白之缣。王勃《七夕赋》:"引鸳杼兮割冰绡。"

〔2〕靓(liàng 亮)妆:粉黛妆饰。司马相如《上林赋》:"靓妆刻饰。"

〔3〕蕊珠:道家谓天上宫阙。《十洲记》:"玉晨大道君治蕊珠贝阙。"

〔4〕者:同"这"。

【评笺】

宋无名氏云:"天遥地阔","和梦也有时不做"。真似李主"别时容易见时难"声调也。后显仁归銮,云此为绝笔。(《朝野遗记》)

杨慎云:徽宗此词北狩时作也,词极凄惋,亦可怜矣。(《词品》)

沈际飞云:猿鸣三声,征马踟蹰,寒鸟不飞。(《草堂诗馀正集》)

贺裳云:南唐主《浪淘沙》曰:"梦里不知身是客,一晌贪欢。"至宣和帝《燕山亭》则曰:"无据,和梦也有时不做。"其情更惨矣。呜呼,此犹《麦秀》之后有《黍离》耶!(《皱水轩词筌》)

万树云:作"天遥地远",误也。宜作"天远地遥"乃合。此即同前段之"新样靓妆"句。(《词律》)

徐釚云:哀情哽咽,髣髴南唐李主,令人不忍多听。(《词苑丛谈》)

梁启超云:昔人言宋徽宗为李后主后身,此词感均顽艳,亦不减"帘外雨潺潺"诸作。(《艺蘅馆词选》)

王国维云:尼采谓一切文学,余爱以血书者。后主之词,真所谓以血书者也;宋道君皇帝《燕山亭》词略似之。(《人间词话》)

钱惟演

惟演,字希圣,吴越忠懿王俶之子。少补牙门将,归宋累迁翰林学士枢密使,罢为镇国军节度观察留后,改保大军节度使,知河阳。入朝加同中书门下平章事,坐事落职,为崇信军节度,归镇卒。谥曰思,改谥文僖。

木兰花

城上风光莺语乱,城下烟波春拍岸。绿杨芳草几时休?泪眼愁肠先已断。　　情怀渐觉成衰晚,鸾镜[1]朱颜惊暗换。昔年多病厌芳尊,今日芳尊惟恐浅。

【注解】
〔1〕鸾镜:晋罽宾王获一鸾鸟,不鸣,后悬镜映之乃鸣,事见《艺文类聚》引范泰《鸾鸟诗序》。后世因称镜为鸾镜。

【评笺】
《侍儿小名录》云:钱思公谪汉东日,撰《玉楼春》词,酒阑歌之,必为泣下。后阁有白发歌妓,乃旧日邓王舞鬟惊鸿也,言:"先王将薨,预戒挽铎中歌《木兰花》引绋为送,今相公其将危乎?"果薨于随

州。(《苕溪渔隐丛话》引)

黄昇云:此公暮年之作,词极凄惋。(《花庵词选》)

李攀龙云:妙处俱在末结语传神。(《草堂诗馀隽》)

杨慎云:不如宋子京"为君持酒劝斜阳,且向花间留晚照"更委婉。(《词品》)

沈际飞云:芳樽恐浅,正断肠处,情尤真笃。(《草堂诗馀正集》)

张宗橚云:按宋人《木兰花》词即《玉楼春》词,邓王旧曲有"帝乡烟雨锁春愁,故国山川空泪眼"之句。(《词林纪事》)

范仲淹

仲淹,字希文。其先邠人,后徙吴县。大中祥符八年进士。仕至枢密副使参知政事,以资政殿学士为陕西四路宣抚使。知邠州,徙邓州、荆南、杭州、青州。卒赠兵部尚书楚国公,谥文正。近《彊村丛书》辑有《范文正公诗馀》一卷。

苏幕遮

碧云天,黄叶地,秋色连波,波上寒烟翠。山映斜阳天接水,芳草无情,更在斜阳外。　　黯[1]乡魂,追旅思[2],夜夜除非,好梦留人睡。明月楼高休独倚,酒入愁肠,化作相思泪。

【注解】
〔1〕黯:黯然失色。
〔2〕旅思:思读 sì,旅思即旅意。

【评笺】
《词苑》云:范文正公《苏幕遮》"碧云天"云云,公之正气塞天地,而情语入妙至此。(《历代诗馀》引)

邹祇谟云:范希文《苏幕遮》一调,前段多入丽语,后段纯写柔情,遂成绝唱。"将军白发征夫泪",亦复苍凉悲壮,慷慨生哀。永叔欲以"玉阶遥献南山寿"敌之,终觉让一头地。穷塞主故是雅言,非实录也。(《远志斋词衷》)

沈际飞云:"芳草更在斜阳外","行人更在春山外"两句,不厌百回读。又云:人但言睡不得尔,"除非好梦",反言愈切。又云:"欲解愁肠还是酒,奈酒至愁还又",似此注脚。(《草堂诗馀正集》)

许昂霄云:铁石心肠人亦作此消魂语。(《词综偶评》)

张惠言云:此去国之情。(张惠言《词选》)

谭献云:大笔振迅。(《谭评词辨》)

王闿运云:外字,嘲者以为江西腔,今江西人支、佳却分,且范是吴人,吴亦分寘、泰也,正是宋朝京语耳。(《湘绮楼词选》)

继昌云:希文,宋一代名臣,词笔婉丽乃尔,比之宋广平赋梅花,才人何所不可,不似世之头巾气重,无与风雅也。(《左庵词话》)

黄蓼园云:按文正一生并非怀土之士,所为乡魂旅思以及愁肠思泪等语,似沾沾作儿女想,何也?观前阕可以想其寄托。开首四句,不过借秋色苍茫以隐抒其忧国之意;"山映斜阳"三句,隐隐见世道不甚清明,而小人更为得意之象;芳草喻小人,唐人已多用之也。第二阕因心之忧愁,不自聊赖,始动其乡魂旅思,而梦不安枕,酒皆化泪矣。其实忧愁非为思家也。文正当宋仁宗之时,扬历中外,身肩一国之安危,虽其时不无小人,究系隆盛之日,而文正乃忧愁若此,此其所以先天下之忧而忧矣。(《蓼园词选》)

御街行

纷纷坠叶飘香砌[1],夜寂静,寒声碎。真珠帘卷玉楼空,天淡银河垂地。年年今夜，月华如练[2]，长是人千里。　愁肠已断无由醉，酒未到，先成泪，残灯明灭枕头欹[3]，谙[4]尽孤眠滋味。都来此事，眉间心上，无计相回避。

【注解】

〔1〕香砌(qì气)：香砌即香阶。

〔2〕练：素绢。

〔3〕欹(qī七)：倾斜。

〔4〕谙(ān安)：熟习。

【评笺】

徐釚云：范文正公、司马温公、韩魏公皆一时名德望重，范《御街行》、韩《点绛唇》、温公《西江月》，人非太上，未免有情，当不以此颣其白璧也。（《词苑丛谈》）

王士禛云：俞仲茅小词云："轮到相思没处辞，眉间露一丝。"视易安"才下眉头，却上心头"，可谓此儿善盗。然易安亦从希文"都来此事，眉间心上，无计相回避"语脱胎，李特工耳。又云："堂上簸钱堂下走"，小人以巘欧阳；"有情争似无情"，忌者以诬司马；至"谙尽孤眠滋味"及"落花流水别离多"，范、赵二钜公作如许语，又非但广平梅花之比矣。（《花草蒙拾》）

杨慎云：范文正公、韩魏公勋德望重，而范有《御街行》词，韩有《点绛唇》词，皆极情致。予友朱良规尝云："天之风月，地之花柳，人之歌舞，无此不成三才。"虽戏语，亦有理也。（《词品》）

李攀龙云：月光如昼，泪深于酒，情景两到。（《草堂诗馀隽》）

沈际飞云："天淡"句空灵。（《草堂诗馀正集》）

王世贞云:范希文"都来此事,眉间心上,无计相回避",类易安而少逊之;其"天淡银河垂地"语却自佳。(《艺苑卮言》)

陈廷焯云:淋漓沉著,《西厢》长亭袭之,骨力远逊,且少味外味,此北宋所以为高。小山、永叔后,此调不复弹。(《白雨斋词话》)

沈谦云:范希文"珍珠帘卷玉楼空,天淡银河垂地。"及"芳草无情,又在斜阳外。"虽是赋景,情已跃然。(《填词杂说》)

王闿运云:是壮语不嫌不入律,"都来"即"算来"也,因此处宜平,故用"都"字,究嫌不醒。(《湘绮楼词选》)

张　先

先,字子野,湖州人。天圣八年进士。尝知吴江县,仕至都官郎中。有《子野词》一卷,见粟香室覆刻《名家词》刊本;又二卷,补遗二卷,见《知不足斋丛书》本及《彊村丛书》本。

叶梦得云:子野能为诗及乐府,至老不衰。居钱塘,苏子瞻作倅时,年已八十馀,视听不衰,家犹蓄声伎。(《石林诗话》)

《四库全书提要》云:仁宗时有两张先,皆字子野。其一博州人,枢密副使张逊之孙,天圣三年进士,官至知亳州,卒于宝元二年,欧阳修为作墓志者是也。其一乌程人,天圣八年进士,官至都官郎中,即作此集者是也。《道山清话》竟以博州张先为此张先,误之甚矣。(《子野词提要》)

李之仪云:子野韵不足而情有馀。(《姑溪题跋》)

晁补之云:子野与耆卿齐名,而时以子野不及耆卿,然子野韵高,是耆卿所乏处。(《诗人玉屑》引)

苏轼云:子野诗笔老,歌词妙乃其馀事。(《子野词跋》)

周济云:子野清出处、生脆处,味极隽永,只是偏才,无大起落。(《宋四家词选序论》)

陈廷焯云:张子野词,古今一大转移也:前此则为晏、欧,为温、韦,体段虽具,声色未开;后此则为秦、柳,为苏、辛,为美成、白石,发扬蹈厉,气局一新,而古意渐失。子野适得其中,有含蓄处,亦有发越处,但含蓄不似温、韦,发越亦不似豪苏、腻柳。规模虽隘,气格却近古。自子

野后一千年来,温、韦之风不作矣。益令我思子野不置。(《白雨斋词话》)

千秋岁

数声鶗鴂[1],又报芳菲歇。惜春更选残红折,雨轻风色暴,梅子青时节。永丰柳[2],无人尽日花飞雪。　　莫把幺弦[3]拨,怨极弦能说。天不老,情难绝,心似双丝网,中有千千结。夜过也,东窗未白孤灯灭。

【注解】
〔1〕鶗鴂:鸟名,《离骚》:"恐鶗鴂之先鸣兮,使夫百草为之不芳。"
〔2〕永丰柳:白居易诗:"永丰西角荒园里,尽日无人属阿谁。"
〔3〕幺弦:孤弦。

菩萨蛮

哀筝一弄《湘江曲》,声声写尽湘波绿。纤指十三弦[1],细将幽恨传。　　当筵秋水[2]慢,玉柱斜飞雁[3]。弹到断肠时,春山眉黛低。

【注解】
〔1〕十三弦:筝十三弦,十二拟十二月,其一拟闰。

〔2〕秋水:眼如秋水,白居易《咏筝》诗:"双眸剪秋水,十指剥春葱。"

〔3〕玉柱斜飞雁:筝柱斜列如雁飞。

【评笺】

沈际飞云:断肠二句俊极,与"一一春莺语"比美。(《草堂诗馀正集》)

黄蓼园云:写筝耶?寄托耶?意致却极凄惋。末句意浓而韵远,妙在能蕴藉。(《蓼园词选》)

醉垂鞭

双蝶绣罗裙,东池宴初相见。朱粉不深匀,闲花淡淡春。　　细看诸处好,人人道柳腰身。昨日乱山昏,来时衣上云。

【评笺】

周济云:横绝。(《宋四家词选》)

一丛花

伤高怀远几时穷?无物似情浓。离愁正引千丝乱,更东陌,飞絮濛濛。嘶骑[1]渐遥,征尘不断,何处认郎踪?　　双鸳池沼水溶溶,南北小桡[2]通。梯横画阁黄昏后,又还是斜月帘栊。沉恨细思,不如桃杏,犹解嫁东风。

【注解】
〔1〕骑(jì记):名词。
〔2〕栊(ráo饶):楫也。

【评笺】
杨湜云:张先,字子野。尝与一尼私约,其老尼性严,每卧于池岛中一小阁,俟夜深人静,其尼潜下梯,俾子野登阁相遇。临别,子野不胜倦倦,作《一丛花》词以道其怀。(《绿窗新话》引《古今词话》)

范公偶云:子野郎中《一丛花》词云:"沉恨细思,不如桃杏,犹解嫁东风。"一时盛传,永叔尤爱之,恨未识其人。子野家南地,以故至都谒永叔,阍者以通,永叔倒屣迎之,曰:"此乃'桃杏嫁东风'郎中。"东坡守杭,子野尚在,尝预宴席,盖年八十余矣。(《过庭录》)

贺裳云:唐李益诗曰:"嫁得瞿唐贾,朝朝误妾期;早知潮有信,嫁与弄潮儿。"子野《一丛花》末句云:"沉恨细思,不如桃杏,犹解嫁东风。"此皆无理而妙,吾亦不敢定为所见略同,然较之"寒鸦数点",则略无痕迹矣。(《皱水轩词筌》)

天仙子

时为嘉禾小倅〔1〕以病眠不赴府会

"水调"〔2〕数声持酒听,午醉醒来愁未醒。送春春去几时回?

临晚镜,伤流景[3],往事后期空记省。　　沙上并禽池上暝,云破月来花弄影[4]。重重帘幕密遮灯,风不定,人初静,明日落红应满径。

【注解】

〔1〕嘉禾小倅:张先为嘉禾(今嘉兴)判官时,在仁宗庆历元年,年五十二岁。

〔2〕"水调":曲调名,《隋唐嘉话》:"炀帝凿汴河,自制'水调歌'。"

〔3〕流景:流年,杜牧诗:"自伤临晚镜,谁与惜流年。"

〔4〕云破月来花弄影:张先得句于此,并自建花月亭。《后山诗话》:"尚书郎张先善著词,有云:'云破月来花弄影'、'帘压卷花影'、'堕飞絮无影',世称诵之,谓之'张三影'。"

【评笺】

《邈斋闲览》云:张子野郎中以乐章擅名一时,宋子京尚书奇其才,先往见之。遣将命者谓曰:"尚书欲见'云破月来花弄影'郎中。"子野屏后呼曰:"得非'红杏枝头春意闹'尚书耶?"遂出置酒尽欢,盖二人所举,皆其警策也。(《苕溪渔隐丛话》引)

《古今诗话》云:子野尝作《天仙子》词云:"云破月来花弄影",士大夫多称之。张初谒见欧公,迎谓曰:"好'云破月来花弄影'",恨相见之晚也。二说未知孰是?(《苕溪渔隐丛话》引)

《高斋诗话》云:子野尝有诗云:"浮萍断处见山影",又长短句云:"云破月来花弄影",又云:"隔墙送过秋千影",并脍炙人口,世谓"张三影"。(《苕溪渔隐丛话》引)

陈师道引荆公语云:尚书郎张先善著词,有云:"云破月来花弄

影",不如李冠"朦胧淡月云来去"也。(《后山诗话》)

《古今诗话》云:有客谓子野曰:"人皆谓公'张三中',即心中事、眼中泪、意中人也。"公曰:"何不目之为'张三影'?"客不晓,公曰:"'云破月来花弄影';'娇柔懒起,帘压卷花影';'柳径无人,堕飞絮无影'。此余平生所得意也。"细味三说,当以《后山》、《古今》二诗话所载"三影"为胜。(《苕溪渔隐丛话》引)

吴幵云:张子野长短句"云破月来花弄影",往往以为古今绝唱,然予读古乐府唐氏谣《暗别离》云:"朱弦暗度不见人,风动花枝月中影。"意子野本此。(《优古堂诗话》)

卓人月云:张先以"三影"名者,因其词中有三"影"字,故自誉也。然以"云破月来花弄影"为最,馀二"影"字不及。(《词统》)

陆游云:倅廨花月亭有小碑,乃张先"云破月来花弄影"乐章,云得句于此亭也。(《入蜀记》)

叶盛云:欧阳公《丰乐亭记》"仰而望山,俯而听泉",用白乐天《庐山草堂记》"仰观山,俯听泉"语。张子野"云破月来花弄影",亦用白公《三游洞序》"云破月出"之句。(《水东日记》)

沈际飞云:"云破月来"句,心与景会,落笔即是,着意即非,故当脍炙。(《草堂诗馀正集》)

杨慎云:"云破月来花弄影",景物如画,画亦不能至此,绝倒绝倒!(《词品》)

李调元云:"张三影"已胜称人口矣,尚有一词云:"无数杨花过无影",合之应名"四影"。(《雨村词话》)

黄蓼园云:听"水调"而愁,自伤卑贱也。"送春"四句,伤流光易去,后期茫茫也。"沙上"二句,言所居岑寂,以沙禽与花自喻也。"重重"三句,言多障蔽也。结句仍缴送春本题,恐其时之晚也。

(《蓼园词选》)

青门引

乍暖还轻冷,风雨晚来方定。庭轩寂寞近清明[1],残花中酒[2],又是去年病。　　楼头画角[3]风吹醒,入夜重门静。那堪更被明月,隔墙送过秋千影。

【注解】

[1] 清明:节气名,每年四月五日或六日为清明。

[2] 中酒:中读去声。中酒,著酒。《汉书·樊哙传》:"项羽既飨,军士中酒。"

[3] 画角:军乐。以竹木或皮革制成,亦有用铜制者。因外加彩绘,故称画角。

【评笺】

沈际飞云:怀则自触,触则愈怀,未有触之至此极者。(《草堂诗馀正集》)

黄蓼园云:落寞情怀,写来幽隽无匹,不得志于时者,往往借闺情以写其幽思。角声而曰风吹醒,"醒"字极尖刻。末句那堪送影,真是描神之笔,极希微窅渺之致。(《蓼园词选》)

晏　殊

　　殊,字同叔,临川人。七岁能属文,景德初,以神童召试,赐进士出身,屡擢知制诰翰林学士。庆历中,拜集贤殿学士同中书门下平章事,兼枢密院使,出知永兴军,徙河南,以疾归京师,留侍经筵。卒赠司空,兼侍中,谥元献。有《珠玉词》,见《六十家词》刊本,又有晏端书刊本。

　　王灼云:晏元献公长短句,风流蕴藉,一时莫及,而温润秀洁,亦无其比。(《碧鸡漫志》)
　　刘攽云:元献尤喜冯延巳歌辞,其所自作,亦不减延巳乐府。(《贡父诗话》)
　　《四库全书提要》云:殊赋性刚峻,而词语殊婉妙。(《珠玉词》提要)
　　先著云:子野雅淡处,便疑是后来姜尧章出蓝之功。(《词洁》)
　　冯煦云:晏同叔去五代未远,馨烈所扇,得之最先,故左宫右徵,和婉而明丽,为北宋倚声家初祖。(《六十一家词选例言》)

浣溪沙

一曲新词酒一杯,去年天气旧池台,夕阳西下几时回?　　无可奈何花落去,似曾相识燕归来,小园香径独徘徊。

【评笺】

杨慎云:"无可奈何"二语工丽,天然奇偶。(《词品》)

卓人月云:实处易工,虚处难工,对法之妙无两。(《词统》)

沈际飞云:"无可奈何花落去",律诗俊语也,然自是天成一段词,著诗不得。(《草堂诗馀正集》)

王士禛云:或问诗词、词曲分界。予曰:"无可奈何花落去,似曾相识燕归来",定非香奁诗。"良辰美景奈何天,赏心乐事谁家院?"定非草堂词也。(《花草蒙拾》)

张宗橚云:元献尚有《示张寺丞王校勘》七律一首:"元巳清明假未开,小园幽径独徘徊。春寒不定斑斑雨,宿醉难禁滟滟杯。无可奈何花落去,似曾相识燕归来。游梁赋客多风味,莫惜青钱万选才。"中三句与此词同,只易一字。细玩"无可奈何"一联,意致缠绵,语调谐婉,的是倚声家语,若作七律,未免软弱矣。(《词林纪事》)

《四库全书提要》云:集中《浣溪沙》春恨词:"无可奈何花落去,似曾相识燕归来"二句,乃殊《示张寺丞王校勘》七言律中腹联,《复斋漫录》尝述之,今复填入词内,岂自爱其词语之工,故不嫌复用耶?考唐许浑集中:"一尊酒尽青山暮,千里书回碧树秋"二句,亦前后两见,知古人原有此例矣。(《珠玉词》提要)

刘熙载云:词中句与字有似触著者,所谓极炼如不炼也。晏元献"无可奈何花落去"二句,触著之句也;宋景文"红杏枝头春意闹","闹"字,触著之字也。(《艺概》)

浣溪沙

一向[1]年光有限身,等闲[2]离别易消魂,酒筵歌席莫辞

频。　　满目山河空念远,落花风雨更伤春,不如怜取眼前人。〔3〕

【注解】
〔1〕一向:一晌,片时也。
〔2〕等闲:平常。
〔3〕怜取眼前人:崔莺莺诗:"还将旧来意,怜取眼前人。"见《会真记》。

清平乐

红笺小字,说尽平生意,鸿雁在云鱼在水,惆怅此情难寄。
　　斜阳独倚西楼,遥山恰对帘钩。人面不知何处,绿波依旧东流。

清平乐

金风细细,叶叶梧桐坠。绿酒初尝人易醉,一枕小窗浓睡。
　　紫薇朱槿花残,斜阳却照阑干。双燕欲归时节,银屏昨夜微寒。

【评笺】
先著云:情景相副,宛转关生,不求工而自合,宋初所以不可及

也。(《词洁》)

木兰花

燕鸿过后莺归去,细算浮生千万绪。长于春梦[1]几多时,散似秋云无觅处。　　闻琴解佩[2]神仙侣,挽断罗衣留不住。劝君莫作独醒人,烂醉花间应有数。

【注解】

〔1〕春梦:白居易《花非花》云:"来如春梦不多时,去似朝云无觅处。"

〔2〕闻琴解佩:闻琴,卓文君事,文君新寡,司马相如以琴心挑之,文君夜奔相如。解佩,江妃解佩以赠郑交甫,事见《列仙传》。

木兰花

池塘水绿风微暖,记得玉真[1]初见面。重头[2]歌韵响琤琮,入破[3]舞腰红乱旋。　　玉钩阑下香阶畔,醉后不知斜日晚。当时共我赏花人,点检[4]如今无一半。

【注解】

〔1〕玉真:玉人。

〔2〕重头:词中前后阕完全相同名重头。

〔3〕入破:乐曲之繁声名入破。
〔4〕点检:检查。

【评笺】
刘攽云:重头、入破,管弦家语也。(《贡父诗话》)
张宗橚云:东坡诗:"尊前点检几人非",与此词结句同意。往事关心,人生如梦,每读一过,不禁惘然。(《词林纪事》)

木兰花

绿杨芳草长亭路,年少抛人容易去。楼头残梦五更钟[1],花底离愁三月雨。　　无情不似多情苦,一寸还成千万缕。天涯地角有穷时,只有相思无尽处。

【注解】
〔1〕五更钟、三月雨:皆怀人之时。

【评笺】
赵与旹云:晏叔原见蒲传正曰:"先君平日小词虽多,未尝作妇人语也。"传正曰:"'绿杨芳草长亭路,年少抛人容易去',岂非妇人语乎?"叔原曰:"公谓年少为所欢乎？因公言,遂解得乐天诗两句:'欲留所欢待富贵,富贵不来所欢去。'"传正笑而悟。余按全篇云云,盖真谓所欢者,与乐天"欲留年少待富贵,富贵不来年少去"之句不同,叔原之言失之。(《宾退录》)

李攀龙云:春景春情,句句逼真,当压倒白玉楼矣。(《草堂诗馀隽》)

黄蓼园云:言近指远者,善言也。年少抛人,凡罗雀之门,枯鱼之泣,皆可作如是观。"楼头"二语,意致凄然,挈起多情苦来。末二句总见多情之苦耳。妙在意思忠厚,无怨怼口角。(《蓼园词选》)

踏莎行

祖席[1]离歌,长亭别宴,香尘[2]已隔犹回面。居人匹马映林嘶,行人去棹依波转。　　画阁魂消,高楼目断,斜阳只送平波远。无穷无尽是离愁,天涯地角寻思遍。

【注解】
[1] 祖席:饯行酒席。
[2] 香尘:地下落花甚多,尘土都带香气,因称香尘。

【评笺】
王世贞云:"斜阳只送平波远",又:"春来依旧生芳草",淡语之有致者也。(《艺苑卮言》)

踏莎行

小径红稀[1],芳郊绿遍[2],高台树色阴阴见[3]。春风不解禁杨花,濛濛乱扑行人面。　　翠叶藏莺,朱帘隔燕,炉香静逐游丝转。一场愁梦酒醒时,斜阳却照深深院。

【注解】

〔1〕红稀:花少。
〔2〕绿遍:草多。
〔3〕阴阴见:暗暗显露。

【评笺】

沈谦云:"夕阳如有意,偏傍小窗明。"不若晏同叔"一场愁梦酒醒时,斜阳却照深深院",更自神到。(《填词杂说》)

李调元云:晏殊《珠玉词》极流丽,而以翻用成语见长。如"垂杨只解惹春风,何曾系得行人住。"又:"东风不解禁杨花,濛濛乱扑行人面"等句是也。翻覆用之,各尽其致。(《雨村词话》)

沈际飞云:结深深妙,着不得实字。(《草堂诗馀正集》)

张惠言云:此词亦有所兴;其欧公《蝶恋花》之流乎。(张惠言《词选》)

谭献云:刺词,高台树色阴阴见,正与斜阳相近。(《谭评词辨》)

黄蓼园云:首三句言花稀叶盛,喻君子少小人多也。高台指帝阍。"东风"二句,言小人如杨花轻薄,易动摇君心也。"翠叶"二句,喻事多阻隔。"炉香"句,喻己心郁纡也。斜阳照深深院,言不明之日,难照此渊也。(《蓼园词选》)

蝶恋花

六曲阑干偎〔1〕碧树,杨柳风轻,展尽黄金缕〔2〕。谁把钿筝^[3]移玉柱,穿帘海燕双飞去。　　满眼游丝兼落絮,红杏开时,一霎^[4]清明雨。浓睡觉来莺乱语,惊残好梦无寻处。

【注解】

〔1〕偎:倚靠。

〔2〕黄金缕:指柳条。

〔3〕钿筝:筝上饰以罗钿。

〔4〕一霎:极短之时间,霎(shà 煞),读入声。

【评笺】

案此首一作冯延巳词,一作欧阳修词,未知孰是。

谭献云:金碧山水,一片空濛,此正周氏所谓有寄托入、无寄托出也。又云:"满眼"句,感;"一霎"句,境;"浓睡"句,人;"惊残"句,情。(《谭评词辨》)

韩　缜

　　缜,字玉汝,灵寿人,绛、维之弟。第进士,英宗朝历淮南转运使,神宗朝屡知枢密院事,哲宗朝拜尚书右仆射兼中书侍郎,出知颍昌府,以太子太保致仕。卒赠司空崇国公,谥庄敏。

　　洪迈云:韩庄敏公缜,字玉汝,盖取君子以玉比德,缜密以栗,及王欲玉汝之义,前人未尝用之,最为古雅。(《容斋续笔》)

凤箫吟

锁离愁连绵无际,来时陌上初熏,绣帏人念远,暗垂珠露,泣送征轮。长行长在眼,更重重、远水孤云。但望极楼高,尽日目断王孙。　　消魂,池塘别后,曾行处、绿妒轻裙。恁时携素手,乱花飞絮里,缓步香茵。朱颜空自改,向年年、芳意长新。遍绿野、嬉游醉眼,莫负青春。

【评笺】
　　叶梦得云:元丰初,夏人来议地界,韩丞相玉汝出分画,将行,与爱妾刘氏剧饮通夕,且作词留别。翌日,忽中批步军司遣兵为搬家追送之,初莫测所由,久之方知自乐府发也。(《石林诗话》)

《乐府纪闻》云:韩缜有爱姬能词,韩奉使时,姬作《蝶恋花》送之云:"香作风光浓着露,正恁双栖,又遣分飞去。密诉东君应不许,泪波一洒奴衷素。"神宗知之,遣使送行。刘贡父赠以诗:"卷耳幸容留婉娈,皇华何啻有光辉。"莫测中旨何自而出,后乃知姬人别曲传入内廷也。韩亦有《凤箫吟》词咏芳草以留别,与《兰陵王》咏柳以叙别同意。后人竟以"芳草"为调名,则失《凤箫吟》原唱意矣。(沈雄《古今词话》引)

宋 祁

祁,字子京,安州安陆人,徙开封之雍邱。天圣二年,与兄庠同举进士,奏名第一,章献太后以为弟不可先兄,乃擢庠第一,而寘祁第十,时号大、小宋。累迁知制诰、工部尚书、翰林学士承旨。卒谥景文。近赵万里辑《宋景文公长短句》一卷。

李之仪云:宋景文、欧阳永叔以馀力游戏为词,而风流闲雅,超出意表。(《姑溪题跋》)

《古今词话》云:宋子京为天圣中翰林,以赋采侯中博学鸿词科第,有"色映堋云烂,声连羽月迟"之句,时呼为宋采侯。每夕临文,必使丽姝燃双椽烛,即张子野所谓"红杏枝头春意闹尚书"也。(《历代诗馀》引)

刘熙载云:宋子京词是宋初体,张子野始创瘦硬之体,虽以佳句互相称美,其实趣尚不同。(《艺概》)

木兰花

东城渐觉风光好,縠皱波纹[1]迎客棹。绿杨烟外晓云轻,红杏枝头春意闹。　　浮生长恨欢娱少,肯爱千金轻一笑?为君持酒劝斜阳,且向花间留晚照。

【注解】
〔1〕縠皱波纹:形容波纹细如皱纱。

【评笺】
王士禛云:"红杏枝头春意闹尚书",当时传为美谈,吾友公戬极叹之,以为卓绝千古,然实本《花间》"暖觉杏梢红",特有青蓝、冰水之妙耳。(《花草蒙拾》)

沈雄云:人谓"闹"字甚重,我觉全篇俱轻,所以成为"红杏尚书"。(沈雄《古今词话》)

李渔云:琢句炼字,虽贵新奇,亦须新而妥,奇而确。妥与确总不越一理字,欲望句之惊人,先求理之服众。时贤勿论,古人多工于此技。有最服余心者,"云破月来花弄影郎中"是也。有蜚声千载上下而不能服强项之笠翁者,"红杏枝头春意闹尚书"是也。"云破月来"句,词极尖新,而实为理之所有。若红杏之在枝头,忽然加一"闹"字,此语殊难著解。争斗有声之谓闹,桃李争春则有之,红杏闹春,予实未之见也。"闹"字可用,则"吵"字、"斗"字、"打"字皆可用矣。子京当日以此噪名,人不呼其姓名,竟以此作尚书美号,岂由尚书二字起见耶?予谓"闹"字极粗俗,且听不入耳,非但不可加于此句,并不当见之诗词。近日词中争尚此字,皆子京一人之流毒也。(《窥词管见》)

黄蓼园云:浓丽。"春意闹"三字,尤奇辟。(《蓼园词选》)

王国维云:"红杏枝头春意闹",著一"闹"字,而境界全出。"云破月来花弄影",著一"弄"字,而境界全出矣。(《人间词话》)

欧阳修

修,字永叔,庐陵人。天圣八年省元,中进士甲科,累迁擢知制诰翰林学士,历枢密副使参知政事。神宗朝迁兵部尚书,以太子少师致仕。卒赠太子太师,谥文忠。晚号六一居士,有《六一词》,见《六十家词》本,又有《欧阳文忠公近体乐府》三卷及《醉翁琴趣外篇》六卷,见双照楼刊本。

曾慥云:欧公一代儒宗,风流自命,词章幼眇,世所矜式。(《乐府雅词序》)

《乐府纪闻》云:欧阳永叔中岁居颍日,自以集古一千卷,藏书一万卷,琴一张,棋一局,酒一壶,以一翁老于五物间,称六一居士。(沈雄《古今词话》引)

陈振孙云:欧阳公词多有与《花间》、《阳春》相混,亦有鄙亵之语厕其中,当是仇人无名子所为也。(《直斋书录解题》)

罗泌云:公尝致意于诗,为之《本义》,温柔宽厚,所得深矣。吟咏之馀,溢为词章,有《平山集》,盛称于世。(《欧阳修近体乐府跋》)

罗大经云:欧阳公虽游戏作小词,亦无愧唐人《花间集》。(《鹤林玉露》)

周济云:永叔词只如无意,而沉著在和平中见。(《介存斋论词杂著》)

冯煦云:宋至文忠公始复古,天下翕然师尊之,风尚为之一变。即以词言,亦疏隽开子瞻,深婉开少游。(《六十一家词选例言》)

采桑子

群芳过后西湖[1]好,狼藉[2]残红,飞絮濛濛,垂柳阑干尽日风。　　笙歌散尽游人去,始觉春空,垂下帘栊,双燕归来细雨中。

【注解】

[1] 西湖:在安徽阜阳县西北,十里长,二里广,颍河诸水汇流处。
[2] 狼藉:狼起卧游戏多藉草,秽乱不堪,后因谓杂乱之意为狼藉。

【评笺】

先著云:"始觉春空"语拙,宋人每以春字替人与事,用极不妥。(《词洁》)

谭献云:"群芳过后"句,埽处即生。"笙歌散尽游人去"句,悟语是恋语。(《谭评词辨》)

诉衷情

清晨帘幕卷轻霜,呵手试梅妆[1]。都缘自有离恨,故画作远山长。　　思往事,惜流芳[2],易成伤。拟歌先敛,欲笑还颦[3],最断人肠。

【注解】

〔1〕梅妆:南朝宋武帝女寿阳公主作梅花妆。

〔2〕流芳:流光。

〔3〕颦(pín 频):眉蹙。

踏莎行

候馆[1]梅残,溪桥柳细,草薰风暖[2]摇征辔[3]。离愁渐远渐无穷,迢迢不断如春水。　　寸寸柔肠,盈盈粉泪,楼高莫近危阑倚。平芜[4]尽处是春山,行人更在春山外。

【注解】

〔1〕候馆:能望远之楼。

〔2〕草薰风暖:薰,香气。江淹《别赋》:"闺中风暖,陌上草薰。"

〔3〕征辔(pèi 配):马缰,即以代表马。

〔4〕平芜:平坦草地。

【评笺】

卓人月云:"芳草更在斜阳外","行人更在春山外"两句,不厌百回读。(《词统》)

杨慎云:佛经云:"奇草芳花,能逆风闻薰。"江淹《别赋》:"闺中风暖,陌上草薰。"正用佛经语。六一词云:"草薰风暖摇征辔",又用江淹语。今《草堂词》改"薰"作"芳",盖未见《文选》者也。又云:欧阳公词:"平芜尽处是春山,行人更在春山外。"石曼卿诗:"水尽天不尽,人在天尽头。"欧与石同时,且为文字友,其偶同乎?抑相取乎?(《词品》)

李攀龙云:"春水写愁,春山骋望,极切极婉。"(《草堂诗馀隽》)

王士禛云:"平芜尽处是春山,行人更在春山外。"升庵以拟石曼卿"水尽天不尽,人在天尽头",未免河汉。盖意近而工拙悬殊,不啻霄壤。且此等入词为本色,入诗即失古雅,可与知者道耳。(《花草蒙拾》)

王世贞云:"平芜尽处是春山,行人更在春山外。"又:"郴江幸自绕郴山,为谁流下潇湘去。"此淡语之有情者也。(《艺苑卮言》)

许昂霄云:"春山"疑当作"青山",否则既用"春水",又用两"春山",字未免稍复矣。(《词综偶评》)

黄蓼园云:首阕言时物暄妍,征辔之去,自是得意,其如我之离愁不断何?次阕言不敢远望,愈望愈远也。语语倩丽,情文斐亹。(《蓼园词选》)

蝶恋花[1]

庭院深深深几许?杨柳堆烟,帘幕无重数。玉勒雕鞍游冶处,楼高不见章台路[2]。　　雨横风狂三月暮,门掩黄昏,无计留春住。泪眼问花花不语,乱红飞过秋千去。

【注解】

[1] 蝶恋花:李清照《词序》:"欧阳公作《蝶恋花》有'庭院深深深几许'之句,予酷爱之,用其语作'庭院深深深数阕',其声即《临

江仙》也。"

〔2〕章台路：汉长安有章台街在章台下。《汉书》谓，张敞无威仪，罢朝以后，走马过章台街。唐许尧佐有《章台柳传》，后人因以章台为歌妓聚居之所。

【评笺】

沈际飞云：末句参之点点飞红雨句，一若关情，一若不关情，而情思举荡漾无边。(《草堂诗馀正集》)

杨慎云：一句中连三字者，如"夜夜夜深闻子规"，又"日日日斜空醉归"，又"更更更漏月明中"，又"树树树梢啼晓莺"，皆用叠字也。(《词品》)

张宗橚云：《南部新书》记严恽诗："尽日问花花不语，为谁零落为谁开？"此阕结二语似本此。(《词林纪事》)

张惠言云：庭院深深，闺中既以邃远也；楼高不见，哲王又不悟也。章台游冶，小人之径，雨横风狂，政令暴急也。乱红飞去，斥逐者非一人而已。殆为韩、范作乎？又云：此词亦见冯延巳集中，李易安《词序》云："欧阳公作《蝶恋花》，有'庭院深深深几许'之句，余酷爱之，用其语作'庭院深深数阕'，其声即旧《临江仙》也。"易安去欧公未远，其言必非无据。(张惠言《词选》)

毛先舒云：词家意欲层深，语欲浑成，作词者大抵意层深者，语便刻画；语浑成者，意便肤浅，两难兼也。或欲举其似，偶拈永叔词云："泪眼问花花不语，乱红飞过秋千去。"此可谓层深而浑成。何也？因花而有泪，此一层意也；因泪而问花，此一层意也；花竟不语，此一层意也；不但不语，且又乱落、飞过秋千，此一层意也。人愈伤心，花愈恼人，语愈浅而意愈入，又绝无刻画费力之迹，谓非层深而浑成耶？然作者初非措意，直如化工生物，笋未出而苞节已具，非寸寸为之也。

若先措意,便刻画愈深,愈堕恶境矣。此等一经拈出后,便当扫去。(《古今词论》引)

孙麟趾云:如"泪眼问花花不语,乱红飞过秋千去。""江上柳如烟,雁飞残月天。""西风残照,汉家陵阙。"皆以浑厚见长者也。词至浑,功候十分矣。(《词径》)

谭献云:或曰:"非欧公不能为。"或曰:"冯敢为大言如是。"读者审之。又云:宋刻玉玩,双层浮起,笔墨至此,能事几尽。(《谭评词辨》)

黄蓼园云:首阕因杨柳烟多,若帘幕之重重者,庭院之深以此,即下句章台不见,亦以此。总以见柳絮之迷人,加之雨横风狂,即拟闭门,而春已去矣,不见乱红之尽飞乎?语意如此,通首诋斥,看来必有所指。第词旨浓丽,即不明所指,自是一首好词。(《蓼园词选》)

王国维云:固哉皋文之为词也!飞卿《菩萨蛮》,永叔《蝶恋花》,子瞻《卜算子》,皆兴到之作,有何命意,皆被皋文深文罗织。阮亭《花草蒙拾》谓坡公命官磨蝎,生前为王珪、舒亶辈所苦,身后又硬受此差排,由今观之,受差排者,独一坡公已耶!(《人间词话》)

蝶恋花

谁道闲情抛弃久?每到春来,惆怅还依旧。日日花前常病酒,不辞镜里朱颜瘦。　　河畔青芜[1]堤上柳,为问新愁,何事年年有?独立小桥风满袖,平林新月人归后。

【注解】
〔1〕青芜:青草,古诗:"青青河畔草。"

【评笺】
谭献云:此阕叙事。(《谭评词辨》)
梁启超云:稼轩《摸鱼儿》起处从此脱胎,文前有文,如黄河伏流,莫穷其原。(《艺蘅馆词选》)

蝶恋花

几日行云何处去?忘了归来,不道[1]春将暮。百草千花寒食路,香车系在谁家树? 泪眼倚楼频独语,双燕来时,陌上相逢否?撩乱春愁如柳絮,依依梦里无寻处。

【注解】
〔1〕不道:不觉。

【评笺】
谭献云:行云、百草、千花、双燕,必有所托。(《谭评词辨》)

木兰花

别后不知君远近,触目凄凉多少闷!渐行渐远渐无书,水阔鱼沉[1]何处问？　夜深风竹敲秋韵[2],万叶千声皆是恨。故敧单枕梦中寻,梦又不成灯又烬[3]。

【注解】
〔1〕鱼沉:鱼不传书。
〔2〕秋韵:秋声。
〔3〕烬:结灯花。

浪淘沙

把酒祝东风,且共从容[1]。垂杨紫陌[2]洛城东,总是当时携手处,游遍芳丛。　聚散苦匆匆,此恨无穷。今年花胜去年红,可惜明年花更好,知与谁同？

【注解】
〔1〕从容:留连。
〔2〕紫陌:有紫花之堤上。

【评笺】
　　李攀龙云:意自"明年此会知谁健"中来。(《草堂诗馀隽》)
　　沈雄云:欧阳公云:"把酒祝东风,且共从容。"与东坡《虞美人》云:"持杯邀劝天边月,愿月圆无缺。"同一意致。(沈雄《古今词话》)
　　黄蓼园云:末二句忧盛危明之意,持盈保泰之心,在天道则亏盈益谦之理,俱可悟得。(《蓼园词选》)

青玉案

一年春事都来几？早过了、三之二。绿暗红嫣浑可事[1]，绿杨庭院，暖风帘幕，有个人憔悴。　　买花载酒长安市，又争似[2]家山[3]见桃李？不枉[4]东风吹客泪，相思难表，梦魂无据，惟有归来是。

【注解】
〔1〕可事：可乐之事。
〔2〕争似：怎似。
〔3〕家山：家乡。
〔4〕不枉：不怪。

【评笺】
黄蓼园云："一年"二句，言年光已去也。"绿暗"四句，言时芳非不可玩，自己心绪憔悴也。所以憔悴，以不见家山桃李，苦欲思归耳。（《蓼园词选》）

柳　永

永,字耆卿,初名三变,字景庄,崇安人。景祐元年进士,为屯田员外郎。以乐章擅名,有《乐章集》一卷,见《六十家词》刊本;又三卷,续添曲子一卷,见《彊村丛书》刊本。

《艺苑雌黄》云:柳三变喜作小词,薄于操行,当时有荐其才者,上曰:"得非填词柳三变乎?"曰:"然。"上曰:"且去填词。"由是不得志,日与儇子纵游倡馆酒楼间,无复检率。自称云:"奉圣旨填词柳三变。"(《苕溪渔隐丛话》引)

曾敏行云:柳耆卿风流俊迈,闻于一时。既死,葬于枣阳县花山,远近之人,每遇清明日,多载酒肴饮于耆卿墓侧,谓之"吊柳会"。(《独醒杂志》)

祝穆云:范蜀公尝曰:"仁宗四十二年太平,镇在翰苑十馀载,不能出一语咏歌,乃于耆卿词见之。"仁宗尝曰:"此人任从风前月下浅斟低唱,岂可令仕宦!"遂流落不偶,卒于襄阳。死之日,家无馀财,群妓合金葬之于南门外。每春日上冢,谓之"吊柳七"。(《方舆胜览》)

叶梦得云:永初为上元辞,会"乐府两籍神仙,梨园四部弦管"之句传禁中,多称之,后因秋晚张乐,有使作《醉蓬莱》词以献,语不称旨。后改名三变,终屯田员外郎,死旅,殡润州僧寺,王和甫为守时,求其后不得,乃为出钱葬之。(《避暑录话》)

张宗楠云:《渔洋山人精华录》:"残月晓风仙掌路,何人为吊柳屯田。"今仪真西地名仙人掌,与《独醒杂志》、《方舆胜览》所载柳葬处不

合,俟更考之。(《词林纪事》)

吴曾云:仁宗留意儒雅,务本向道,深斥浮艳虚华之文。初,进士柳三变好为淫冶讴歌之曲,传播四方,尝有《鹤冲天》词云:"忍把浮名,换了浅斟低唱。"及临轩放榜,特落之,曰:"且去浅斟低唱,何要浮名!"景祐元年方及第。后改名永,方得磨勘转官。(《能改斋漫录》)

黄昇云:永为屯田员外郎,会太史奏老人星见,时秋霁,宴禁中,仁宗命左右词臣为乐章,内侍属柳应制,柳方冀进用,作此词奏呈。上见首有"渐"字,色若不怿。读至"宸游凤辇何处",乃与御制《真宗挽词》暗合,上惨然。又读至"太液波翻",曰:"何不言太液波澄?"投之于地,自此不复擢用。又云:耆卿长于纤艳之词,然多近俚俗。(《花庵词选》)

欧阳凯云:锦为耆卿之肠,花为耆卿之骨,名章隽语,笙簧间发。王元泽追慕其才,亦有"赖有乐章传乐府,落落骊珠照古今"之句。刘屏山有歌云:"屯田词,考功诗,白水之白钟此奇。钩章棘句凌万象,逸兴高情俱一时。"屯田指三变,考功指翁挺也。(《崇安县志》)

刘克庄云:耆卿有教坊丁大使意。(《后村诗话》)

陈振孙云:柳词格固不高,而音律谐婉,词意妥帖,承平气象,形容尽致,尤工于羁旅行役。(《直斋书录解题》)

徐度云:刘季高侍郎,宣和间尝饭于相国寺,因谈歌词,力诋柳耆卿,旁若无人。有老宦者闻之,默然而起,徐取纸笔,跪于季高之前请曰:"子以柳词为不佳,盍自为一篇示我乎?"刘默然无以应,而后知稠人广众中慎不可有所臧否也。(《却扫篇》)

李之仪云:耆卿词铺叙展衍,备足无馀,较之《花间》所集,韵终不胜。(《姑溪词跋》)

孙敦立云:耆卿词虽极工,然多杂以鄙语。(《历代诗馀》引)

叶梦得云:柳耆卿为举子时,多游狭邪,善为歌辞,教坊乐工,每得新腔,必求永为辞,始行于世,于是声传一时。余仕丹徒,尝见一西夏归

朝官云:"凡有井水处即能歌柳词。"(《避暑录话》)

张炎云:柳词亦自批风抹月中来,风月二字,在我发挥,柳则为风月所使耳。(《词源》)

罗大经云:海陵阅柳永《望海潮》词,有"三秋桂子,十里荷花"句,遂起立马吴山之志。(《鹤林玉露》)

项安世云:杜诗、柳词,皆无表德,只是实说。(《平斋杂说》)

陈师道云:柳三变作新乐府,天下咏之。(《后山诗话》)

王士禛云:柳七葬真州仙人掌,仆尝有诗云:"残月晓风仙掌路,何人为吊柳屯田。"(《渔洋山人精华录》)

彭孙遹云:柳七亦自有唐人妙境,今人但从浅俚处求之,遂使金荃兰畹之音,流入挂枝黄莺之调,此学柳之过也。(《金粟词话》)

宋翔凤云:柳词曲折委婉,而中具浑沦之气,虽多俚语,而高处足冠群流,倚声家当尸而祝之。如竹垞所录,皆精金粹玉,以屯田一生精力在是,不似东坡辈以馀力为之也。(《乐府馀论》)

《四库全书提要》云:张端义《贵耳集》亦曰:"项平斋言:'诗当学杜诗,词当学柳词;杜诗、柳词,皆无表德,只是实说'云云。"盖词本管弦冶荡之音,而永所作旖旎近情,使人易入,虽颇以俗为病,然好之者终不绝也。(《乐章集》提要)

周济云:柳词总以平叙见长,或发端,或结尾,或换头,以一二语勾勒提掇,有千钧之力。(《宋四家词选》)又云:耆卿为世訾謷久矣,然其铺叙委婉,言近意远,森秀幽淡之趣在骨。又云:耆卿乐府多,故恶滥可笑者多,使能珍重下笔,则北宋高手也。(《介存斋论词杂著》)

冯煦云:耆卿词曲处能直,密处能疏,奡处能平,状难状之景,达难达之情,而出之以自然,自是北宋巨手。然好为俳体,词多媟黩,有不仅如《提要》所云以俗为病者。(《六十一家词选例言》)

况周颐云:柳屯田《乐章集》为词家正体之一,又为金、元已还乐语

所自出。(《蕙风词话》)

刘熙载云:耆卿词细密而妥溜,明白而家常,善于叙事,有过前人,惟绮罗香泽之态,所在多有,故觉风期未上耳。(《艺概》)

陈锐云:词源于诗而流为曲,如柳三变纯乎其为词矣乎。又云:屯田词在院本中如《琵琶记》,美成词如《会真记》。屯田词在小说中如《金瓶梅》,美成词如《红楼梦》。(《裹碧斋词话》)

郑文焯云:屯田北宋专家,其高浑处不减清真,长调尤能以沉雄之魄,清劲之气,写奇丽之情,作挥绰之声。又云:冥探其一词之命意所注,确有层折,如画龙点睛,其神观飞越,只在一二笔,便尔破壁飞去也。(《大鹤山人词论》)

曲玉管

陇首[1]云飞,江边日晚,烟波满目凭阑久。一望关河萧索,千里清秋,忍凝眸。　杳杳神京,盈盈仙子,别来锦字终难偶[2]。断雁无凭,冉冉飞下汀州,思悠悠。　暗想当初,有多少、幽欢佳会;岂知聚散难期,翻成雨恨云愁。阻追游,每登山临水,惹起平生心事,一场消黯[3],永日[4]无言,却下层楼。

【注解】
〔1〕陇首:高邱上面。
〔2〕难偶:难以相会。
〔3〕消黯:黯然消魂。
〔4〕永日:长日。

雨霖铃

寒蝉凄切,对长亭晚,骤雨初歇。都门帐饮[1]无绪,留恋处、兰舟催发。执手相看泪眼,竟无语凝噎[2]。念去去、千里烟波,暮霭沉沉[3]楚天阔。多情自古伤离别,更那堪、冷落清秋节!今宵酒醒何处?杨柳岸、晓风残月。此去经年,应是良辰好景虚设。便纵有千种风情[4],更与何人说?

【注解】
〔1〕都门帐饮:在京城门外设帐饯行。
〔2〕凝噎:喉中气塞。噎(yē 耶),读入声。
〔3〕暮霭沉沉:晚间云气浓厚。
〔4〕风情:风流情意。

【评笺】
贺裳云:柳屯田"今宵酒醒何处?杨柳岸晓风残月。"自是古今俊句。或讥为梢公登溷诗,此轻薄儿语,不足听也。(《皱水轩词筌》)

李攀龙云:"千里烟波",惜别之情已骋;"千种风情",相期之愿又赊。真所谓善传神者。(《草堂诗馀隽》)

王世贞云:"今宵酒醒何处?杨柳岸晓风残月。"与秦少游"酒醒处,残阳乱鸦",同一景事,而柳尤胜。(《艺苑卮言》)

沈际飞云:唐词"帘外晓莺残月"至矣,宋人让唐诗,而词多不让。(《草堂诗馀正集》)

41

周济云:清真词多从耆卿夺胎,思力沉挚处,往往出蓝。然耆卿秀淡幽艳,是不可及。后人摭其乐章,訾为俗笔,真瞽说也。(《宋四家词选》)

谢章铤云:微妙则耐思,而景中有情,"寒鸦数点,流水绕孤村"、"杨柳岸晓风残月"所以脍炙人口也。(《赌棋山庄词话》)

刘熙载云:词有点染,耆卿《雨霖铃》"念去去"三句,点出离别冷落;"今宵"二句,乃就上三句染之。点染之间,不得有他语相隔,否则警句亦成死灰矣。(《艺概》)

江顺诒评融斋语云云,案点与染分开说,而引词以证之,阅者无不点首,得画家三昧,亦得词家三昧。(《词学集成》)

黄蓼园云:送别词清和朗畅,语不求奇,而意致绵密,自尔稳惬。(《蓼园词选》)

蝶恋花

伫倚危楼风细细,望极春愁,黯黯生天际。草色烟光残照里,无言谁会凭阑意? 拟把[1]疏狂图一醉,对酒当歌,强[2]乐还无味。衣带渐宽终不悔,为伊消得[3]人憔悴。

【注解】
〔1〕拟把:打算。
〔2〕强:读上声,勉强。
〔3〕消得:值得。

【评笺】

贺裳云:小词以含蓄为佳,亦有作决绝语而妙者。如韦庄"谁家年少足风流,妾拟将身嫁与一生休。纵被无情弃,不能羞"之类是也。牛峤"须作一生拼,尽君今日欢"。抑亦其次。柳耆卿:"衣带渐宽终不悔,为伊消得人憔悴。"亦即韦意,而气加婉矣。(《皱水轩词筌》)

采莲令

月华收,云淡霜天曙。西征客、此时情苦。翠娥执手,送临歧[1]、轧轧[2]开朱户。千娇面、盈盈伫立,无言有泪,断肠争忍回顾? 一叶兰舟,便恁急桨凌波去。贪行色、岂知离绪,万般方寸[3],但饮恨、脉脉同谁语?更回首、重城不见,寒江天外,隐隐两三烟树。

【注解】
〔1〕临歧:歧路分别。
〔2〕轧轧:轧(yà 亚),读入声。轧轧,开门声。
〔3〕方寸:指心。

浪淘沙慢

梦觉透窗风一线,寒灯吹息。那堪酒醒,又闻空阶夜雨频滴。

嗟因循[1]、久作天涯客。负佳人、几许盟言,便忍把、从前欢会,陡顿[2]翻成忧戚。　　愁极,再三追思,洞房深处,几度饮散歌阑,香暖鸳鸯被。岂暂时疏散,费伊心力。殢云尤雨[3],有万般千种,相怜相惜。　　恰到如今,天长漏永,无端自家疏隔。知何时、却拥秦云[4]态?愿低帏昵[5]枕,轻轻细说与,江乡夜夜,数寒更思忆。

【注解】

〔1〕因循:不振作之意。
〔2〕陡顿:突然。
〔3〕殢云尤雨:殢(tì替),困极。殢云尤雨,贪恋欢情。
〔4〕秦云:秦楼云雨。
〔5〕昵:亲近。

【评笺】

龚颐正云:阴铿有"夜雨滴空阶",柳耆卿用其语,人但知为柳词耳。(《芥隐笔记》)

定风波

自春来、惨绿愁红,芳心是事可可[1]。日上花梢,莺穿柳带,犹压香衾卧。暖酥[2]消、腻云[3]亸、终日厌厌倦梳裹。无那[4]。恨薄情一去,音书无个。　　早知恁么[5],悔当初、不把雕鞍锁。向鸡窗[6],只与蛮笺象管[7],拘束教吟课。

镇相随、莫抛躲,针线闲拈伴伊坐。和我,免使年少光阴虚过。

【注解】

〔1〕可可:平常。

〔2〕暖酥:指皮肤。

〔3〕腻云:指头发。

〔4〕无那:那(nuǒ 挪),读上声,无那,无聊。

〔5〕恁么:如此。

〔6〕鸡窗:书室。罗隐诗:"鸡窗夜静开书卷。"

〔7〕蛮笺象管:纸笔。

【评笺】

张舜民云:柳三变既以词忤仁庙,吏部不放改官,三变不能堪,诣政府,晏公曰:"贤俊作曲子么?"三变曰:"只如相公亦作曲子。"公曰:"殊虽作曲子,不曾道'彩线慵拈伴伊坐'。"柳遂退。(《画墁录》)

少年游

长安古道马迟迟,高柳乱蝉嘶。夕阳岛外,秋风原上,目断四天垂。　　归云一去无踪迹,何处是前期?狎兴[1]生疏,酒徒萧索,不似去年时。

【注解】
〔1〕狎兴:冶游之兴。

戚 氏

晚秋天,一霎微雨洒庭轩。槛菊萧疏,井梧零乱,惹残烟。凄然,望江关,飞云暗淡夕阳间。当时宋玉[1]悲感,向此临水与登山。远道迢递,行人凄楚,倦听陇水潺湲。正蝉吟败叶,蛩响衰草,相应喧喧。　孤馆度日如年,风露渐变,悄悄至更阑。长天净,绛河[2]清浅,皓月婵娟。思绵绵,夜永对景,那堪屈指暗想从前。未名未禄,绮陌红楼,往往经岁迁延。

帝里风光好,当年少日,暮宴朝欢。况有狂朋怪侣,遇当歌对酒竞留连。别来迅景如梭,旧游似梦,烟水程何限?念利名、憔悴长萦绊,追往事、空惨愁颜。漏箭移,稍觉轻寒,渐鸣咽、画角数声残。对闲窗畔,停灯向晓,抱影无眠。

【注解】
〔1〕宋玉:楚屈原弟子,作《九辩》,有"悲哉秋之为气也"语。
〔2〕绛河:银河,天称绛霄,银河称绛河,盖借南方之色以为喻。

【评笺】
李攀龙云:首叙悲秋情绪,次叙永夜幽思,末勘破名利关头更透。(《草堂诗馀隽》)
沈际飞云:插字之妥,撰句之隽,耆卿所长。"未名未禄"一段,写

我辈落魄时怅怅靡托,借一个红粉佳人作知己,将白日消磨,哭不得,笑不得,如是如是!(《草堂诗馀正集》)

夜半乐

冻云黯淡天气,扁舟一叶,乘兴离江渚。度万壑千岩,越溪深处。怒涛渐息,樵风乍起,更闻商旅相呼。片帆高举,泛画鹢[1]、翩翩过南浦。　望中酒旆[2]闪闪,一簇烟村,数行霜树。残日下、渔人鸣榔[3]归去。败荷零落,衰杨掩映。岸边两两三三,浣纱游女,避行客、含羞笑相语。　到此因念,绣阁轻抛,浪萍难驻。叹后约丁宁竟何据?惨离怀、空恨岁晚归期阻。凝泪眼、杳杳神京[4]路,断鸿声远长天暮。

【注解】

[1] 画鹢:鹢,鸟名,形如鹭而大。画鹢,古船家于船头画鹢首怪兽以惧江神,后人因指船为画鹢。

[2] 酒旆(pèi 配):酒旗。

[3] 鸣榔:击木梆惊鱼,使鱼聚于一处,易于取得。

[4] 神京:指汴京。

【评笺】

许昂霄云:第一叠言道途所经,第二叠言目中所见,第三叠乃言去国离乡之感。(《词综偶评》)

陈锐云:此种长调不能不有此大开大阖之笔。(《裒碧斋词话》)

玉胡蝶

望处雨收云断,凭阑悄悄,目送秋光。晚景萧疏,堪动宋玉悲凉。水风轻、蘋花渐老;月露冷、梧叶飘黄。遣情伤,故人何在?烟水茫茫。　　难忘,文期酒会,几孤风月,屡变星霜[1]。海阔山遥,未知何处是潇湘[2]?念双燕、难凭音信;指暮天、空识归航。黯相望,断鸿声里,立尽斜阳。

【注解】
[1] 星霜:星一年一周天,霜每年而降,因称一年为一星霜。
[2] 潇湘:原是潇水和湘水之称,后泛指为所思之处。

【评笺】
许昂霄云:与《雪梅香》《八声甘州》数首,蹊径仿佛。(《词综偶评》)

八声甘州

对潇潇暮雨洒江天,一番洗清秋。渐霜风凄紧,关河冷落,残照当楼。是处红衰翠减[1],苒苒物华休[2]。惟有长江水,无语东流。　　不忍登高临远,望故乡渺邈[3],归思[4]难收。叹年来踪迹,何事苦淹留?想佳人、妆楼颙望,误几回、天际识归[5]舟？争知我、倚阑干处，正恁凝愁？

【注解】

〔1〕红衰翠减：指花落叶少。
〔2〕苒苒物华休：苒苒，渐渐；物华休，景物凋残。
〔3〕渺邈：邈（miǎo 秒），读入声。渺邈，遥远。
〔4〕归思：思读 sì，归思，归家心情。
〔5〕"天际识归舟"：谢朓诗。

【评笺】

苏轼云：人皆言柳耆卿词俗，然如"霜风凄紧，关河冷落，残照当楼"，唐人佳处，不过如此。（《侯鲭录》）案《能改斋漫录》以此为晁补之语。

刘体仁云：词有与古诗同妙者，如"问甚时三十六陂秋色"，即灞岸之兴也。"关河冷落，残照当楼"，即《勅勒》之歌也。（《七颂堂词绎》）

梁启超云：飞卿词："照花前后镜，花面交相映"，此词境颇似之。（《艺蘅馆词选》）

迷神引

一叶扁舟轻帆卷，暂泊楚江南岸。孤城暮角，引胡笳怨。水茫茫，平沙雁。旋惊散。烟敛寒林簇，画屏展，天际遥山小，黛眉浅[1]。　　旧赏轻抛，到此成游宦。觉客程劳，年光晚。异乡风物,忍萧索,当愁眼。帝城赊[2],秦楼阻,旅魂乱。芳草连空阔,残照满,佳人无消息,断云远。

【注解】
〔1〕黛眉浅:形容遥山。
〔2〕赊:远。

竹马子

登孤垒荒凉,危亭旷望,静临烟渚。对雌霓[1]挂雨,雄风[2]拂槛,微收残暑。渐觉一叶惊秋,残蝉噪晚,素商[3]时序。览景想前欢,指神京、非雾非烟深处。　　向此成追感,新愁易积,故人难聚。凭高尽日凝伫,赢得消魂无语。极目霁霭[4]霏微,暝鸦零乱,萧索江城暮。南楼画角,又送残阳去。

【注解】
〔1〕雌霓:虹双出,色鲜艳者为雄,色暗淡者为雌,雄曰虹,雌曰霓。
〔2〕雄风:雄骏之风,宋玉《风赋》:"此大王之雄风也。"
〔3〕素商:秋日。秋色尚白,音属商,见《礼记·月令》。
〔4〕霁霭:晴烟。

王安石

安石,字介甫,临川人。庆历二年进士,神宗朝累除知制诰翰林学士,拜同中书门下平章事,加尚书左仆射,兼门下侍郎,封荆国公。卒谥曰文,崇宁间追封舒王。有《临川先生歌曲》一卷,《补遗》一卷,见《彊村丛书》。

王灼云:王荆公长短句不多,合绳墨处,自雍容奇特。(《碧鸡漫志》)

刘熙载云:王半山词瘦削雅素,一洗五代旧习,惟未能涉乐必笑,言哀已叹,故深情之士,不无间然。(《艺概》)

桂枝香

登临送目,正故国晚秋,天气初肃。千里澄江似练,翠峰如簇。归帆去棹斜阳里,背西风,酒旗斜矗。彩舟云淡,星河鹭起[1],画图难足。　　念往昔、繁华竞逐,叹门外楼头[2],悲恨相续。千古凭高,对此漫嗟荣辱。六朝[3]旧事如流水,但寒烟、衰草凝绿[4]。至今商女,时时犹唱,《后庭》遗曲[5]。

【注解】

〔1〕星河鹭起:星河即银河。李白诗:"三山半落青天外,二水中分白鹭洲。"

〔2〕门外楼头:用杜牧"门外韩擒虎,楼头张丽华"诗意。

〔3〕六朝:吴、东晋、宋、齐、梁、陈。

〔4〕衰草凝绿:窦巩诗:"伤心欲问南朝事,惟见江流去不回。日暮春风春草绿,鹧鸪飞上越王台。"二句本此。

〔5〕《后庭》遗曲:陈后主游宴后庭,其曲有《玉树后庭花》,见《南史·张贵妃传》。杜牧诗:"商女不知亡国恨,隔江犹唱《后庭花》。"

【评笺】

杨湜云:金陵怀古,诸公寄调《桂枝香》者,三十馀家,惟王介甫为绝唱,东坡见之,叹曰:"此老乃野狐精也。"(《景定建康志》引《古今词话》)

梁启超云:李易安谓介甫文章似西汉,然以作歌词,则人必绝倒。但此作却颉颃清真、稼轩,未可漫诋也。(《艺蘅馆词选》)

千秋岁引

别馆寒砧[1],孤城画角,一派秋声入寥廓。东归燕从海上去,南来雁向沙头落。楚台风[2],庾楼月[3],宛如昨。无奈被些名利缚,无奈被他情担阁,可惜风流总闲却。当初漫留华表语[4],而今误我秦楼约。梦阑时,酒醒后,思量著。

【注解】

〔1〕砧(zhēn 贞):捣衣石。

〔2〕楚台风:《宋玉传》云:楚王游于兰台,有风飒至,王乃披襟以当之曰:"快哉此风!"

〔3〕庾楼月:《世说》云:晋庾亮在武昌,与诸佐吏殷浩之徒乘夜月共上南楼,据胡床咏谑。

〔4〕华表语:《续搜神记》云:辽东城门有华表柱,有白鹤集其上言曰:"有鸟有鸟丁令威,去家千年今来归;城中如故人民非,何不学仙冢累累!"

【评笺】

杨慎云:荆公此词,大有感慨,大有见道语,既勘破乃尔,何执拗新法,铲灭正人哉?(《词品》)

李攀龙云:不着一愁语,而寂寂景色,隐隐在目,洵一幅秋光图,最堪把玩。(《草堂诗馀隽》)

沈际飞云:媚出于老,流动出于整齐,其笔墨自不可议。(《草堂诗馀正集》)

先著云:无奈数语鄙俚,然首尾实是词家法门。阅北宋词须放一线道,往往北宋人一二语,又是南渡以后丹头,故不可轻弃也。(《词洁》)

黄蓼园云:意致清迥,翛然有出尘之致。(《蓼园词选》)

王安国

安国,字平甫,临川人,安石弟。举进士,又举茂才异等。熙宁初,除西京国子教授,终秘阁校理。有词见《花庵词选》。

清平乐

留春不住,费尽莺儿语。满地残红宫锦[1]污,昨夜南园风雨。　　小怜[2]初上琵琶,晓来思绕天涯。不肯画堂朱户,春风自在杨花。

【注解】
[1] 宫锦:宫中锦绣,此喻落花。
[2] 小怜:原为北朝冯淑妃之名,此泛指歌女。

【评笺】
周紫芝云:大梁罗叔共为余言:顷在建康士人家见王荆公亲写小词一纸,其家藏之甚珍,其词即《清平乐》云云。仪真沈彦述谓非荆公词,乃平甫词也。(《竹坡诗话》)

谭献云:"满地"二句,倒装见笔力;末二句见其品格之高。(《谭评词辨》)

晏几道

几道，字叔原，号小山，殊幼子。监颍昌许田镇。有小山词，见《六十家词》及《彊村丛书》，又有晏端书刊本。

黄庭坚云：叔原乐府寓以诗人句法，清壮顿挫，能动摇人心。合者《高唐》《洛神》之流，下者不减《桃叶》《团扇》。(《小山词序》)

陈振孙云：叔原词在诸名胜中独可追步《花间》，高处或过之。(《直斋书录解题》)

王灼云：叔原词如金陵王、谢子弟，秀气胜韵，得之天然，殆不可学。(《碧鸡漫志》)

程颐云：伊川闻诵叔原词"梦魂惯得无拘检，又踏杨花过谢桥"，乃笑曰："鬼语也。"意颇赏之。(沈雄《古今词话》引)

陆友仁云：叔原监颍昌府许田镇，手写自作长短句上府帅韩持国，持国报书："得新词盈卷，盖才有馀而德不足者，愿捐有馀之才，补不足之德，不胜门下老吏之望云。"一镇监敢于杯酒间自作长短句示本道，大帅之严，犹尽门生忠于郎君之意；在叔原为甚豪，在韩公为甚德也。(《砚北杂志》)

毛晋云：小山词字字娉娉袅袅，如挽嫱、施之袂，恨不能起莲、鸿、蘋、云，按红牙板唱和一过。(《小山词跋》)

周济云：晏氏父子仍步温、韦，小晏精力尤胜。(《介存斋论词杂著》)

陈廷焯云：《诗》三百篇大旨归于无邪，北宋晏小山工于言情，出文

献、文忠之右,然不免思涉于邪,有失风人之旨,而措词婉妙,则一时独步。(《白雨斋词话》)

冯煦云:淮海、小山,古之伤心人也。其淡语皆有味,浅语皆有致,求之两宋词人,实罕其匹。子晋欲以晏氏父子追配李氏父子,诚为知言。(《六十一家词选例言》)

况周颐云:小山词从《珠玉》出,而成就不同,体貌各具。《珠玉》比花中之牡丹,小山其文杏乎。(《蕙风词话》)

临江仙

梦后楼台高锁,酒醒帘幕低垂。去年春恨却来时,落花[1]人独立,微雨燕双飞。　　记得小蘋[2]初见,两重心字[3]罗衣。琵琶弦上说相思,当时明月在,曾照彩云[4]归。

【注解】

〔1〕落花:两句原为五代翁宏诗。

〔2〕小蘋:歌女名。

〔3〕心字:衣领屈曲如心字,见沈雄《古今词话》。

〔4〕彩云:指小蘋。

【评笺】

范成大云:番禺人作心字香,用素馨、末利半开者著净器,薄劈沉香,层层相间封,日一易,不待花萎,花过香成。蒋捷词:"银字笙调,心字香烧。"晏小山词:"记得年时初见,两重心字罗衣。"(《骖鸾录》)

杨万里云：近世词人，闲情之靡，如伯有所赋，赵武所不得闻者，有过之无不及焉，是得为好色而不淫乎？惟晏叔原云"落花人独立，微雨燕双飞"，可谓好色而不淫矣。（《诚斋诗话》）

张宗橚云：按小山词跋："始时沈十二廉叔、陈十君宠家有莲、鸿、蘋、云，品清讴娱客，每得一解，即以草授诸儿，吾三人持酒听之，为一笑乐。已而君宠疾废卧家，廉叔下世，昔之狂篇醉句，遂与两家歌儿酒使俱流转人间"云云。此词当是追忆蘋、云而作。又按小山词尚有《玉楼春》两阕，一云："小蘋若解愁春暮"，一云："小莲未解论心素"，其人之娟姿艳态，一座皆倾，可想见矣。（《词林纪事》）

谭献云："落花"两句，名句千古，不能有二。末二句正以见其柔厚。（《谭评词辨》）

陈廷焯云：小山词如："去年春恨却来时，落花人独立，微雨燕双飞。"又："当时明月在，曾照彩云归。"既闲婉，又沉着，当时更无敌手。（《白雨斋词话》）

康有为云：起二句纯是华严境界。（《艺蘅馆词选》）

蝶恋花

梦入江南烟水路，行尽江南，不与离人遇。睡里消魂无说处，觉来惆怅消魂误。　　欲尽此情书尺素[1]，浮雁沉鱼，终了[2]无凭据。却倚缓弦歌别绪，断肠移破秦筝[3]柱。

【注解】

〔1〕尺素：书简。素，绢也，古人为书，多书于绢，故称书简为尺素。

〔2〕终了:终于。
〔3〕秦筝:见前张先《菩萨蛮》注。

蝶恋花

醉别西楼醒不记,春梦秋云〔1〕,聚散真容易。斜月半窗还少睡,画屏闲展吴山翠。　　衣上酒痕诗里字,点点行行,总是凄凉意。红烛自怜无好计,夜寒空替人垂泪。

【注解】
〔1〕春梦秋云:白居易诗:"来如春梦不多时,去似秋云无觅处。"

鹧鸪天

彩袖〔1〕殷勤捧玉钟,当年拚却〔2〕醉颜红。舞低杨柳楼心月,歌尽桃花扇底风。　　从别后,忆相逢,几回魂梦与君同。今宵剩把〔3〕银釭照,犹恐相逢是梦中。

【注解】
〔1〕彩袖:指歌女。
〔2〕拚却:甘愿之辞。
〔3〕剩把:尽把。

【评笺】

晁补之云：晏元献不蹈袭人语，风度闲雅，自是一家。如"舞低杨柳楼心月，歌尽桃花扇底风"，知此人必不生于三家村中者。(《侯鲭录》)

《雪浪斋日记》云：晏叔原工于小词，"舞低杨柳楼心月，歌尽桃花扇底风"，不愧六朝宫掖体。无咎评乐章，乃以为元献，误也。(《苕溪渔隐丛话》引)

胡仔云：词情婉丽。(《苕溪渔隐丛话》)

王楙云：晏叔原："今宵剩把银釭照，犹恐相逢是梦中"，盖出于老杜"夜阑更秉烛，相对如梦寐"、戴叔伦"还作江南梦，翻疑梦里逢"、司空曙"乍见翻疑梦，相悲各问年"之意。(《野客丛书》)

刘体仁云："夜阑更秉烛，相对如梦寐"，叔原则云："今宵剩把银釭照，犹恐相逢是梦中。"此诗与词之分疆也。(《七颂堂词绎》)

沈际飞云：末二句惊喜俨然。(《草堂诗馀正集》)

陈廷焯云：下半阕曲折深婉，自有艳词，更不得不让伊独步。(《白雨斋词话》)

黄蓼园云："舞低"二句，比白香山"笙歌归院落，灯火下楼台"，更觉浓至。(《蓼园词选》)

生查子

关山魂梦长，塞雁音书少。两鬓可怜青，只为相思老。　　归傍碧纱窗，说与人人[1]道："真个[2]别离难，不似相逢好。"

【注解】
〔1〕人人:称所爱之人。
〔2〕真个:真正。

木兰花

东风又作无情计,艳粉娇红[1]吹满地。碧楼帘影不遮愁,还似去年今日意。　谁知错管春残事,到处登临曾费泪。此时金盏直须[2]深,看尽落花能几醉。

【注解】
〔1〕艳粉娇红:指落花。
〔2〕直须:就要。

木兰花

秋千院落重帘暮,彩笔闲来题绣户。墙头丹杏雨馀花,门外绿杨风后絮。　朝云信断知何处?应作襄王春梦[1]去。紫骝认得旧游踪,嘶过画桥东畔路。

【注解】
〔1〕襄王春梦:楚襄王游高唐,梦神女荐枕,临去,有"旦为行云,暮为行雨"语,见宋玉《高唐赋序》。

【评笺】

沈谦云:填词结句,或以动荡见奇,或以迷离称胜,著一实语败矣。康伯可"正是销魂时候也,撩乱花飞"、晏叔原"紫骝认得旧游踪,嘶过画桥东畔路"、秦少游"放花无语对斜晖,此恨谁知",深得此法。(《填词杂说》)

沈际飞云:雨馀花、风后絮,入江云、黏地絮,如出一手。(《草堂诗馀正集》)

黄蓼园云:首二句别后,想其院宇深沉,门阑紧闭。接言墙内之人,如雨馀之花,门外行踪,如风后之絮。后段起二句言此后杳无音信,末二句言重经其地,马尚有情,况于人乎?(《蓼园词选》)

清平乐

留人不住,醉解兰舟去。一棹碧涛春水路,过尽晓莺啼处。

渡头杨柳青青,枝枝叶叶离情。此后锦书休寄,画楼云雨无凭。

【评笺】

周济云:结语殊怨,然不忍割。(《宋四家词选》)

阮郎归

旧香残粉似当初,人情恨不如。一春犹有数行书,秋来书更疏。　衾凤[1]冷,枕鸳孤,愁肠待酒舒。梦魂纵有也成虚,那堪和梦无。

【注解】
〔1〕衾凤:即凤衾。枕鸳即鸳枕。

阮郎归

天边金掌[1]露成霜,云随雁字长。绿杯红袖趁重阳,人情似故乡。　兰佩紫,菊簪黄,殷勤理旧狂。欲将沉醉换悲凉,清歌莫断肠。

【注解】
〔1〕金掌:汉武帝作柏梁台,上建铜柱,有仙人掌擎盘承露。

【评笺】
况周颐云:"绿杯"二句,意已厚矣。"殷勤理旧狂"五字三层意:狂者,所谓一肚皮不合时宜,发见于外者也。狂已旧矣,而理之,而殷勤理之,其狂若有甚不得已者。"欲将沉醉换悲凉"是上句注脚。"清歌莫断肠",仍含不尽之意。此词沉着厚重,得此结句,便觉竟体空灵。小晏神仙中人,重以名父之贻,贤师友相与沆瀣,其独造处岂凡夫肉眼所能见及。"梦魂惯得无拘管,又逐杨花过谢桥",以是为至,乌足以论小山词耶!(《蕙风词话》)

六么令

绿阴春尽,飞絮绕香阁。晚来翠眉宫样,巧把远山学[1]。一寸狂心未说,已向横波[2]觉。画帘遮匝[3],新翻曲妙,暗许闲人带偷掐[4]。　　前度书多隐语,意浅愁难答。昨夜诗有回文[5],韵险还慵押。都待笙歌散了,记取来时霎。不消红蜡,闲云归后,月在庭花旧阑角。

【注解】

〔1〕远山学:见前欧阳修《诉衷情》注。
〔2〕横波:目邪视如水波之横流。
〔3〕遮匝:匝(zā 扎),读入声。遮匝,周围之意。
〔4〕掐(qiā 恰):读入声。
〔5〕回文:诗中字句,回环读之,无不成文。

御街行

街南绿树春饶絮,雪满游春路。树头花艳杂娇云,树底人家朱户。北楼闲上,疏帘高卷,直见街南树。　　阑干倚尽犹慵去,几度黄昏雨。晚春盘马踏青苔,曾傍绿阴深驻。落花犹在,香屏空掩,人面知何处?

虞美人

曲阑干外天如水,昨夜还曾倚。初将明月比佳期,长向月圆时候、望人归。　　罗衣著破前香在,旧意谁教改。一春离恨懒调弦,犹有两行闲泪、宝筝前。

留春令

画屏天畔,梦回依约,十洲[1]云水。手捻红笺寄人书,写无限、伤春事。　　别浦高楼曾漫倚,对江南千里。楼下分流水声中,有当日、凭高泪。

【注解】
〔1〕十洲:神仙之所居,在八方巨海之中。汉东方朔有《十洲记》,谓祖洲、瀛洲、玄洲、炎洲、长洲、元洲、流洲、生洲、凤麟洲、聚窟洲。

【评笺】
杨慎云:晁元忠诗:"安得龙湖潮,驾回安河水。水从楼前来,中有美人泪。人生高唐观,有情何能已!"晏小山《留春令》全用其语。(《词品》)
郑文焯云:晏小山《留春令》:"楼下分流水声中,有当日凭高泪"二语,亦袭冯延巳《三台令》:"流水、流水,中有伤心双泪。"宋人所承

如是,但乏质茂气耳。(《评小山词》)

思远人

红叶黄花秋意晚,千里念行客。飞云过尽,归鸿无信,何处寄书得? 泪弹不尽临窗滴,就砚旋研墨。渐写到别来,此情深处,红笺为无色。

苏 轼

轼,字子瞻,洵长子,眉山人。嘉祐二年进士,累除中书舍人翰林学士,历端明殿学士礼部尚书。绍圣初,坐讪谤,安置惠州,徙昌化。徽宗立,赦还,提举玉局观。建中靖国元年,卒于常州。高宗朝赠太师,谥文忠。有《东坡词》一卷,见《六十家词》本。又《东坡乐府》二卷,有《四印斋所刻词》本。又三卷,有《彊村丛书》本。

晁无咎云:居士词人谓多不谐音律,然横放杰出,自是曲子中缚不住者。(《复斋漫录》引)

陈师道云:子瞻以诗为词,如教坊雷大使之舞,虽极天下之工,要非本色。(《后山诗话》)

王直方云:东坡尝以所作小词示无咎、文潜曰:"何如少游?"二人皆对曰:"少游诗似词,先生词似诗。"(《王直方诗话》)

陆游云:世言东坡不能歌,故所作乐府辞多不协。(《渭南文集》)

晁以道云:绍圣初,与东坡别于汴上,东坡酒酣,自歌《古阳关》,则公非不能歌,但豪放,不喜裁剪以就声律耳。试取东坡诸词歌之,曲终,觉天风海雨逼人。(《历代诗馀》引)

周辉云:居士词岂无去国怀乡之感,殊觉哀而不伤。(《清波杂志》)

胡仔云:东坡词皆绝去笔墨畦径间,直造古人不到处,真可使人一唱而三叹。(《苕溪渔隐丛话》)

彭乘云:子瞻尝自言平生有三不如人,谓著棋、吃酒、唱曲也。然三

者亦何用如人。子瞻之词虽工，而不入腔，正以不能唱曲耳。(《墨客挥犀》)

胡寅云：眉山苏氏，一洗绮罗香泽之态，摆脱绸缪宛转之度，使人登高望远，举首高歌，而逸怀浩气，超乎尘垢之外，于是《花间》为皂隶，而耆卿为舆台矣。(《酒边词序》)

张炎云：词须要出新意，能如东坡清丽舒徐，出人意表，不求新而自新，为周、秦诸人所不能到。(《词源》)

王若虚云：晁无咎云："眉山公之词短于情，盖不更此境耳。"陈后山曰："宋玉不识巫山神女而能赋之，岂待更而后知？是直以公为不及情也。呜呼！风韵如东坡，而谓不及于情，可乎！彼高人逸士，正当如是，其溢为小词，而闲及于脂粉之间，所谓滑稽玩戏，聊复尔尔者也。若乃纤艳淫媟，入人骨髓，如田中行、柳耆卿辈，岂公之雅趣也哉！"又云："公雄文大手，乐府乃其游戏，顾岂与流俗争胜哉！盖其天资不凡，辞气迈往，故落笔皆绝尘耳。"(《滹南诗话》)

王灼云：东坡先生以文章馀事作诗，溢而作词曲，高处出神入天，平处尚临镜笑春，不顾侪辈。又云：长短句虽至本朝而盛，然前人自立与真情衰矣。东坡先生非心醉于音律者，偶尔作歌，指出向上一路，新天下耳目，弄笔者始知自振。(《碧鸡漫志》)

俞文豹云：东坡在玉堂日，有幕士善歌，因问："我词何如耆卿？"对曰："郎中词，只好十七八女子，执红牙板，歌'杨柳岸晓风残月'；学士词，须关西大汉，绰铁板，唱'大江东去'。"为之绝倒。(《吹剑录》)

王士禛云：山谷云："东坡书挟海上风涛之气，读坡词当作如是观。琐琐与柳七较锱铢，无乃为髯公所笑。"(《花草蒙拾》)

楼敬思云：东坡老人故自灵气仙才，所作小词，冲口而出，无穷清新，不独寓以诗人句法，能一洗绮罗香泽之态也。(《词林纪事》引)

俞彦云：子瞻词无一语著人间烟火，此大罗天上一种，不必与少游、易安辈较量体裁也。其豪放亦止"大江东去"一词，何物袁绹，妄加品隲！后代奉为美谈，似欲以概子瞻生平，不知万顷波涛，来自万里，吞天浴月。古豪杰英爽都在，使屯田此际操觚，果可以"杨柳外晓风残月"命句否？且柳词亦只此佳句，馀皆未称，而亦有本，祖魏承班《渔歌子》："窗外晓莺残月"，第改二字，增一字耳。（《爰园词话》）

许昂霄云：子瞻自评其文如万斛泉源，不择地皆可出，惟词亦然。（《词综偶评》）

《四库全书提要》云：词自晚唐、五代以来，以清切婉丽为宗，至柳永而一变，如诗家之有白居易；至轼而又一变，如诗家之有韩愈，遂开南宋辛弃疾等一派。寻源溯流，不能不谓之别格，然谓之不工则不可。故今日尚与《花间》一派并行，而不能偏废。（《东坡词》提要）

周济云：人赏东坡粗豪，吾赏东坡韶秀。韶秀是东坡佳处，粗豪则病也。又云：东坡每事俱不十分用力，古文、书、画皆尔，词亦尔。（《介存斋论词杂著》）

吴衡照云：王从之著有《滹南诗话》，间及诗馀，亦往往中肯。云："陈后山谓坡公以诗为词，大是妄论。盖词与诗只一理，自世之末作，习为纤艳柔脆，以投流俗之好，高人胜士，或亦以是相矜，日趋于委靡，遂谓其体当然，而不知其弊至于此也。顾或谓先生虑其不幸而溺焉，故援而止之，特寓以诗之法，斯又不然。公以文章馀事作诗，又溢而作词，其挥霍游戏所及，何矜心作意于其间哉！要其天资高，落笔自超凡耳。"此条论坡公词极透澈，髯翁乐府之妙，得滹南而论定也。（《莲子居词话》）

刘熙载云：东坡词颇似老杜诗，以其无意不可入，无事不可言也。若其豪放之致，则时与太白为近。又云：东坡词具神仙之姿，方外白玉蟾诸家，惜未诣此。（《艺概》）

陈廷焯云：太白之诗，东坡之词，皆是异样出色，只是人不能学，乌

得议其非正声!(《白雨斋词话》)

冯煦云:词家之有南、北宋,以世言也。曰秦、柳,曰姜、张,以人言也。若东坡之于北宋,稼轩之于南宋,并独树一帜,不域于世,亦与他家绝殊,世第以豪放目之,非知苏、辛者也。(《六十一家词选例言》)

王鹏运云:北宋人词如潘逍遥之超逸,宋子京之华贵,欧阳文忠公之骚雅,柳屯田之广博,晏小山之疏俊,秦太虚之婉约,张子野之流丽,黄文节之隽上,贺方回之醇肆,皆可抚拟,得其仿佛,惟苏文忠之清雄,夐乎轶尘绝迹,令人无从步趋。盖霄壤相悬,宁止才华而已!其性情,其学问,其襟抱,举非恒流所能梦见。词家苏、辛并称,其实辛犹人境也,苏其殆仙乎!(《半塘老人遗稿》)

水调歌头

丙辰[1]中秋,欢饮达旦,作此篇兼怀子由[2]。

明月几时有[3],把酒问青天。不知天上宫阙,今夕是何年。我欲乘风归去,惟恐琼楼玉宇[4],高处不胜寒。起舞弄清影,何似在人间。　转朱阁,低绮户[5],照无眠。不应有恨,何事长向别时圆?人有悲欢离合,月有阴晴圆缺,此事古难全。但愿人长久,千里共婵娟[6]。

【注解】
〔1〕丙辰:宋神宗熙宁九年。
〔2〕子由:苏轼弟名辙,字子由。

〔3〕明月几时有:李白诗:"青天有月来几时?我今停杯一问之。"
〔4〕玉宇:《云笈七签》:"太微之所馆,天帝之玉宇也。"
〔5〕绮户:绣户。
〔6〕婵娟:美丽之月光。

【评笺】

杨湜云:神宗读至"琼楼玉宇,高处不胜寒",乃叹曰:"苏轼终是爱君。"即量移汝州。(《岁时广记》引《古今词话》)

蔡绦云:歌者袁绹,乃天宝之李龟年也。宣和间,供奉九重,尝为吾言:东坡公者与客游金山,适中秋夕,天宇四垂,一碧无际,如江流倾涌。俄月色如昼,遂共登金山山顶之妙高台,命绹歌其《水调歌头》曰:"明月几时有?把酒问青天。"歌罢,坡为起舞,而顾问曰:"此便是神仙矣,吾辈文章人物,诚千载一时,后世安所得乎?"(《铁围山丛谈》)

胡仔云:中秋词自东坡《水调歌头》一出,馀词尽废。又云:先君尝云:"坡词'低绮户'当云'窥绮户'。"二字既改,其词愈佳。(《苕溪渔隐丛话》)

曾季貍云:《水调歌头》:"但愿人长久,千里共婵娟。"本谢庄《月赋》:"隔千里兮共明月。"(《艇斋诗话》)

李治云:东坡《水调歌头》:"我欲乘风归去,只恐琼楼玉宇,高处不胜寒。起舞弄清影,何似在人间。"一时词手,多用此格。如鲁直云:"我欲穿花寻路,直入白云深处,浩气展虹蜺。只恐花深里,红露湿人衣。"盖效坡语也。近世闲闲老亦云:"我欲骑鲸归去,只恐神仙官府,嫌我醉时真。笑拍群仙手,几度梦中身。"(《敬斋古今黈》)

卓人月云:"明月几时有"一词,画家大斧皴,书家劈窠体也。(《词统》)

刘体仁云:"琼楼玉宇",《天问》之遗也。(《七颂堂词绎》)

沈雄云:《水调歌头》间有藏韵者,东坡明月词:"我欲乘风归去,惟恐琼楼玉宇",后段:"人有悲欢离合,月有阴晴圆缺",谓之偶然暗合则可,若以多者证之,则问之笺体家,未曾立法于严也。(沈雄《古今词话》)

董毅云:忠爱之言,恻然动人。神宗读"琼楼玉宇,高处不胜寒"之句,以为终是爱君,宜矣。(《续词选》)

先著云:此词前半自是天仙化人之笔,惟后半悲欢离合、阴晴圆缺等字,苛求者未免指此为累。然再三读去,搏捥运动,何损其佳。少陵《咏怀古迹》诗云:"支离东北风尘际,漂泊西南天地间。"未尝以风尘天地、西南东北等字空塞,有伤是诗之妙。诗家最上一乘,固有以神仙者矣,于词何独不然!(《词洁》)

刘熙载云:词以不犯本位为高,东坡《满庭芳》:"老去君恩未报,空回首,弹铗悲歌。"语诚慷慨,然不若《水调歌头》"我欲乘风归去,惟恐琼楼玉宇,高处不胜寒。"尤觉空灵蕴藉。(《艺概》)

黄蓼园云:按通首只是咏月耳。前阕是见月思君,言天上宫阙,高不胜寒,但仿佛神魂归去,几不知身在人间也。次阕言月何不照人欢洽,何事有恨,偏于人离索之时而圆乎?复又自解,人有离合,月有圆缺,皆是常事,惟望长久共婵娟耳。缠绵惋恻之思,愈转愈曲,愈曲愈深,忠爱之思,令人玩味不尽。(《蓼园词选》)

郑文焯云:发端从太白仙心脱化,顿成奇逸之笔。湘绮诵此词,以为此全字韵可当三语掾,自来未经人道。(《手批东坡乐府》)

王闿运云:"人有"三句,大开大合之笔,他人所不能。(《湘绮楼词选》)

继昌云:此老不特兴会高骞,直觉有仙气缥缈于毫端。(《左庵

词话》)

　　张德瀛云:苏子瞻《水调歌头》前阕云"我欲乘风归去,又恐琼楼玉宇",后阕云"月有阴晴圆缺,人有悲欢离合"。宇、去、缺、合,均叶短韵,人皆以为偶合,然检韩无咎赋此词云:"放目苍崖万仞,云护晓霜城阵",仞、阵是韵。后阕云:"落日平原西望,鼓角秋声悲壮",望、壮是韵。蔡伯坚词赋此调云:"灯火春城咫尺,晓梦梅花消息",尺、息是韵。后阕云:"翠竹江村月上,但要纶巾鹤氅",上、氅是韵。乃知《水调歌头》实有此一体也。(《词征》)

水龙吟

次韵章质夫《杨花词》[1]

似花还似非花,也无人惜从教坠[2]。抛家傍路,思量却是,无情有思[3]。萦损柔肠,困酣娇眼,欲开还闭。梦随风万里,寻郎去处,又还被莺呼起。　　不恨此花飞尽,恨西园、落红难缀[4]。晓来雨过,遗踪何在?一池萍碎[5]。春色三分,二分尘土,一分流水。细看来不是杨花,点点是离人泪。

【注解】

〔1〕章质夫,名楶,浦城人,仕至枢密院事。《杨花词》云:"燕忙莺懒花残,正堤上柳花飘坠。轻飞点画青林,谁道全无才思。闲趁游丝,静临深院,日长门闭。傍珠帘散漫,垂垂欲下,依前被风扶起。　　兰帐玉

人睡觉,怪春衣雪沾琼缀。绣床渐满,香毬无数,才圆却碎。时见蜂儿,仰黏轻粉,鱼吞池水。望章台路杳,金鞍游荡,有盈盈泪。"

〔2〕从教坠:任杨花坠落。

〔3〕有思:即有情。思,读去声。韩愈诗:"杨花榆荚无情思,惟解漫天作雪飞。"

〔4〕缀:连接。

〔5〕萍碎:旧注:"杨花落水为浮萍,验之信然。"

【评笺】

朱孝臧云:是词和章楶作,仍用王说编丁卯。(朱编《东坡乐府》)

沈义父云:近世作词者不晓音律,乃故为豪放不羁之语。遂借东坡、稼轩诸贤自诿。诸贤之词,固豪放矣,不放处未尝不叶律也。如东坡之《哨遍》、"杨花"《水龙吟》,稼轩之《摸鱼儿》之类,则知诸贤非不能也。(《乐府指迷》)

姚宽云:杨柳二种,杨树叶短,柳树叶长,花初发时,黄蕊子为飞絮,今絮中有小青子,著水泥沙滩上即生小青芽,乃柳之苗也。东坡谓絮化为浮萍,误矣。(《西溪丛话》)

朱弁云:章质夫《杨花词》,命意用事,潇洒可喜。东坡和之,若豪放不入律吕。徐而视之,声韵谐婉,反觉章词有织绣工夫。(《曲洧旧闻》)

魏庆之云:章质夫咏《杨花词》,东坡和之,晁叔用以为:"东坡如王嫱、西施,净洗脚面,与天下妇人斗好,质夫岂可比哉!"是则然矣。余以为质夫词中所谓"傍珠帘散漫,垂垂欲下,依前被风扶起",亦可谓曲尽杨花妙处,东坡所和虽高,恐未能及,诗人议论不公如此。(《诗人玉屑》)

张炎云:后段愈出愈奇,真是压倒今古。(《词源》)

曾季貍云:东坡和章质夫《杨花词》云:"思量却是,无情有思。"用老杜"落絮游丝亦有情"也。"梦随风万里,寻郎去处,依前被莺呼起。"即唐人诗云:"打起黄莺儿,莫教枝上啼;啼时惊妾梦,不得到辽西。""细看来不是杨花,点点是离人泪。"即唐人诗云:"时人有酒送张八,惟我无酒送张八。君有陌上梅花红,尽是离人眼中血。"皆夺胎换骨。(《艇斋诗话》)

沈谦云:东坡"似花还似非花"一篇,幽怨缠绵,直是言情,非复赋物。(《填词杂说》)

李攀龙云:如虢国夫人不施粉黛,而一段天姿,自是倾城。(《草堂诗馀隽》)

沈际飞云:随风万里寻郎,悉杨花神魂。又云:读他文字,精灵尚在文字里面。此老只见精灵,不见文字。(《草堂诗馀正集》)

许昂霄云:与原作均是绝唱,不容妄为轩轾。(《词综偶评》)

王国维云:东坡《水龙吟·咏杨花》和韵而似原唱,章质夫词原唱而似和韵,才之不可强也如是。(《人间词话》)

先著云:《水龙吟》末后十三字,多作五四四,此作七六,有何不可。近见论谱者于"细看来不是"及"杨花点点"下分句,以就立四四之印板死格,遂令坡公绝妙好词,不成文理。又云:起句入魔,非花矣,而又似,不成句也;"抛家傍路"四字欠雅;"缀"字趁韵不稳;"晓来"以下,真是化工神品。(《词洁》)

刘熙载云:东坡《水龙吟》起句云:"似花还似非花。"此句可作全词评语,盖不离不即也。(《艺概》)

郑文焯云:煞拍画龙点睛,此亦词中一格。(《手批东坡乐府》)

继昌云:东坡词:"春色三分,二分尘土,一分流水。"叶清臣词:

"三分春色二分愁,更一分风雨。"蒙亦有句云:"十分春色,欣赏三分;二分懊恼,五分抛掷。"用意不同而同。(《左庵词话》)

永遇乐

彭城夜宿燕子楼,梦盼盼,因作此词。[1]

明月如霜,好风如水,清景无限。曲港跳鱼,圆荷泻露,寂寞无人见。紞[2]如三鼓,铿[3]然一叶,黯黯梦云惊断。夜茫茫、重寻无处,觉来小园行遍。　　天涯倦客,山中归路,望断故园心眼。燕子楼空,佳人何在?空锁楼中燕。古今如梦,何曾梦觉,但有旧欢新怨。异时对、黄楼[4]夜景,为余浩叹。

【注解】

〔1〕白居易《燕子楼诗序》云:徐州故尚书有爱妓曰盼盼,善歌舞,雅多风态,尚书既没,彭城有旧第,第中有小楼名燕子,盼盼念旧爱而不嫁,居是楼十馀年。

〔2〕紞(dǎn胆):击鼓声。

〔3〕铿(kēng坑):金石声,此指叶声。韩愈诗:"空阶一片下,铮若摧琅玕。"

〔4〕黄楼:在铜山县东门,苏轼守徐州时建。

【评笺】

王文诰云:戊午十月,梦登燕子楼,翌日往寻其地作。(《苏诗总案》)

曾敏行云:东坡守徐州,作燕子楼乐章。方具稿,人未知之,一日忽哄传于城中。东坡讶焉,诘其所从来,乃谓发端于逻卒。东坡召而问之,对曰:"某稍知音律,尝夜宿张建封庙,闻有歌声,细听乃此词也。记而传之,初不知何谓。"东坡笑而遣之。(《独醒杂志》)

先著云:野云孤飞,去留无迹,石帚之词也,此词亦当不愧此品目。仅叹赏"燕子楼空"十三字者,犹属附会浅夫。(《词洁》)

黄昇云:东坡问少游别作何词,秦举"小楼连苑横空,下窥绣毂雕鞍骤。"坡云:"十三个字,只说得一个人骑马楼前过。"秦问先生近著,坡云:"亦有一词说楼上事。"乃举"燕子楼空,佳人何在?空锁楼中燕。"晁无咎在座云:"三句说尽张建封燕子楼一段事,奇哉!"(《花庵词选》)

刘体仁云:"燕子楼空,佳人何在?空锁楼中燕。"平生少年之篇也。(《七颂堂词绎》)

郑文焯云:公"燕子楼空"三句语淮海,殆以示咏古之超宕,贵神情不贵迹象也。(《手批东坡乐府》)

洞仙歌

余七岁时,见眉州老尼,姓朱,忘其名,年九十岁。自言尝随其师入蜀主孟昶宫中,一日大热,蜀主与花蕊夫人夜纳凉摩诃池上,作一词,朱具能记之。今四十年,朱已死久矣,人无知此词者,但记其首两句,暇日寻味,岂《洞仙歌》令乎？乃为足之云。

冰肌玉骨,自清凉无汗。水殿风来暗香满。绣帘开、一点明月窥人,人未寝,欹枕钗横鬓乱。　　起来携素手,庭户无声,时见疏星度河汉。试问夜如何？夜已三更,金波[1]淡、玉绳[2]低转。但屈指、西风几时来,又不道[3]流年、暗中偷换。

【注解】

〔1〕金波:月光。《汉书·礼乐志·郊祀歌》:"月穆穆以金波。"

〔2〕玉绳:星名,《文选·西京赋》:"正睹瑶光与玉绳。"李善注以为玉衡北两星为玉绳。

〔3〕不道:不觉。

【评笺】

朱孝臧案:公生丙子,七岁为壬午,又四十年为壬戌也。（朱编《东坡乐府》）

《漫叟诗话》云:杨元素作《本事曲》,记《洞仙歌》云云。钱塘有老尼能诵后主诗首章两句,后人为足其意,以填其词。予尝见一士人诵全篇云:"冰肌玉骨清无汗,水殿风来暗香暖。帘开明月独窥人,欹枕钗横云鬓乱。起来琼户悄无声,时见疏星度河汉。屈指西风几时来,只恐流年暗中换。"渔隐曰:漫叟所载《本事曲》云:"钱塘老尼能诵后主诗首两句",与东坡《洞仙歌》序全然不同,当以序为正也。（《苕溪渔隐丛话》）

赵闻礼云：宜春潘明叔云："蜀主与花蕊夫人避暑摩诃池上，赋《洞仙歌》，词不见于世。东坡得老尼口诵两句，遂足之。蜀帅谢元明因开摩诃池，得古石刻，遂见全篇。词曰：'冰肌玉骨，自清凉无汗。贝阙琳宫恨初远。玉阑干倚遍，怯尽朝寒；回首处，何必留连穆满。芙蓉开过也，楼阁香融，千片红英泛波面。洞房深深锁，莫放轻舟；瑶台去，甘与尘寰路断。更莫遣流红到人间，怕一似当时误他刘阮。'"（《阳春白雪》）

张邦基云：东坡作长短句《洞仙歌》，所谓"冰肌玉骨，自清凉无汗"者，公自叙云："予幼时见一老人，年九十馀，能言孟蜀主时事，云蜀主尝与花蕊夫人夜起纳凉摩诃池上，作《洞仙歌》令。老人能歌之，予今但记其首两句，乃为足之。"近有李公彦《季成诗话》乃云："杨元素作《本事曲》，记《洞仙歌》'冰肌玉骨，自清凉无汗'，钱塘有老尼能诵后主诗首章两句，后人为足其意，以填此词。"其说不同。予友陈兴祖德昭云："顷见一诗话，亦题云李季成作，乃全载孟蜀主一诗：'冰肌玉骨清无汗，水殿风来暗香满。帘间明月独窥人，攲枕钗横云鬓乱。三更庭院悄无声，时见疏星度河汉。屈指西风几时来，只恐流年暗中换。'云：'东坡少年遇老人喜《洞仙歌》，又邂逅处，景色暗相似，故櫽栝稍协律以赠之也。'予谓此说近之。"据此，乃诗耳，而东坡自序乃云是《洞仙歌》令，盖公以此自叙自晦耳。《洞仙歌》腔出近世，五代及国初皆未之有也。（《墨庄漫录》）

田艺蘅云：杜工部"关山同一点"，岑嘉州"严滩一点舟中月"，又《赤骠马歌》"草头一点疾如飞"，又"西看一点是关楼"，朱湾《白鸟翔翠微》诗："净中云一点。"花蕊夫人云："冰肌玉骨清无汗，水殿风来暗香满。绣帘一点月窥人，攲枕钗横云鬓乱。起来庭户悄无声，时见疏星渡河汉。屈指西风几时来，不道流年暗中换。"宋张安国词："洞庭青草,近中秋,更无一点风色。玉界琼田三万顷,著我扁舟一叶。"夫月、云、风也,马也,楼也,皆谓之一点,甚奇。(《留青日札》)

沈际飞云:清越之音,解烦涤苛。(《草堂诗馀正集》)

朱彝尊云:蜀主孟昶夜起避暑摩诃池上,作《玉楼春》云云。按苏子瞻《洞仙歌》本檃栝此词,未免反有点金之憾。(《词综》)

郑文焯云:坡老改添此词数字,诚觉意象万千,其声亦如空山鸣泉,琴筑并奏。(《手批东坡乐府》)

卜算子

黄州定惠院寓居作[1]

缺月挂疏桐,漏断人初静。谁见幽人独往来,飘渺孤鸿影。惊起却回头,有恨无人省。拣尽寒枝不肯栖,寂寞沙洲冷。

【注解】

〔1〕定惠院:在黄冈县东南。

【评笺】

王文诰云:壬戌十二月作。(《苏诗总案》)

吴曾云:东坡谪居黄州,作《卜算子》词云云,其托意盖自有在,读者不能解。张右史文潜继贬黄州,访潘邠老,尝得其详,题诗以志之云:"空江月明鱼龙眠,月中孤鸿影翩翩。有人清吟立江边,葛巾藜杖

眼窥天。夜冷月堕秋虫泣,鸿影翘沙衣露湿。仙人采诗作步虚,玉皇饮之碧琳腴。"(《能改斋漫录》)

胡仔云:"拣尽寒枝不肯栖"之句,或云鸿雁未尝栖宿树枝,惟在田野苇丛间,此亦语病也。此词本咏夜景,至换头但只说鸿。正如《贺新郎》词:"乳燕飞华屋",本咏夏景,至换头但只说榴花。盖其文章之妙,语意到处即为之,不可限以绳墨也。(《苕溪渔隐丛话》)

王楙云:东坡《卜算子》词,渔隐谓:"或云鸿雁未尝栖宿树枝,惟在田苇间。'拣尽寒枝不肯栖',此语亦病。"仆谓人读书不多,不可妄议前辈词句。观隋李元操《鸣雁行》曰:"夕宿寒枝上,朝飞空井傍。"坡语岂无自耶!(《野客丛书》)

王若虚云:东坡《雁》词云:"拣尽寒枝不肯栖。"以其不栖木,故云尔。盖激诡之致,词人正贵其如此。而或者以为语病,是尚可与言哉!近日张吉甫复以"鸿渐于木"为辩,而怪昔人之寡闻,此益可笑。《易》象之言,不当援引为证也,其实雁何尝栖木哉!(《滹南诗话》)

龙辅《女红馀志》云:惠州温氏女超超,年及笄,不肯字人,闻东坡至,喜曰:"我婿也!"日徘徊窗外,听公吟咏,觉则亟去。东坡知之,乃曰:"吾将呼王郎与子为姻。"及东坡渡海归,超超已卒,葬于沙际。公因作《卜算子》词。有"拣尽寒枝不肯栖"之句,按词为咏雁,当别有寄托,何得以俗情傅会也。(《历代诗馀》引《古今词话》)

《梅墩词话》云:超超既钟情于公,余哀其能具只眼,知公之为举世无双,知公之堪为吾婿,是以不得亲近,宁死不愿居人间世也。即呼王郎为姻,彼且必死,彼知有坡公也。(沈雄《古今词话》引)

黄庭坚云:语意高妙,似非吃烟火食人语。非胸中有数万卷书,

笔下无一点尘俗气,孰能至此!(《山谷题跋》)

陈鹄云:"拣尽寒枝不肯栖",取兴鸟择木之意,所以山谷谓之高妙。又云:赵右史家有顾禧景蕃补注东坡长短句真迹云:"余顷于郑公实处见东坡亲迹书《卜算子》断句云:'寂寞沙汀冷',今本作'枫落吴江冷',词意全不相属。"(《耆旧续闻》)

王士禛云:坡《孤鸿词》,山谷以为非吃烟火食人句,良然。鲖阳居士云:"缺月,刺明微也。漏断,暗时也。幽人,不得志也。独往来,无助也。惊鸿,贤人不安也。此与《考槃》相似"(案:鲖阳居士语,见《类编草堂诗馀》引《复雅歌词》)云云。村夫子强作解事,令人欲呕。韦苏州《滁州西涧诗》,叠山亦以为小人在朝,贤人在野之象,令韦郎有知,岂不叫屈!仆尝戏谓坡公命宫磨蝎,湖州诗案,生前为王珪、舒亶辈所苦,身后又硬受此差排耶?(《花草蒙拾》)

张惠言云:此词与《考槃》诗极相似。(张惠言《词选》)

谭献云:以《考槃》为比,其言非河汉也。此亦鄙人所谓作者未必然,读者何必不然。(《谭评词辨》)

黄蓼园云:此东坡自写在黄州之寂寞耳,初从人说起,言如孤鸿之冷落;下专就鸿说。语语双关,格奇而语隽,斯为超诣神品。(《蓼园词选》)

谢章铤云:鲖阳居士所释字笺句解,果谁语而谁知之?虽作者未必无此意,而作者亦未必定有此意,可神会而不可言传。断章取义,则是刻舟求剑,则大非矣。(《赌棋山庄词话》)

郑文焯云:此亦有所感触,不必附会温都监女故事,自成馨逸。(《手批东坡乐府》)

青玉案

送伯固归吴中[1]

三年枕上吴中路,遣黄犬[2]、随君去。若到松江呼小渡,莫惊鸳鹭,四桥[3]尽是、老子经行处。　　《辋川图》[4]上看春暮,常记高人右丞句。作个归期天定许,春衫犹是,小蛮[5]针线,曾湿西湖雨。

【注解】

〔1〕伯固:苏坚,字伯固,苏轼与讲宗盟。此时苏坚从苏轼于杭州三年未归。

〔2〕黄犬:晋陆机有犬名黄耳,机在洛时,曾系书其颈,致松江家中,并得报还洛。事见《晋书·陆机传》。

〔3〕四桥:姑苏有四桥。

〔4〕《辋川图》:唐王维官尚书右丞,有别墅在辋川,维于蓝田清凉寺壁上尝画《辋川图》。

〔5〕小蛮:唐白居易有姬樊素善歌,妓小蛮善舞,有诗云:"樱桃樊素口,杨柳小蛮腰。"

【评笺】

况周颐云:"曾湿西湖雨"是情语,非艳语。与上三句相连属,遂成奇艳绝艳,令人爱不忍释。坡公天仙化人,此等词犹为非其至者,

后学已未易摹仿其万一。(《蕙风词话》)

孝臧案:伯固于己巳年从公杭州,至壬申三年未归,故首句云然。王文诰案:壬申八月,谓以兵部尚书召还。

临江仙

夜饮东坡醒复醉,归来仿佛三更。家童鼻息已雷鸣[1],敲门都不应,倚杖听江声。　　长恨此身非我有[2],何时忘却营营[3]。夜阑风静縠纹[4]平,小舟从此逝,江海[5]寄馀生。

【注解】

[1] 鼻息雷鸣:唐衡山道士轩辕弥明与进士刘师服等联句毕,倚墙而睡,鼻息如雷鸣。见韩愈《石鼎联句序》。

[2] 此身非我有:舜问丞吾身孰有,丞谓是天地之委形。见《庄子》。

[3] 营营:纷乱意。

[4] 縠纹:见前宋祁《木兰花》注。

[5] 江海:高适诗:"江海一扁舟。"

【评笺】

王文诰云:壬戌九月,雪堂夜醉归临皋作。(《苏诗总案》)

叶梦得云:子瞻在黄州病赤眼,逾月不愈,或疑有他疾,过客遂传以为死矣。有语范景文于许昌者,景文绝不置疑,即举袂大恸,召子弟景仁当遣人睸其家。子弟徐言:"此传闻未审得实否?若果其安否得实,吊之未晚。"乃走仆以往,子瞻哗然大笑。故后量移汝州谢表有云:"疾病连年,人皆相传为已死。"未几,复与客饮江上,夜归,江面际天,风露浩然,有当其意,乃作歌词,所谓"夜阑风静縠纹平,小舟从此逝,江海寄馀生"者,与客大歌数过而散。翌日喧传子瞻夜作此词,挂冠服江边,拏舟长啸去矣。郡守徐君猷闻之,惊且惧,以为州失罪人,急命驾往谒,则子瞻鼻鼾如雷犹未兴。然此语卒传至京师,虽裕陵亦闻而疑之。(《避暑录话》)

定风波

三月三日沙湖道中遇雨,雨具先去,同行皆狼狈,余不觉。已而遂晴,故作此。

莫听穿林打叶声,何妨吟啸且徐行。竹杖芒鞋[1]轻胜马,谁怕?一蓑烟雨任平生。　料峭[2]春风吹酒醒,微冷,山头斜照却相迎。回首向来萧瑟处,归去,也无风雨也无晴。

【注解】

〔1〕芒鞋:草鞋。
〔2〕料峭:风寒貌。

【评笺】

王文诰云:壬戌相田至沙湖道中遇雨作。(《苏诗总案》)
郑文焯云:此足征是翁坦荡之怀,任天而动。琢句亦瘦逸,能道

眼前景,以曲笔直写胸臆,倚声能事尽之矣。(《手批东坡乐府》)

江城子

乙卯正月二十日夜记梦[1]

十年[2]生死两茫茫,不思量,自难忘。千里孤坟[3],无处话凄凉。纵使相逢应不识,尘满面、鬓如霜。　夜来幽梦忽还乡,小轩窗,正梳妆。相顾无言,惟有泪千行。料得年年肠断处,明月夜、短松冈。

【注解】

[1] 乙卯:宋神宗熙宁八年。

[2] 十年:苏轼妻王氏卒于宋英宗治平二年五月,到熙宁八年,正十年。

[3] 千里孤坟:王氏葬于四川彭山县安镇乡可龙里。

【评笺】

王文诰云:词注谓公悼亡之作,考通义君卒于治平二年乙巳,至是熙宁八年乙卯,正十年也。(《苏诗总案》)

本集《亡妻王氏墓志铭》:"治平二年五月丁亥,赵郡苏轼之妻卒于京师。其明年六月壬子,葬于眉之东北彭山县安镇乡可龙里先君夫人墓之西北。"

贺新郎

乳燕飞华屋,悄无人、槐阴转午,晚凉新浴。手弄生绡白团扇[1],扇手一时似玉[2]。渐困倚、孤眠清熟,帘外谁来推绣户?枉教人、梦断《瑶台曲》,又却是、风敲竹。　　石榴半吐红巾蹙[3],待浮花、浪蕊[4]都尽,伴君幽独。秾艳一枝细看取,芳意千重似束。又恐被西风惊绿[5],若待得君来向此,花前对酒不忍触。共粉泪、两簌簌。

【注解】

〔1〕白团扇:晋中书令王珉与嫂婢有情,珉好执白团扇,婢作《白团扇歌》赠珉。

〔2〕扇手似玉:晋王衍每执玉柄麈尾玄谈,与手同色。

〔3〕红巾蹙:白居易《石榴诗》:"山榴花似结红巾。"

〔4〕浮花浪蕊:韩愈诗:"浮花浪蕊镇长有。"傅幹注:"石榴繁盛时,百花零落尽矣。"

〔5〕西风惊绿:皮日休《石榴诗》:"石榴香老愁寒霜。"

【评笺】

杨湜云:苏子瞻守钱塘,有官妓秀兰,天性黠慧,善于应对。一日,湖中有宴会,群妓毕集,惟秀兰不至,督之良久方来。问其故,对以沐浴倦睡,忽闻叩门甚急,起而问之,乃乐营将催督也。子瞻已怒之,坐中一倅怒其晚至,诘之不已。时榴花盛开,秀兰折一枝藉手告

倅,倅愈怒,子瞻因作《贺新凉》令歌以送酒,倅怒顿止。(《苕溪渔隐丛话》引《古今词话》)

陈鹄云:曩见陆辰州,语余以《贺新郎》词用榴花事,乃妾名也,退而书其语,今十年矣,亦未尝深考。近观顾景藩续注,因悟东坡词中用《白团扇》《瑶台曲》,皆侍妾故事。按晋中书令王珉好执白团扇,婢作《白团扇歌》以赠珉。又唐《逸史》许檀暴卒复瘥,作诗云:"晓入瑶台露气清,坐中惟见许飞琼。尘心未尽俗缘重,十里下山空月明。"复寝,惊起,改第二句云:"昨日梦到瑶池,飞琼令改之,云:不欲世间知我也。"按《汉武帝内传》所载董双成、飞琼,皆西王母侍儿,东坡用此事,乃知陆辰州得榴花之事于晁氏为不妄也。至《本事词》载榴花事极鄙俚,诚为妄诞。(《耆旧续闻》)

胡仔云:东坡此词,冠绝古今,托意高远,宁为一妓而发耶!"帘外"三句用古诗:"卷帘风动竹,疑是故人来"之意。"石榴半吐"五句,盖初夏之时,千花事退,榴花独芳,因以写幽闺之情也。野哉杨湜之言,真可入笑林矣!(《苕溪渔隐丛话》)

曾季貍云:东坡《贺新郎》在杭州万顷寺作,寺有榴花树,故词中云石榴。又是日有歌者昼寝,故词中云:"渐困倚孤眠清熟。"其真本云"乳燕栖华屋",今本作"飞"字,非是。(《艇斋诗话》)

吴师道云:东坡《贺新郎》词"乳燕华屋"云云,后段"石榴半吐红巾蹙"以下,皆咏榴。《卜算子》"缺月挂疏桐"云云,"飘渺孤鸿影"以下,皆说鸿,别一格也。(《吴礼部诗话》)

沈际飞云:换头单说榴花。高手作文,语意到处即为之,不当限以绳墨。又云:榴花开,榴花谢,以芳心共粉泪想像,咏物妙境。又云:凡作事或具深衷,或即时事,工与不工,则作手之本色,自莫可掩。《贺新郎》一解,苕溪正之诚然,而为秀兰非为秀兰,不必论也。两家

纷然,子瞻在泉,不笑其多事耶?(《草堂诗馀正集》)

　　黄蓼园云:末四句是花是人,婉曲缠绵,耐人寻味不尽。(《蓼园词选》)

　　谭献云:颇欲与少陵佳人一篇互证。后半阕别开异境,南宋惟稼轩有之。变而近正。(《谭评词辨》)

秦　观

观，字少游，一字太虚，号淮海居士，高邮人。举进士。元祐初，苏轼以贤良方正荐除秘书省正字、兼国史院编修官。绍圣初，坐党籍削秩，监处州酒税，徙郴州，编管横州，又徙雷州；放还，至藤州卒。有《淮海词》一卷，见《六十家词》刊本。又《淮海居士长短句》三卷，有《四部丛刊》本及《彊村丛书》本。又有王敬之刊本、北平图书馆影印宋本、叶退庵影宋校本。

蔡伯世云：子瞻辞胜乎情，耆卿情胜乎词；辞情相称者，惟少游一人而已。（沈雄《古今词话》引）

胡仔云：少游词虽婉美，然格力失之弱。（《苕溪渔隐丛话》）

李清照云：秦词专主情致，而少故实，譬如贫家美女，虽极妍丽丰逸，而终乏富贵态。（《苕溪渔隐丛话》引）

苏籀云：秦校理词，落尽畦畛，天心月胁，逸格超绝，妙中之妙；议者谓前无伦而后无继。（《词林纪事》引）

张炎云：秦少游词体制淡雅，气骨不衰，清丽中不断意脉，咀嚼无滓，久而知味。（《词源》）

释觉范云：少游小词奇丽，咏歌之，想见神情在绛阙道山之间。（《冷斋夜话》）

张綖云：少游多婉约，子瞻多豪放，当以婉约为主。（张刻《淮海集》）

贺裳云：少游能为曼声以合律，写景极凄惋动人，然形容处殊无刻

肌入骨之言,去韦庄、欧阳炯诸家,尚隔一尘。(《皱水轩词筌》)

彭孙遹云:词家每以秦七、黄九并称,其实黄不及秦甚远,犹高之视史,刘之视辛,虽齐名一时,而优劣自不可掩。(《金粟词话》)

楼敬思云:淮海词风骨自高,如红梅作花,能以韵胜;觉清真亦无此气味也。(《词林纪事》引)

《四库全书提要》云:观诗格不及苏、黄,而词则情韵兼胜,在苏、黄之上;流传虽少,要为倚声家一作手。(《淮海词》提要)

晋卿曰:少游正以平易近人,故用力者终不能到。(《介存斋论词杂著》引)

良卿曰:少游词如花含苞,故不甚见其力量,其实后来作手,无不胚胎于此。(《介存斋论词杂著》引)

周济云:少游最和婉醇正,稍逊清真者,辣耳!又云:少游意在含蓄,如花初胎,故少重笔。(《宋四家词选序论》)

刘熙载云:少游词有小晏之妍,其幽趣则过之。又云:秦少游词得《花间》《尊前》遗韵,却能自得清新。(《艺概》)

冯煦云:少游以绝尘之才,早与胜流,不可一世;而一谪南荒,遽丧灵宝。故所为词寄慨身世,闲雅有情思,酒边花下,一往而深;而怨悱不乱,悄乎得《小雅》之遗,后主而后,一人而已。昔张天如论相如之赋云:"他人之赋,赋才也;长卿,赋心也。"予于少游之词亦云:他人之词,词才也;少游,词心也。得之于内,不可以传,虽子瞻之明隽,耆卿之幽秀,犹若有瞠乎后者,况其下耶!(《宋六十一家词选例言》)

况周颐云:有宋熙丰间,词学称极盛,苏长公提倡风雅,为一代斗山。黄山谷、秦少游、晁无咎,皆长公之客也。山谷、无咎皆工倚声,体格于长公为近;惟少游自辟蹊径,卓然名家,盖其天分高,故能抽秘骋妍于寻常濡染之外,而其所以契合长公者独深。张文潜赠李德载诗有云:"秦文倩丽舒桃李",所谓文,固指一切文字而言;若以其词论,直是初日芙蓉,晓风杨柳,倩丽之桃李,犹当之有愧色焉。王晦叔《碧鸡漫志》云:黄晁二家词皆学坡公,寻其七八;而于少游,独称其俊逸精妙,与张子野并论,不言其学坡公,可谓知少游者矣。(《蕙风词话》)

陈廷焯云:秦少游自是作手,近开美成,导其先路;远祖温、韦,取其神、不袭其貌。词至是乃一变焉,然变而不失其正,遂令议者不病其变,而转觉有不得不变者。(《白雨斋词话》)

望海潮

梅英疏淡,冰澌溶洩,东风暗换年华。金谷俊游,铜驼[1]巷陌,新晴细履平沙。长记误随车,正絮翻蝶舞,芳思交加。柳下桃蹊[2],乱分春色到人家。　　西园[3]夜饮鸣笳,有华灯碍月,飞盖妨花。兰苑[4]未空,行人渐老,重来是事堪嗟。烟暝酒旗斜。但倚楼极目,时见栖鸦。无奈归心,暗随流水到天涯。

【注解】

〔1〕铜驼金谷:金谷,洛阳园名;铜驼,洛阳街名。骆宾王诗:"金谷园中花几色,铜驼路上柳千条。"

〔2〕桃蹊:有桃树的路,《史记·李广传》引谚语:"桃李不言,下自成蹊。"

〔3〕西园:曹植诗:"清夜游西园,飞盖相追随。"

〔4〕兰苑:美丽的花园,此处即指金谷园。

【评笺】

周济云:两两相形,以整见劲,以两到字作眼,点出换字精神。(《宋四家词选》)

谭献云:"长记误随车"句,顿宕。"柳下桃溪"二句,旋断仍连。后半阕若陈、隋小赋缩本,填词家不以唐人为止境也。(《谭评词辨》)

陈廷焯云:少游词最深厚、最沉着。如"柳下桃溪,乱分春色到人家。"思路幽绝,其妙令人不能思议。(《白雨斋词话》)

八六子

倚危亭、恨如芳草[1],萋萋刬尽还生。念柳外青骢别后,水边红袂分时,怆然暗惊。　　无端天与娉婷[2],夜月一帘幽梦,春风十里柔情。怎奈向[3]、欢娱渐随流水,素弦声断,翠绡香减。那堪片片飞花弄晚,濛濛残雨笼晴。正销凝[4],黄鹂又啼数声[5]。

【注解】

[1] 恨如芳草:李煜词:"离恨恰如芳草,渐行渐远还生。"

[2] 娉婷:美貌,即以指美人。杜甫诗:"不惜嫁娉婷。"

[3] 怎奈向:宋人方言,向即向来意,向字语尾,后人误改作怎奈何。

[4] 销凝:含闷。

[5] 黄鹂又啼数声:杜牧《八六子》末句:"正销魂,梧桐又移翠阴。"秦观摹仿杜词,见洪迈《容斋四笔》。

【评笺】

洪迈云:秦少游《八六子》词云:"片片飞花弄晚,濛濛残雨笼晴;正销凝,黄鹂又啼数声。"语句清峭,为名流推激。予家旧有建本《兰畹曲集》,载杜牧之一词,但记其末句云:"正销魂,梧桐又移翠阴。"秦公盖效之,似差不及也。(《容斋四笔》)

张炎云:离情当如此作,全在情景交炼,得言外意。(《词源》)

陈霆云:少游《八六子》尾阕云:"正销凝,黄鹂又啼数声。"唐杜牧之一词,其末云:"正销魂,梧桐又移翠阴。"秦词全用杜格,然秦首句云:"倚危亭恨如芳草,萋萋刬尽还生。"二语妙甚,故非杜可及也。(《渚山堂词话》)

沈际飞云:恨如刬草还生,愁如春絮相接;言愁、愁不可断;言恨、恨不可已。又云:长短句偏入四六,《何满子》之外,复见此。(《草堂诗馀正集》)

先著云:周美成词:"愁如春后絮来相接。"与"恨如芳草,刬尽还生",可谓极善形容。(《词洁》)

周济云:起处神来之笔。(《宋四家词选》)

黄蓼园云:寄托耶?怀人耶?词旨缠绵,音调凄婉如此。(《蓼园词选》)

满庭芳

山抹微云,天黏衰草,画角[1]声断谯门[2]。暂停征棹,聊共引离尊。多少蓬莱旧事,空回首、烟霭纷纷。斜阳外,寒鸦万点,流水绕孤村。　　消魂,当此际,香囊[3]暗解,罗带轻分。漫赢得青楼,薄幸名存[4]。此去何时见也?襟袖上、空惹啼痕。伤情处,高城望断,灯火已黄昏。

【注解】
〔1〕画角:见前张先《青门引》注。
〔2〕谯门:高楼上之门,可以眺望远方,今各城市中有鼓楼,正与谯门同。
〔3〕香囊:繁钦诗:"何以致叩叩,香囊系肘后。"
〔4〕薄幸名存:杜牧诗:"十年一觉扬州梦,赢得青楼薄幸名。"

【评笺】
曾季貍云:少游词"高城望断,灯火已黄昏。"用欧阳詹诗云:"高城已不见,况复城中人?"(《艇斋诗话》)

《艺苑雌黄》云:程公辟守会稽,少游客焉,馆之蓬莱阁;一日,席上有所悦,自尔眷眷不能忘情,因赋长短句。所谓"多少蓬莱旧事,空回首、烟霭纷纷"也。极为东坡所称道,取其首句,呼之为"山抹微云"。中间有"寒鸦数点,流水绕孤村"之句,人皆以为少游自造此语,殊不知亦有所本。予在临安,见平江梅知录隋炀帝诗云:"寒鸦千万点,流水绕孤村。"少游用此语也。(《苕溪渔隐丛话》引)

蔡绦云:"范仲温字元实,尝预贵人家会;有侍儿喜歌秦少游长短句,坐中累不顾及。酒酣欢洽,侍儿始问此郎何人?仲温遽起,叉手而对曰:"某乃山抹微云女婿也。"闻者为之绝倒。(《铁围山丛谈》)

叶梦得云:秦少游亦善为乐府,语工而入律,知乐者谓之作家歌,元丰间盛行于淮、楚。"寒鸦万点,流水绕孤村。"本隋炀帝诗也,少游取以为《满庭芳》辞,而首言:"山抹微云,天黏衰草。"尤为当时所传。苏子瞻于四学士中,最善少游,故他文未尝不极口称赏,岂特乐府?然犹以气格为病,故尝戏云:"山抹微云秦学士,露花倒影柳屯田。""露花倒影",柳永《破阵子》语也。(《避暑录话》)

黄昇云:秦少游自会稽入京,见东坡,坡曰:"久别当作文甚胜,都下盛唱公'山抹微云'之词。"秦逊谢。坡遽云:"不意别后,公却学柳七作词。"秦答曰:"某虽无识,亦不至是,先生之言,无乃过乎!"坡云:"'销魂当此际。'非柳词句法乎?"秦惭服,然已流传,不复可改矣。(《花庵词选》)

吴曾云:杭之西湖有一倅,闲唱少游《满庭芳》,偶然误举一韵云:"画角声断斜阳。"妓琴操在侧云:"'山抹微云,天连衰草,画角声断谯门。'非'斜阳'也。"倅因戏之曰:"尔可改韵否?"琴即改作阳字韵云:"山抹微云,天连衰草,画角声断斜阳。暂停征辔,聊共饮离觞。多少蓬莱旧侣,空回首、烟霭茫茫。孤村里,寒鸦万点,流水绕空墙。　魂伤,当此际,轻分罗带,暗解香囊。谩赢得秦楼薄幸名狂。此去何时见也?襟袖上空有馀香。伤情处,高城望断,灯火已昏黄。"(《能改斋漫录》)

晁补之云:少游如《寒景》词云:"斜阳外,寒鸦数点,流水绕孤村。"虽不识字人,亦知是天生好言语。苕溪渔隐曰:"其褒之如此,盖不曾见炀帝诗耳。"(《苕溪渔隐丛话》引评《复斋漫录》)

钮琇云:少游词"山抹微云,天黏衰草",其用意在"抹"字、"黏"字;况庾阐赋:"浪势黏天。"张祜诗:"草色黏天鹕鹕恨。"俱有来历;俗以"黏"作"连",益信其谬。(《词林纪事》引)

王世贞云:"寒鸦千万点,流水绕孤村。"隋炀帝诗也。"寒鸦数点,流水绕孤村。"少游词也。语虽蹈袭,然入词尤是当家。(《艺苑

卮言》)

沈际飞云:"黏"字工、且有出处,赵文鼎"玉关芳草黏天碧",刘叔安"暮烟细草黏天远",叶梦得"浪黏天葡桃涨绿",皆用之。又云:人之情,至少游而极,结句"已"字,情波几叠。(《草堂诗馀正集》)

周济云:将身世之感,打并入艳情,又是一法。(《宋四家词选》)

谭献云:淮海在北宋,如唐之刘文房。下阕不假雕琢,水到渠成,非平钝所能藉口。(《谭评词辨》)

满庭芳

晓色云开,春随人意,骤雨才过还晴。古台芳榭,飞燕蹴红英。舞困榆钱[1]自落,秋千外、绿水桥平。东风里,朱门映柳,低按小秦筝。　　多情,行乐处,珠钿翠盖,玉辔红缨。渐酒空金榼[2],花困蓬瀛[3]。豆蔻[4]梢头旧恨,十年梦、屈指堪惊。凭阑久,疏烟淡日,寂寞下芜城[5]。

【注解】

〔1〕榆钱:榆荚成串如钱,因称榆钱。
〔2〕榼(kē科):读入声,酒器。
〔3〕蓬、瀛:蓬莱、瀛州,皆仙山。
〔4〕豆蔻:杜牧诗:"娉娉袅袅十三馀,豆蔻梢头二月初。春风十里扬州路,卷上珠帘总不如。"杨慎《丹铅总录》云:"牧之诗咏娼女,言美而少,如豆蔻花之未开。"

〔5〕芜城:指扬州城。南朝宋竟陵王乱后,城邑荒芜,鲍照作《芜城赋》凭吊。

【评笺】

宋本《淮海集词》注云:此词正少游所作,人传王观撰,非也。

许昂霄云:"晓色云开"三句,天气;"古台芳榭"四句,景物;"东风里"三句,渐说到人事;"珠钿翠盖"二句,会合;"渐酒空"四句,离别;"疏烟淡日"二句,与起处反照作收。(《词综偶评》)

黄蓼园云:"雨过还晴",承恩未久也。"燕蹴红英",小人谗构也。"榆钱",自喻也。"绿水桥平",随所适也。"朱门秦筝",彼得意者自得意也。前段叙事,后段则事后追忆之词。"行乐"三句,追从前也。"酒空"二句,言被谪也。"豆蔻"三句,言为日已久也。"凭阑"二句结。通首黯然自伤也,章法极绵密。(《蓼园词选》)

陈廷焯云:少游《满庭芳》诸阕,大半被放后作,恋恋故国,不胜热中;其用心不逮东坡之忠厚,而寄情之远,措语之工,则各有千古。(《白雨斋词话》)

减字木兰花

天涯旧恨,独自凄凉人不问。欲见回肠,断尽金炉小篆香〔1〕。　　黛蛾〔2〕长敛,任是春风吹不展。困倚危楼,过尽飞鸿字字愁。

【注解】

〔1〕篆香:将香做成篆文,准十二辰,凡一百刻,可燃一昼夜。见《香谱》。

〔2〕黛蛾:指眉,汉宫人扫青黛蛾眉。见《事文类聚》。

浣溪沙

漠漠轻寒上小楼,晓阴无赖似穷秋,淡烟流水画屏幽。
自在飞花轻似梦,无边丝雨细如愁,宝帘闲挂小银钩。

【评笺】

卓人月云:自在二语,夺南唐席。(《词统》)

梁启超云:奇语。(《艺蘅馆词选》)

阮郎归

湘天风雨破寒初,深沉庭院虚。丽谯[1]吹罢小单于[2],迢迢清夜徂[3]。　　乡梦断,旅魂孤,峥嵘[4]岁又除。衡阳犹有雁传书,郴阳[5]和雁无。

【注解】

〔1〕丽谯:美丽的楼门。

〔2〕小单(chán 缠)于:唐曲有"小单于"。

〔3〕徂:过去。
〔4〕峥嵘:凛冽意,杜甫诗:"峥嵘岁又除。"
〔5〕郴(chēn嗔)阳:郴阳在今湖南郴州市,在衡阳南。

晁元礼

元礼一作端礼,字次膺,其先澶州清丰人,徙家彭门。熙宁六年进士,两为县令,忤上官坐废。晚以承事郎为大晟府协律。有《闲斋琴趣》六卷。

绿头鸭

晚云收,淡天一片琉璃。烂银盘[1]、来从海底,皓色千里澄辉。莹无尘、素娥淡伫,静可数、丹桂参差。玉露初零,金风未凛,一年无似此佳时。露坐久、疏萤时度,乌鹊[2]正南飞。瑶台冷,阑干凭暖,欲下迟迟。　　念佳人、音尘别后,对此应解相思。最关情、漏声正永,暗断肠、花阴偷移。料得来宵,清光未减,阴晴天气又争知。共凝恋、如今别后,还是隔年期。人强健,清尊素影,长愿相随。

【注解】
〔1〕烂银盘:卢仝诗:"烂银盘从海底出。"
〔2〕乌鹊:曹操诗:"月明星稀,乌鹊南飞。"

赵令畤

令畤,字德麟,太祖次子燕王德昭元孙。元祐中签书颍州公事,坐与苏轼交通,罚金,入党籍。绍兴初,袭封安定郡王同知行在大宗正事。薨,赠开府仪同三司。有《聊复集》。近赵万里辑得一卷。

先著云:赵令畤,贺方回之亚;毛泽民亦三影郎中之次也。清超绝俗,词中固自难。(《词洁》)

蝶恋花

欲减罗衣寒未去,不卷珠帘,人在深深处。红杏枝头花几许?啼痕止恨清明雨。　尽日沉烟香[1]一缕,宿酒醒迟,恼破春情绪。飞燕又将归信误,小屏风上西江路。

【注解】
〔1〕沉烟香:沉香植物名,瑞香科,木材可作熏香料。又名沉水香。

【评笺】
李攀龙云:托杏写兴,托燕传情,怀春几许衷肠。(《草堂诗馀隽》)

沈际飞云:开口澹冶松秀。又云:末路情景,若近若远,低徊不能去。(《草堂诗馀正集》)

蝶恋花

卷絮风头寒欲尽,坠粉飘香,日日红成阵。新酒又添残酒困,今春不减前春恨。　　蝶去莺飞无处问,隔水高楼,望断双鱼[1]信。恼乱横波秋一寸[2],斜阳只与黄昏近。

【注解】

[1] 双鱼:代表书简。古诗:"客从远方来,遗我双鲤鱼,呼儿烹鲤鱼,中有尺素书。"

[2] 秋一寸:谓目。

【评笺】

李攀龙云:妙在写情语,语不在多,而情更无穷。(《草堂诗馀隽》)

沈际飞云:恨春日又恨黄昏,黄昏滋味更觉难尝耳。又云:斜阳在目,各有其境,不必相同。一云"却照深深院",一云"只送平波远",一云"只与黄昏近",句句沁人毛孔皆透。(《草堂诗馀正集》)

沈雄云:山谷谓好词惟取陡健圆转。屯田意过久许,笔犹未休。待制滔滔漭漭,不能尽变。如赵德麟云:"新酒又添残酒困,今春不减前春恨。"陆放翁云:"只有梦魂能再遇,堪嗟梦不由人做。"又黄山谷云:"春未透,花枝瘦,正是愁时候。"梁贡父云:"挤一醉留春,留春不

住,醉里春归。"此则陡健圆转之榜样也。(沈雄《古今词话》)

案以上二首又入小山词。

清平乐

春风依旧,著意隋堤柳[1]。搓得鹅儿黄[2]欲就,天气清明时候。　　去年紫陌青门[3],今宵雨魄云魂[4]。断送一生憔悴,只消几个黄昏?

【注解】
〔1〕隋堤柳:隋炀帝开通济渠,沿渠筑堤,沿堤植柳。
〔2〕鹅儿黄:指柳条似鹅黄。
〔3〕紫陌青门:指游冶之处。
〔4〕雨魄云魂:人去似雨收云散。

【评笺】
卓人月云:韦庄云:"春雨足,染就一溪新绿。"合作可作一联:"新雨染成溪水绿,旧风搓得柳条黄。"(《词统》)

李攀龙云:对景伤春,至"断送一生"语,最为悲切。(《草堂诗馀隽》)

王世贞云:"断送一生憔悴,能消几个黄昏。"此恒语之有情者也。(《艺苑卮言》)

案此首一作刘弇词。

晁补之

补之,字无咎,钜野人。年十七,从父端友宰杭州之新城,著《钱塘七述》,受知苏轼。举进士,试开封及礼部别院,皆第一。元祐中,为著作郎。绍圣末,谪监信州酒税,起知泗州,入党籍。有《琴趣外篇》六卷,见汲古阁刊本,又见双照楼景宋、元、明本词本。

陈振孙云:无咎尝云:"今代词手,惟秦七、黄九。"然两公之词,亦自有不同。若无咎佳者,固未多逊也。(《直斋书录解题》)

毛晋云:无咎虽游戏小词,不作绮艳语。(《琴趣外篇跋》)

冯煦云:晁无咎为苏门四士之一,所为诗馀,无子瞻之高华,而沉咽则过之。(《六十一家词选例言》)

刘熙载云:无咎词堂庑颇大,人知辛稼轩《摸鱼儿》"更能消几番风雨"一阕,为后来名家所竞效,其实辛词即无咎《摸鱼儿》"买陂塘旋栽杨柳"之波澜也。(《艺概》)

水龙吟

次韵林圣予《惜春》

问春何苦匆匆,带风伴雨如驰骤。幽葩细萼,小园低槛,壅培未就。吹尽繁红,占春长久,不如垂柳。算春长不老,人愁春老,愁只是、人间有。　　春恨十常八九,忍轻孤、芳醪[1]经口。那知自是、桃花结子,不因春瘦。世上功名,老来风味,春归时候。最多情犹有,尊前青眼[2],相逢依旧。

【注解】
〔1〕醪(láo 劳):酒。
〔2〕青眼:喜悦时正目而视,眼多青处。晋阮籍能为青白眼。

忆少年

别历下[1]

无穷官柳,无情画舸,无根行客。南山尚相送,只高城人隔。　　罨画[2]园林溪绀[3]碧,算重来、尽成陈迹。刘郎[4]鬓如此,况桃花颜色。

【注解】
〔1〕历下:山东历城县。
〔2〕罨(yǎn 眼)画:画家谓杂彩色之画为罨画。
〔3〕绀(gàn 干):红青色。
〔4〕刘郎:刘禹锡诗:"玄都观里桃千树,尽是刘郎去后栽。"

【评笺】

沈雄云：结句如《水龙吟》之"作霜天晓""系斜阳缆"亦是一法，如《忆少年》之"况桃花颜色"，《好事近》之"放真珠帘隔"，紧要处，前结如奔马收缰，须勒得住，又似住而未住；后结如泉流归海，要收得尽，又似尽而不尽者。（沈雄《古今词话》）

卓人月云：谢逸《柳梢青》"无限离情，无穷江水"类此。（《词统》）

先著云："花无人戴，酒无人劝，醉也无人管。"与此词起处同一警绝。唐以后特地有词，正以有如许妙语，诗家收拾不尽耳。（《词洁》）

洞仙歌

泗州中秋作

青烟幂[1]处，碧海飞金镜。永夜闲阶卧桂影。露凉时，零乱多少寒螀[2]，神京远，惟有蓝桥[3]路近。　　水晶帘不下，云母屏[4]开，冷浸佳人淡脂粉。待都将许多明，付与金尊，投晓共流霞[5]倾尽。更携取胡床上南楼[6]，看玉做人间，素秋千顷。

【注解】

〔1〕幂（mì 密）：读入声，遮盖。

〔2〕寒螀（jiāng 江）：寒虫。

〔3〕蓝桥:在陕西省蓝田县东南,唐裴航遇云英处。
〔4〕云母屏:云母为花岗岩,晶体透明,可以作屏。
〔5〕流霞:仙酒名,见《抱朴子》。
〔6〕南楼:见前王安石《千秋岁引》注。

【评笺】

胡仔云:凡作诗词,要当如常山之蛇,救首救尾,不可偏也。如晁无咎作"中秋"《洞仙歌》,其首云:"青烟幂处"三句,固已佳矣;其后阕"待都将"至末,若此可谓善救首尾者矣。(《苕溪渔隐丛话》)

毛晋云:无咎,大观四年卒于泗州官舍,自画山水留春堂大屏,上题云:"胸中正可吞云梦,盏底何妨对圣贤;有意清秋入衡霍,为君无尽写江天。"又咏《洞仙歌》一阕,遂绝笔。(《琴趣外编跋》)

李攀龙云:此词前后照应,如织锦然,真天孙手也。(《草堂诗馀隽》)

黄蓼园云:前段从无月看到有月,后段从有月看到月满,层次井井,而词致奇杰。各段俱有新警语,自觉冰魂玉魄,气象万千,兴乃不浅。(《蓼园词选》)

晁冲之

冲之,字叔用,一字用道,钜野人。第进士,坐党籍,废居具茨山下。近赵万里辑有《晁叔用词》一卷。

陈鹄云:晁冲之,政和间作《汉宫春·咏梅》献蔡攸,攸进其父京曰:"今日于乐府中得一人。"因以大晟府丞用之。(《耆旧续闻》)

临江仙

忆昔西池池上饮,年年多少欢娱。别来不寄一行书,寻常相见了,犹道不如初。　　安稳锦衾今夜梦,月明好渡江湖。相思休问定何如？情知春去后,管得落花无。

【评笺】
许昂霄云:淡语有深致,咀之无穷。(《词综偶评》)

舒　亶

亶，字信道，明州慈溪人。治平二年进士，试礼部第一。神宗朝，为御史中丞。徽宗朝，累除龙图阁待制。近赵万里辑有《舒学士词》一卷。

虞美人

芙蓉落尽天涵水，日暮沧波起。背飞双燕贴云寒，独向小楼东畔倚阑看。　　浮生只合尊前老，雪满长安道。故人早晚上高台，寄我江南春色一枝梅。

朱 服

服,字行中,乌程人。熙宁六年进士。哲宗朝,历中书舍人、礼部侍郎。徽宗朝,加集贤殿修撰。知广州,黜知袁州,再贬蕲州。

渔家傲

小雨纤纤风细细,万家杨柳青烟里。恋树湿花飞不起,愁无际,和春付与东流水。　　九十光阴能有几?金龟[1]解尽留无计。寄语东阳[2]沽酒市,拚一醉,而今乐事他年泪。

【注解】
〔1〕金龟:唐三品以上官佩金龟。
〔2〕东阳:今浙江金华县。

【评笺】
方勺云:朱行中自右史出典数郡,是时年尚少,风采才藻皆秀整。守东阳日,尝作《渔家傲·春词》云云。予以门下士,每或从公。公往往乘醉大言:"你曾见我'而今乐事他年泪'否?"盖公自谓好句,故夸之也。予尝心恶之而不敢言。行中后历中书舍人,帅番禺,遂得罪,安置兴国军以死。流落之兆,已见于此词。(《泊宅篇》)

《乌程旧志》云：朱行中坐与苏轼游，贬海州，至东郡，作《渔家傲》词。读其词，想见其人不愧为苏轼党也。

况周颐云：白石词："少年情事老来悲。"宋朱服句："而今乐事他年泪。"二语合参，可悟一意化两之法。宋周端臣《木兰花慢》云："料今朝别后，他时应梦今朝。"与"而今"句同意。(《蕙风词话》)

毛 滂

滂,字泽民,衢州人。为杭州法曹,受知东坡,后乃出京、抃之门。尝知武康县。政和中,守嘉禾。有《东堂词》,见《六十家词》刊本及《彊村丛书》刊本。

蔡绦云:昔我先人鲁公遭逢圣主,立政建事,以致康泰,每区区其间。有毛滂泽民者,有时名,上十词,甚伟丽,而骤得进用。(《铁围山丛谈》)

《四库全书提要》云:滂词情韵特胜,陈振孙谓滂他词虽工,终无及苏轼所赏一首者,亦随人之见,非笃论也。(《东堂词》提要)

惜分飞

富阳僧舍作别语赠妓琼芳

泪湿阑干[1]花著露,愁到眉峰碧聚。此恨平分取,更无言语空相觑[2]。　　断雨残云无意绪,寂寞朝朝暮暮。今夜山深处,断魂分付潮回去。

【注解】

〔1〕阑干:眼泪纵横貌,白居易《长恨歌》:"玉容寂寞泪阑干。"
〔2〕觑(qū 区):视也。

【评笺】

楼敬思书毛滂《惜分飞》词后云:《东堂集》"泪湿阑干"词,花庵词客采入《唐宋绝妙词》。其《词话》云:"元祐中,东坡守钱塘,泽民为法曹掾,秩满辞去。是夕宴客,有妓歌此词,坡问谁所作?妓以毛法曹对。坡语坐客曰:'郡寮有词人不及知,某之罪也。'翌日,折柬追还,留连数日。泽民因此得名。"余谓黄昇宋人,其援据不应若是之疏也。按苏公诗集有《次韵毛滂法曹感雨诗》:"公子岂我徒,衣钵传一簟。定非郊与岛,笔势江湖宽。悲吟古寺中,穿帷雪漫漫。他年记此味,芋火对懒残。"所谓古寺,度即富阳之寺也。公以郊、岛目滂,以韩自况,衣钵云云,倾倒者至矣。然则苏公知滂不在《惜分飞》词,而滂之受知于苏公,又岂待《惜分飞》哉!(《词林纪事》引)

沈际飞云:第一个相别情态,一笔描来,不可思议。(《草堂诗馀正集》)

周辉云:语尽而意不尽,意尽而情不尽,何酷似乎少游也!(《清波杂志》)

陈 克

克，字子高，自号赤城居士，临海人，侨居金陵。绍兴中为勅令所删定官。有《赤城词》一卷，见《彊村丛书》刊本，又有赵万里辑本。

李庚云：删定，余乡人也。诗多情致，词尤工。（《词跋》）

陈振孙云：子高词格颇高，晏、周之流亚也。（《直斋书录解题》）

周济云：子高亦甚有重名，然格韵绝高，昔人谓晏、周之流亚；晏氏父子俱非其敌，以方美成，则又拟不以伦，其温、韦高弟乎？比温则薄，比韦则悍，故当出入二氏之门。（《介存斋论词杂著》）

陈廷焯云：陈子高词婉雅闲丽，暗合温、韦之旨，晁无咎、毛泽民、万俟雅言等远不逮也。（《白雨斋词话》）

菩萨蛮

赤阑桥尽香街直，笼街细柳娇无力。金碧上青空，花晴帘影红。　　黄衫[1]飞白马，日日青楼下。醉眼不逢人，午香吹暗尘。

【注解】

[1] 黄衫：隋、唐时少年华贵之服。《唐书·礼乐志》言明皇尝以马

百匹施三重榻,舞倾杯数十回。又以乐工少年姿秀者十馀人衣黄衫文玉带立左右。

菩萨蛮

绿芜墙绕青苔院,中庭日淡芭蕉卷。蝴蝶上阶飞,烘帘自在垂。　玉钩双语燕,宝甃[1]杨花转。几处簸钱[2]声,绿窗春睡轻。

【注解】
〔1〕甃(zhòu 宙):瓦沟。
〔2〕簸钱:古代一种游戏,王建《宫词》云:"暂向玉华阶上坐,簸钱赢得两三筹。"

【评笺】
卓人月云:一"轻"字全首俱灵。(《词统》)
张惠言云:此自寓。(张惠言《词选》)
谭献云:风帘自在垂,以见不闻不见之无穷也。(《谭评词辨》)
梁启超云:亡友陈通甫最赏此语。(《艺蘅馆词选》)

李元膺

元膺,东平人,南京教官。绍圣间,李孝美作《墨谱法式》,元膺为序,盖此时人也。赵万里辑有《李元膺词》一卷。

洞仙歌

一年春物,惟梅柳间意味最深,至莺花烂漫时,则春已衰迟,使人无复新意。余作《洞仙歌》,使探春者歌之,无后时之悔。

雪云散尽,放晓晴庭院。杨柳于人便青眼[1]。更风流多处,一点梅心,相映远,约略颦轻笑浅。　　一年春好处,不在浓芳,小艳疏香最娇软。到清明时候,百紫千红花正乱,已失春风一半。早占取、韶光共追游,但莫管春寒,醉红自暖。

【注解】
〔1〕青眼:见前晁补之《水龙吟》注。

【评笺】
杨慎云:南唐潘佑尝应后主令作词云:"楼上春寒山四面,桃李不

须夸烂漫,已失了春风一半。"盖讽其地渐侵削也,李元膺词用之。(《词品》)

卓人月云:"于人"二字,本杜诗"竹叶于人既无分,菊花从此不须开",一半句似黄玉林"夜来能有几多寒,已瘦了梨花一半"。(《词统》)

沈际飞云:不在浓芳,在疏香小艳,独识春光之微;至已失一半句,谁不猛省。(《草堂诗馀正集》)

李攀龙云:梅心映远,一字一珠,春寒醉红自暖,得旸谷初回趣。(《草堂诗馀隽》)

黄蓼园云:随分自得,有知足持盈意,说来亹亹可听,知此可以养福,亦可以养德。(《蓼园词选》)

时 彦

字邦美,开封人。举进士第,累官吏部尚书,尝为开封尹。《宋史》有传。

青门饮

胡马嘶风,汉旗翻雪,彤云又吐,一竿残照。古木连空,乱山无数,行尽暮沙衰草。星斗横幽馆,夜无眠灯花空老。雾浓香鸭,冰凝泪烛,霜天难晓。　　长记小妆才了,一杯未尽,离怀多少。醉里秋波,梦中朝雨,都是醒时烦恼,料有牵情处,忍思量耳边曾道。甚时跃马归来,认得迎门轻笑。

李之仪

之仪,字端叔,自号姑溪居士。之纯从弟,沧州无棣人。元丰中举进士。元祐初为枢密院编修官,从苏轼于定州幕府。元符中监内香药库。徽宗朝提举河东常平,坐草范纯仁遗表,编管太平州卒。有《姑溪词》,见《六十家词》刊本。

《四库全书提要》云:之仪以尺牍擅名,而其词亦工,小令尤清婉峭蒨,殆不减秦观。(《姑溪词》提要)

冯煦云:姑溪词长调近柳,短调近秦,而均有未至。(《六十一家词选例言》)

谢池春

残寒消尽,疏雨过、清明后。花径款馀红,风沼萦新皱。乳燕穿庭户,飞絮沾襟袖。正佳时仍晚昼,著人滋味,真个浓如酒。　　频移带眼[1],空只恁厌厌瘦。不见又思量,见了还依旧,为问频相见,何似长相守。天不老,人未偶,且将此恨,分付庭前柳。

【注解】

〔1〕带眼:沈约与徐勉书:"老病百日数旬,革带常应移孔。"见《南史》本传。

卜算子

我住长江头,君住长江尾;日日思君不见君,共饮长江水。

此水几时休?此恨何时已?只愿君心似我心,定不负相思意。

【评笺】

毛晋云:姑溪词多次韵,小令更长于淡语、景语、情语。如"鸳衾半拥空床月";又如"步懒恰寻床,卧看游丝到地长",又如"时时浸手心头慰,受尽无人知处凉",即置之《片玉》、《漱玉集》中,莫能伯仲。至若"我住长江头"云云,直是古乐府俊语矣。(《姑溪词跋》)

周邦彦

　　邦彦,字美成,钱塘人。元丰中献《汴都赋》,召为太乐正。徽宗朝仕至徽猷阁待制,提举大晟府。出知顺昌府,提举洞霄宫。晚居明州卒。自号清真居士。有《片玉词》二卷,《补遗》一卷,见《六十家词》刊本。又有《西泠词萃》本,又《清真词》二卷、附《集外词》一卷,有《四印斋所刻词》本。又《详注片玉集》十卷,有涉园景宋金元明本词续刊本及《彊村丛书》本。又大鹤山人有《清真词》校本。

　　刘肃云:周美成以旁搜远绍之才,寄情长短句,缜密典丽,流风可仰;其征辞引类,推古夸今,或借字用意,言言皆有来历,真足冠冕词林。(《片玉集》注)

　　陈郁云:美成自号清真,二百年来以乐府独步;贵人、学士、市侩、妓女,皆知美成词为可爱。(《藏一话腴》)

　　楼钥云:清真乐府播传,风流自命,顾曲名堂,不能自已。(《清真先生文集序》)

　　张端义云:美成以词行,当时皆称之,不知美成文章大有可观,可惜以词掩其他文也。(《贵耳录》)

　　强焕云:美成抚写物态,曲尽其妙。(《词集序》)

　　刘克庄云:美成颇偷古句。(《后村诗话》)

　　陈振孙云:美成词多用唐人诗檃栝入律,混然天成。长调尤善铺叙,富艳精工,词人之甲乙也。(《直斋书录解题》)

　　张炎云:美成词浑厚和雅,善于融化诗句。(《词源》)

王灼云:邦彦能得骚人意旨,此其词格之所以特高欤?(《碧鸡漫志》)

沈义父云:作词当以清真为主,下字运意,皆有法度,往往自唐、宋诸贤诗词中来,而不用经史中生硬字面,此所以为冠绝也。(《乐府指迷》)

沈雄云:徽庙时,邦彦提举大晟乐府,每制一词,名流辄为赓和,东楚方千里、乐安杨泽民全和之,合为《三英集》行世。(沈雄《古今词话》)

严沆云:诗降而为词,自《花间集》出而倚声始盛,其人虽有南唐、楚、蜀之殊,叩其音节,靡有异也。迨至宋,同叔、永叔、方回、叔原、子野,咸本《花间》而渐近流畅;耆卿专主温丽,或失之俚;子瞻专主雄浑,或失之肆;当其时少游、鲁直、补之尽出其门,而正伯苏氏中表,独于词未尝师苏氏,宁阑入耆卿之调,工者无论,俚者殆有甚焉。故论词于北宋自当以美成为最醇。南渡以后,幼安负青兕之力,一意奔放,用事不休;改之、潜夫、经国尤而效之,无复词人之旨;由是尧章、邦卿,别裁风格,极其爽逸芋艳;宗瑞、宾王、几叔、胜欲、碧山、叔夏继之,要其原皆自美成出。(《古今词选序》)

彭孙遹云:美成词如十三女子,玉艳珠鲜,政未可以其软媚而少之也。(《金粟词话》)

贺裳云:周清真有柳欹花弾之致,沁人肌骨,视淮海不特娣姒而已。(《皱水轩词筌》)

《四库全书提要》云:邦彦妙解声律,为词家之冠,所制诸调,非独音之平仄宜遵,即仄字中上、去、入三音,亦不容相混,所谓分刌节度,深契微芒,故千里和词,字字奉为标准。(《片玉词》提要)

先著云:美成词乍近之,觉疏朴苦涩,不甚悦口,含咀之久,则舌本生津。又云:词家正宗,则秦少游、周美成,然秦之去周不止三舍,宋末

诸家,皆从美成出。(《词洁》)

周济云:美成思力,独绝千古,如颜平原书,虽未臻两晋,而唐初之法,至此大备;后有作者,莫能出其范围矣。又云:读得清真词多,觉他人所作,都不十分经意。又云:钩勒之妙,无如清真,他人一钩勒便薄,清真愈钩勒愈浑厚。(《介存斋论词杂著》)

刘熙载云:周美成词或称其无美不备,余谓论词莫先于品;美成词信富艳精工,只是当不得个贞字,是以士大夫不肯学之,学之则不知终日意萦何处矣。又云:周美成律最精审,史邦卿句最警炼,然未得为君子之词者,周旨荡而史意贪也。(《艺概》)

戈载云:清真之词,其意淡远,其气浑厚,其音节又复清妍和雅,最为词家之正宗。(《七家词选》)

陈廷焯云:词至美成,乃有大宗,前收苏、秦之终,后开姜、史之始;自有词人以来,不得不推为巨擘,后之为词者,亦难出其范围。然其妙处,亦不外沉郁、顿挫,顿挫则有姿态,沉郁则极深厚;既有姿态、又极深厚,词中三昧,亦尽于此矣。(《白雨斋词话》)

王国维云:美成深远之致,不及欧、秦,惟言情体物,穷极工巧,故不失为第一流之作者;但恨创调之才多,创意之才少耳。(《人间词话》)又云:以宋词比唐诗,则东坡似太白,欧、秦似摩诘,耆卿似乐天,方回、叔原则大历十子之流,南宋惟一稼轩可比昌黎,而词中老杜,非先生不可。(《清真先生遗事》)

陈洵云:宋词既昌,唐音斯畅,二晏济美,六一专家,爰逮崇宁,大晟立府,制作之事,用集美成;此犹治道之隆于成康,礼乐之备于公旦,且监殷、监夏,无间然矣。又云:清真格调天成,离合顺逆,自然中度;梦窗神力独运,飞沉起伏,实处皆空;梦窗可谓大,清真则几于化矣。由大而几化,故当由吴以希周。(《海绡说词》)

朱孝臧云:两宋词人,约可分为疏、密两派,清真介在疏、密之间,与

东坡、梦窗,分鼎三足。(朱评《清真词》)

瑞龙吟

章台[1]路,还见褪粉梅梢,试花桃树。愔愔[2]坊陌人家,定巢燕子,归来旧处。　黯凝伫,因念个人[3]痴小,乍窥门户。侵晨浅约宫黄[4],障风映袖,盈盈笑语。　前度刘郎重到[5],访邻寻里,同时歌舞,惟有旧家秋娘[6],声价如故。吟笺赋笔,犹记燕台句[7]。知谁伴,名园露饮[8],东城闲步?事与孤鸿去[9],探春尽是,伤离意绪。官柳低金缕[10],归骑[11]晚、纤纤池塘飞雨。断肠院落,一帘风絮。

【注解】

〔1〕章台:见前欧阳修《蝶恋花》注。

〔2〕愔愔:安静貌。

〔3〕个人:伊人。

〔4〕宫黄:宫人用以涂眉之黄粉。梁简文帝诗:"约黄能效月。"蜀张泌词:"依约残眉理旧黄。"

〔5〕前度刘郎重到:唐刘禹锡自朗州召回,重过玄都观,只见兔葵燕麦,动摇春风,因题诗道:"种桃道士知何处,前度刘郎今独来。"

〔6〕秋娘:唐金陵歌妓,杜牧有《赠杜秋娘》诗,并有序。

〔7〕燕台句:李商隐《赠柳枝》诗:"长吟远下燕台句,惟有花香染未消。"

〔8〕露饮:露顶饮酒。陈元龙注引《笔谈》石曼卿露顶而饮。

〔9〕事与孤鸿去:杜牧诗:"恨如春草多,事逐孤鸿去。"

〔10〕 金缕:形容柳条如金线。

〔11〕 骑:读作 jì。

【评笺】

杨慎云:唐制:妓女所居曰坊曲,《北里志》有南曲、北曲,如今之南院北院也。宋陈敬叟词:"窈窕青门紫曲。"周美成词:"小曲幽坊月暗。"又"愔愔坊曲人家。"近刻《草堂诗馀》改作"坊陌",非也。(《词品》)

黄昇云:此词自"章台路"至"归来旧处"是第一段,自"黯凝伫"至"盈盈笑语"是第二段,此之谓双拽头,属正平调。自"前度刘郎"以下即犯大石,系第三段。至"归骑"以下四句,再归正平。诸本皆于"吟笺赋笔"处分段,非也。(《花庵词选》)

沈义父云:结句须要放开,合有馀不尽之意,以景烘情最好,如清真之"断肠院落,一帘风絮";又"掩重关,遍城钟鼓"之类是也。或以情结尾亦好,如清真之"天便教人,霎时厮见何妨。"又云:"梦魂凝想鸳侣"之类,便无意思。(《乐府指迷》)

周济云:"事与孤鸿去"一句,化去町畦。又云:不过桃花人面、旧曲翻新耳,看其由无情入,结归无情,层层脱换,笔笔往复处。(《宋四家词选》)

陈洵云:第一段地,"还见"逆入,"旧处"平出。第二段人,"因记"逆入,"重到"平出;作第三段换头。以下抚今追昔,"访邻寻里",今;"同时歌舞",昔;"惟有旧家秋娘,声价如故",今犹昔;而秋娘已去,却不说出,乃吾所谓留字诀者。于是吟笺、赋笔、露饮、闲步与窥户、约黄、障袖、笑语皆如在目前矣,又吾所谓能留,则离合顺逆皆可随意指挥也。

125

"事与孤鸿去",咽住;"探春尽是,伤离意绪",转出官柳以下,风景依稀,与梅梢桃树映照,词境浑融,大而化矣。(《海绡说词》)

风流子

新绿小池塘,风帘动、碎影舞斜阳。羡金屋去来,旧时巢燕;土花[1]缭绕,前度莓墙[2]。绣阁里、凤帏深几许?听得理丝簧[3]。欲说又休,虑乖芳信;未歌先噎,愁近清觞[4]。

遥知新妆了,开朱户、应自待月[5]西厢。最苦梦魂,今宵不到伊行。问甚时说与,佳音密耗,寄将秦镜[6],偷换韩香[7]?天便教人,霎时厮见何妨!

【注解】

〔1〕土花:土中之花,李贺诗:"三十六宫土花碧。"王建诗:"水中荷叶土中花。"

〔2〕莓墙:满生青苔之墙。

〔3〕丝簧:管弦乐器。

〔4〕清觞:洁净酒杯。

〔5〕待月:莺莺与张生诗:"待月西厢下,迎风户半开。"见《会真记》。

〔6〕秦镜:汉秦嘉妻徐淑赠秦嘉明镜,秦嘉赋诗答谢。乐府:"盘龙明镜饷秦嘉,辟恶生香寄韩寿。"

〔7〕韩香:晋贾充女贾午爱韩寿,赠香与寿,贾充闻寿身有香,知午所赠,因以午与寿。见《晋书》。

【评笺】

王明清云：美成为溧水令，主簿之姬有色而慧，每出侑酒，美成为《风流子》以寄意。新绿、待月，皆主簿厅轩名。(《挥麈馀话》)

沈谦云："天便教人，霎时厮见何妨！""花前月下，见了不教归去。"卞急迂妄，各极其妙，美成真深于情者。(《填词杂说》)

沈际飞云："土花"对"金屋"工。(《草堂诗馀正集》)

况周颐云："最苦"二句，"天便"二句，亦愈朴愈厚，愈厚愈雅。(《蕙风词话》)

黄蓼园云：因见旧燕度莓墙而巢于金屋，乃思自身已在凤帏之外，而听别人理丝簧，未免悲咽耳。(《蓼园词选》)

兰陵王

柳阴直，烟里丝丝弄碧。隋堤上、曾见几番，拂水飘绵送行色。登临望故国，谁识、京华倦客。长亭路、年去岁来，应折柔条过千尺。　　闲寻旧踪迹，又酒趁哀弦，灯照离席，梨花榆火[1]催寒食。愁一箭风快，半篙波暖，回头迢递便数驿，望人在天北。　　凄恻，恨堆积。渐别浦萦回，津堠[2]岑寂，斜阳冉冉春无极。念月榭携手，露桥闻笛，沉思前事，似梦里、泪暗滴。

【注解】

〔1〕榆火：清明取榆柳之火赐近臣，顺阳气；见《唐会要》。《云笈七签》："清明一日取榆柳作薪煮食名曰换薪火，以取一年之利。"

〔2〕 津堠(hòu 后):水边土堡。

【评笺】

张端义云:道君幸李师师家,偶周邦彦先在焉,知道君至,遂匿床下。道君自携新橙一颗,云江南初进来,遂与师师谑语,邦彦悉闻之,檃栝成《少年游》云:"并刀如水,吴盐胜雪,纤指破新橙;锦幄初温,兽香不断,相对坐调笙。　低声问向谁行宿?城上已三更,马滑霜浓,不如休去,直是少人行。"师师因歌此词,道君问:"谁作?"师师奏云:"周邦彦词。"道君大怒,宣谕蔡京:"周邦彦职事废弛,可日下押出国外。"隔一二日,道君复幸李师师家,不见师师,问其家,知送周监税;坐久,至更初,李始归,愁眉泪睫,憔悴可掬;道君大怒云:"尔往那里去?"李奏:"臣妾万死,知周邦彦得罪,押出国外,累致一杯相别,不知官家来。"道君问:"曾有词否?"李奏云:"有《兰陵王》词。"即"柳阴直"者是也。道君云:"唱一遍看。"李奏云:"容臣妾奉一杯,歌此词为官家寿。"曲终,道君大喜,复召为大晟乐正。(《贵耳集》)

毛幵云:绍兴初,都下盛行周清真《兰陵王慢》,西楼南瓦皆歌之,谓之《渭城三叠》。以周词凡三换头,至末段声尤激越,惟教坊老笛师能倚之以节歌者。其谱传自赵忠简家,忠简于建炎丁未九日南渡,泊舟仪真江口,遇宣和大晟乐府协律郎某,叩获九重故谱,因令家伎习之,遂流传于外。(《樵隐笔录》)

贺裳云:周清真避道君,匿李师师榻下,作《少年游》以咏其事,吾极喜其"锦幄初温,兽烟不断,相对坐调笙";情事如见。至:"低声问向谁行宿?城上已三更,马滑霜浓,不如休去"等语,几于魂摇目荡矣。及被谪后,师师持酒饯别,复作《兰陵王》赠之,中云:"愁一箭风快,半篙波暖,回头迢递便数驿。"酷尽别离之惨;而题作咏柳,不书自

事,则意趣索然,不见其妙矣。(《皱水轩词筌》)

沈际飞云:闲寻旧迹以下,不沾题而宣写别怀,无抑塞。(《草堂诗馀正集》)

周济云:客中送客,一"愁"字代行者设想;以下不辨是情是景,但觉烟霭苍茫。"望"字、"念"字尤幻。(《宋四家词选》)

陈廷焯云:美成词极其感慨,而无处不郁,令人不能遽窥其旨。如《兰陵王》云:"登临望故国,谁识京华倦客?"二语是一篇之主,上有"隋堤上,曾见几番,拂水飘绵送行色"之句,暗伏倦客之根,是其法密处。故下文接云:"长亭路,年去岁来、应折柔条过千尺。"久客淹留之感,和盘托出。他手至此,以下便直抒愤懑矣。美成则不然,"闲寻旧踪迹"二叠,无一语不吞吐,只就眼前景物,约略点缀,更不写淹留之故,却无处非淹留之苦;直至收笔云:"沉思前事,似梦里,泪暗滴。"遥遥挽合,妙在才欲说破,便自咽住,其味正自无穷。(《白雨斋词话》)

谭献云:已是磨杵成针手段,用笔欲落不落,"愁一箭风快"等句之喷醒,非玉田所知。"斜阳冉冉春无极"七字,微吟千百遍,当入三昧,出三昧。(《谭评词辨》)

梁启超云:"斜阳"七字,绮丽中带悲壮,全首精神振起。(《艺蘅馆词选》)

陈洵云:托柳起兴,非咏柳也。"弄碧"一留,却出"隋堤";"行色"一留,却出"故国";"长亭路"应"隋堤上","年去岁来"应"拂水飘绵",全为"京华倦客"四字出力。第二段"旧踪",往事,一留;"离席"今情,一留;于是以"梨花榆火催寒食"一句脱开。"愁一箭"至"数驿"三句逆提,然后以"望人在天北"合上"离席"作歇拍。第三段"渐别浦"至"岑寂",乃证上"愁一箭"至"波暖"二句;盖有此"渐",

乃有此"愁"也。"愁"是逆提,"渐"是顺应,"春无极"正应上"催寒食"。"催寒食"是脱,"春无极"是复。"月榭携手、露桥闻笛"是离席前事。"似梦里泪暗滴",仍用逆挽。周止庵谓复处无脱不缩,故脱处如望海上神山。词境至此,谓之不神,不可也。(《海绡说词》)

琐窗寒

暗柳啼鸦,单衣伫立,小帘朱户。桐花半亩,静锁一庭愁雨。洒空阶、夜阑未休,故人剪烛西窗语[1]。似楚江暝宿,风灯零乱[2],少年羁旅。　　迟暮,嬉游处。正店舍无烟,禁城百五[3]。旗亭[4]唤酒,付与高阳俦侣[5]。想东园、桃李自春,小唇秀靥[6]今在否?到归时、定有残英,待客携尊俎。

【注解】

〔1〕剪烛西窗语:李商隐诗:"何当共剪西窗烛,却话巴山夜雨时。"

〔2〕风灯零乱:杜甫诗:"风起春灯乱。"

〔3〕禁城百五:《荆楚岁时记》说,去冬节一百五日,有疾风甚雨,谓之"寒食"。元稹诗:"初过寒食一百六,店舍无烟宫树绿。"

〔4〕旗亭:市楼立旗于上。

〔5〕高阳俦侣:汉郦食其以儒冠见沛公刘邦,刘邦以其为儒生,不见,食其按剑大呼,我非儒生,乃高阳酒徒也。刘邦因见之,见《史记》。

〔6〕小唇秀靥:靥音yè,入声。李贺诗:"浓眉笼小唇",又"晚奁妆秀靥"。

【评笺】

李攀龙云:上描旅思最无聊,下描酒兴最无聊。又云:寒窗独坐,对此禁烟时光,呼卢浮白,宁多逊高阳生哉!(《草堂诗馀隽》)

周济云:奇横。(《宋四家词选》)

黄蓼园云:前写宦况凄清,后段起处点清寒食,以下引到思家。(《蓼园词选》)

陈洵云:由户而庭,由昏而夜,一步一境,总趋归故人剪烛一句。"楚江暝宿,少年羁旅",又换一境。一"似"字极幻,"迟暮"钩转,浑化无迹。以下设景、设情,层层脱换,皆收入"西窗语"三字中。美成藏此金针,不轻与人。(《海绡说词》)

六丑

蔷薇谢后作

正单衣试酒,怅客里、光阴虚掷。愿春暂留,春归如过翼[1],一去无迹。为问家何在?夜来风雨,葬楚宫倾国[2]。钗钿堕处遗香泽,乱点桃蹊,轻翻柳陌。多情为谁追惜?但蜂媒蝶使,时叩窗槅。　　东园岑寂,渐蒙笼暗碧[3],静绕珍丛[4]底。成叹息:长条故惹行客,似牵衣待话,别情无极。残英小、强簪巾帻[5],终不似、一朵钗头颤袅,向人欹侧。漂流处、莫趁潮汐,恐断红[6]、尚有相思字,何由见得?

【注解】

〔1〕过翼:飞鸟。

〔2〕楚宫倾国:喻落花,温庭筠诗:"夜来风雨落残花。"

〔3〕蒙笼暗碧:指绿叶。

〔4〕珍丛:指花丛。

〔5〕巾帻:帻(zé 则),读入声。巾帻,布帽。

〔6〕断红:唐卢渥应举,偶到御沟,见红叶上题诗云:"流水何太急,深宫竟日闲。殷勤谢红叶,好去到人间。"事见《云溪友议》。

【评笺】

庞元英云:唐小说记红叶事凡四,其二《云溪友议》,卢渥舍人应举之岁,偶临御沟,见红叶上有诗云:"流水何太急,深宫竟日闲;殷勤谢红叶,好去到人间。"本朝词人,罕用此事,惟周清真乐府两用之。《六丑》咏落花云:"飘流处,莫趁潮汐,恐断红尚有相思字,何由见得?"脱胎换骨之妙极矣。(《谈薮》)

周密云:宣和中,以李师师能歌舞称;时周邦彦为太学生,时游其家,一夕,祐陵临幸,仓卒避去。既而赋小词,所谓"并刀如水,吴盐胜雪"者。盖纪此夕事也。未几李被宣唤,遂歌于上前,问:"谁作?"以邦彦对,遂以解褐,自此通显。既而朝廷赐酺,师师又歌《大酺》、《六丑》二解,上顾教坊使袁绹问,绹曰:"此起居舍人新知潞州周邦彦作也。"问"六丑"之义,莫能对。召邦彦问之,对曰:"此犯六调,皆声之美者,然绝难歌。"上喜,意将留行,且以近多祥瑞,将使播之乐章,命蔡元长叩之;邦彦云:"某老矣,颇悔少作。"会起居郎张果廉知邦彦尝于亲王席上作小词赠舞鬟,云:"歌席上,无赖是横波。宝髻玲珑敧玉燕,绣巾柔腻掩香罗;何况会婆娑,无个事,因甚敛双蛾?浅淡梳妆疑是画,惺忪言语胜闻歌;好处是情多。"为蔡道其事,上知之,由是得

罪。(《浩然斋雅谈》)

沈际飞云:真爱花者,一花将萼,移枕携襆睡卧其下,以观花之由微至盛、至落,至于萎地而后已,善哉。又云:漂流一段,节起新枝,枝发奇萼,长调不可得矣。(《草堂诗馀正集》)

周济云:"愿春暂留,春归如过翼,一去无迹。"十三字千回百折,千锤百炼,以下乃鹏羽自逝。又云:不说人惜花,却说花恋人;不从无花惜春,却从有花惜春;不惜已簪之残英,偏惜欲去之断红。(《宋四家词选》)

陈廷焯云:"为问家何在",上文有"怅客里光阴虚掷"之句,此处点醒题旨,既突兀、又绵密,妙只五字束住。下文反覆缠绵,更不纠缠一笔,却满纸是羁愁抑郁,且有许多不敢说处;言中有物,吞吐尽致。(《白雨斋词话》)

谭献云:"愿春"二句,逆入平出,亦平入逆出。"为问"三句,搏兔用全力。"静绕"三句,处处断、处处连。"残英"句即愿春暂留也。"飘流"句即春归如过翼也。末二句仍在逆挽。《片玉》所独。(《谭评词辨》)

黄蓼园云:自叹年老远宦,意境落寞;借花起兴,以下是花、是自己,比兴无端,指与物化,奇情四溢,不可方物,人巧极而天工生矣!结处意致尤缠绵无已。(《蓼园词选》)

蒋敦复云:清真《六丑》一词,精深华妙,后来作者,罕能继踪。(《芬陀利室词话》)

夜飞鹊

河桥送人处,凉夜何其。斜月远、坠馀辉,铜盘烛泪已流尽,霏霏凉露沾衣。相将散离会,探风前津鼓,树杪参旗[1]。花骢会意,纵扬鞭、亦自行迟。　迢递路回清野,人语渐无闻,空带愁归。何意重经前地,遗钿不见,斜径都迷。兔葵燕麦,向斜阳欲与人齐。但徘徊班草[2],欷歔[3]酹酒,极望天西。

【注解】

〔1〕参旗:参,星名。参旗,旗上画有星辰。

〔2〕班草:布草而坐。

〔3〕欷歔:扬雄《方言》:"哀而不泣曰欷歔。"

【评笺】

沈际飞云:今之人,务为欲别不别之状,以博人欢、避人议,而真情什无二三矣。能使华骝会意,非真情所潜格乎?(《草堂诗馀正集》)

陈元龙云:王介甫诗:"班草数行衣上泪",又:"待追西路聊班草",或即如班荆之义也。(《片玉词》注)

黄蓼园云:自将行至远送,又自去后写怀望之情,层次井井而意致绵密,词采秾深,时出雄厚之句,耐人咀嚼。(《蓼园词选》)

周济云:班草是散会处,酹酒是送人处,二处皆前地也,双起故须双结。(《宋四家词选》)

梁启超云:"兔葵燕麦"二语,与柳屯田之"晓风残月",可称送别词中双绝,皆镕情入景也。(《艺蘅馆词选》)

陈洵云:"河桥送人处"逆入,"何意重经前地"平出。换头三句,将上阕尽化烟云,然后转出下句,事过情留,低徊无尽。(《海绡说词》)

满庭芳

夏日溧水无想山作

风老莺雏,雨肥梅子[1],午阴嘉树清圆。地卑山近,衣润费炉烟。人静乌鸢自乐[2],小桥外、新绿溅溅。凭阑久,黄芦苦竹,疑泛九江船[3]。　　年年,如社燕[4],飘流瀚海[5],来寄修椽[6]。且莫思身外[7],长近尊前。憔悴江南倦客,不堪听、急管繁弦。歌筵畔,先安枕簟[8],容我醉时眠。

【注解】

[1] 雨肥梅子:杜甫诗:"红绽雨肥梅。"

[2] 人静乌鸢自乐:杜甫诗:"人静乌鸢乐。"

[3] 疑泛九江船:白居易《琵琶行》:"住近湓江地低湿,黄芦苦竹绕宅生。"

[4] 社燕:燕春社来,秋社去,故称社燕。

[5] 瀚海:今蒙古大沙漠,古称瀚海,又作翰海。《名义考》:"以飞沙若浪,人马相失若沉,视犹海然,非真有水之海也。"

[6] 修椽(chuán 船):高大屋檐。

[7] 莫思身外:杜甫诗:"莫思身外无穷事。"

[8] 簟(diàn 电):席也。

【评笺】

沈义父云：词中多有句中韵，人多不晓，不惟读之可听，而歌诗最要叶韵应拍，不可以为闲字而不押。如《木兰花慢》云："倾城尽寻胜去"，"城"字是韵。又如《满庭芳》过处"年年如社燕"，"年"字是韵，不可不察也。（《乐府指迷》）

沈际飞云："衣润费炉烟"，景语也，景在"费"字。（《草堂诗馀正集》）

许昂霄云：通首疏快，实开南宋诸公之先声。"人静乌鸢乐"，杜句也；"黄芦苦竹"，出香山《琵琶行》。（《词综偶评》）

陈廷焯云：美成词有前后若不相蒙者，正是顿挫之妙。如《满庭芳》上半阕云："人静乌鸢自乐，小桥外新绿溅溅；凭阑久，黄芦苦竹，拟泛九江船。"正拟纵乐矣；下忽接云："年年如社燕，飘流瀚海，来寄修椽。且莫思身外，长近樽前。憔悴江南倦客，不堪听急管繁弦。歌筵畔，先安枕簟，容我醉时眠。"是乌鸢虽乐，社燕自苦；九江之船，卒未尝泛。此中有多少说不出处；或是依人之苦，或有患失之心，但说得虽哀怨却不激烈；沉郁顿挫中别饶蕴藉。后人为词，好作尽头语，令人一览无馀，有何趣味？（《白雨斋词话》）

谭献云："地卑"二句，觉离骚廿五，去人不远。"且莫"二句，杜诗韩笔。（《谭评词辨》）

周济云：体物入微，夹入上下文，中似褒似贬，神味最远。（《宋四家词选》）

先著云：黄芦苦竹，此非词家所常设字面，至张玉田《意难忘》词犹特见之，可见当时推许大家者自有在，决非后人以土泥脂粉为词耳。（《词洁》）

黄蓼园云：此必其出知顺昌后作。前三句见春光已去。地卑至

九江船,言其地之僻也。年年三句,见宦情如逆旅。且莫思句至末,写其心之难遣也。末句妙于语言。(《蓼园词选》)

郑文焯云:案《清真集》强焕序云:"溧水为负山之邑,待制周公元祐癸酉为邑长于斯;所治后圃有亭曰'姑射',有堂曰'萧闲',皆取神仙中事,揭而名之。"此云无想山,盖亦美成所名,亦神仙家言也。(郑校《清真集》)

梁启超云:最颓唐语最含蓄。(《艺蘅馆词选》)

陈洵云:方喜嘉树,旋苦地卑;正羡乌鸢,又怀芦竹;人生苦乐万变,年年为客,何时了乎!且莫思身外,则一齐放下。急管繁弦,徒增烦恼,固不如醉眠之自在耳。词境静穆,想见襟度,柳七所不能为也。(《海绡说词》)

过秦楼

水浴清蟾[1],叶喧凉吹,巷陌马声初断。闲依露井,笑扑流萤[2],惹破画罗轻扇。人静夜久凭阑,愁不归眠,立残更箭[3]。叹年华一瞬,人今千里,梦沉书远。　　空见说鬓怯琼梳,容消金镜,渐懒趁时匀染。梅风地溽,虹雨苔滋,一架舞红[4]都变。谁信无聊为伊,才减江淹[5],情伤荀倩[6]。但明河影下,还看稀星数点。

【注解】

〔1〕清蟾:明月。
〔2〕笑扑流萤:杜牧诗:"轻罗小扇扑流萤。"

〔3〕更箭:古代以铜壶盛水,壶中立箭以计时刻。《周礼》:"挈壶氏漏水法,更箭以漆桐为之。"

〔4〕舞红:指落花。

〔5〕才减江淹:《南史》云:"江淹少时,宿于江亭,梦人授五色笔,因而有文章。后梦郭璞取其笔,自此为诗无美句,人称才尽。"

〔6〕情伤荀倩:《世说》云:"荀奉倩妻曹氏有艳色,妻常病热,奉倩以冷身熨之。妻亡,叹曰:'佳人难再得。'人吊之,不哭而神伤,未几,奉倩亦亡。"

【评笺】

周济云:"梅风地溽,虹雨苔滋,一架舞红都变"三句意味深厚。(《宋四家词选》)

陈洵云:换头三句,承"人今千里","梅风"三句,承"年华一瞬",然后以"无聊为伊"三句结情,以"明河影下"两句结景。篇法之妙,不可思议。(《海绡说词》)

花犯

粉墙低,梅花照眼,依然旧风味。露痕轻缀,疑净洗铅华〔1〕,无限佳丽。去年胜赏曾孤倚,冰盘同燕喜〔2〕。更可惜、雪中高树,香篝〔3〕熏素被。　　今年对花最匆匆,相逢似有恨,依依愁悴。吟望久,青苔上,旋看飞坠。相将见、翠丸〔4〕荐酒,人正在、空江烟浪里。但梦想、一枝潇洒,黄昏斜照水〔5〕。

【注解】

〔1〕净洗铅华:王安石梅诗:"不御铅华知国色。"

〔2〕冰盘同燕喜:指梅子荐酒,韩愈诗:"冰盘夏荐碧实脆。"

〔3〕香篝:即熏笼,"香篝熏素被"喻"梅花如篝雪如被"。

〔4〕翠丸:指梅子。

〔5〕黄昏斜照水:用林逋"疏影横斜水清浅,暗香浮动月黄昏"咏梅诗句。

【评笺】

郑文焯云:"同燕喜"《草堂》作"共"。案"共"即"供"字。杜诗:"开筵得屡供。"此盖言梅花供一醉之意,较"同"字意长;后人因此字宜平,误会"共"意,遂改作"同",不知"同"字与上句"孤倚"义未洽也。(郑校《清真集》)

林洪云:剥梅浸雪酿之,露一宿,取去,蜜渍之,可荐酒,词正用此意。(《山家清供》)

黄昇云:此只咏梅花而纡徐反覆,道尽三年间事,圆美流转如弹丸。(《花庵词选》)

周济云:清真词之清婉者如此,故知建章千门,非一匠所营。(《宋四家词选》)

黄蓼园云:总是见宦迹无常,情怀落寞耳。忽借梅花以写,意超而思永。言梅犹是旧风情,而人则离合无常;去年与梅共安冷淡,今年梅正开而人欲远别,梅似含愁悴之意而飞坠;梅子将圆,而人在空江中,时梦想梅影而已。(《蓼园词选》)

谭献云:"依然"句逆入。"去年"句平出。"今年"句放笔为直干。"吟望久"以下,筋摇脉动。"相将见"二句,如颜鲁公书,力透纸

背。(《谭评词辨》)

陈洵云:只"梅花"一句点题,以下却在题前盘旋。换头一笔钩转。"相将"以下,却在题后盘旋。收处复一笔钩转。往来顺逆,磐控自如,圆美不难,难在拙厚。又云:"正在"应"相逢","梦想"应"照眼";结构天然,浑然无迹。又云:此词体备刚柔,手段开阔,后来稼轩有此手段,无此气韵,若白石则并不能开阔矣。(《海绡说词》)

大酺

对宿烟收,春禽静,飞雨时鸣高屋。墙头青玉旆[1],洗铅霜都尽,嫩梢相触。润逼琴丝[2],寒侵枕障,虫网吹黏帘竹。邮亭无人处,听檐声不断,困眠初熟。奈愁极频惊,梦轻难记,自怜幽独。　　行人归意速,最先念、流潦妨车毂[3]。怎奈向兰成[4]憔悴,卫玠清羸[5],等闲时、易伤心目。未怪平阳客[6],双泪落、笛中哀曲。况萧索、青芜国[7],红糁[8]铺地,门外荆桃如菽[9]。夜游共谁秉烛?

【注解】

〔1〕青玉旆(pèi 配):形容新竹。

〔2〕润逼琴丝:王充《论衡》:"天且雨,琴弦缓。"

〔3〕流潦妨车毂:途中积水,车不能行。

〔4〕兰成:庾信小字兰成,有《哀江南赋》。

〔5〕卫玠:晋人,人闻其名,观者如堵。先有羸疾,成病而死,年二十

七,人以为看杀卫玠。见《世说》。

〔6〕平阳客:汉马融,性好音乐,能鼓琴吹笛,卧平阳时,听客舍有人吹笛甚悲,因作《笛赋》。见《文选》。

〔7〕青芜国:杂草丛生地区。温庭筠诗:"花庭忽作青芜国。"

〔8〕红糁:糁(sǎn 伞),米粒。红糁指落花。

〔9〕菽:豆类。

【评笺】

王灼云:世间有离骚,惟贺方回、周美成时时得之。贺《六州歌头》、《望湘人》、《吴音子》诸曲,周《大酺》、《兰陵王》诸曲,最奇崛。(《碧鸡漫志》)

沈义父云:词中用事,使人姓名,须委曲得不用出最好。清真词多要两人名对使,亦不可学他。如《宴清都》云:"庾信愁多,江淹恨极。"《西平乐》云:"东陵晦迹,彭泽归来。"《大酺》云:"兰成憔悴,卫玠清羸。"《过秦楼》云:"才减江淹,情伤荀倩"之类是也。(《乐府指迷》)

李攀龙云:"自怜幽独",又"共谁秉烛",如常山蛇势,首尾自相击应。(《草堂诗馀隽》)

周济云:"怎奈向"宋人语,"向"作"一向"二字解,今语向来也。(《宋四家词选》)

谭献云:"墙头"三句,辟灌皆有赋心,前周后吴,所以为大家也。"行人"二句,亦新亭之泪。"况萧索"下,一句一折,一步一态,然周昉美人,非时世妆也。(《谭评词辨》)

陈锐云:清真词《大酺》云:"墙头青玉旂。""玉"字以入代平。下文云:"邮亭无人处",句法皆四平仄。梦窗此句,第四字亦用入声,守律之严如此。(《袌碧斋词话》)

梁启超云:"流潦妨车毂"句,托想奇拙,清真最善用之。(《艺蘅馆词选》)

许昂霄云:通首俱写雨中情景。(《词综偶评》)

陈洵云:自"宿烟收"至"相触"六句,屋外景。"润逼"至"帘竹"三句,屋内景。"困眠初熟"四字逆出,"听檐声不断",是未眠熟前情景。"邮亭"上九句是惊觉后情事。困眠则听,惊觉则愁;"邮亭"一句,作中间停顿;"奈愁极"二句,作两边照应。曰"烟收"、曰"禽静",则不特无人。虫网吹黏,铅霜洗尽;静中始见,总趋归"幽独"二字。"行人归意速"陡接,"最先念流潦妨车毂"倒提;复以"怎奈向"三字钩转,将上阕所有情事总纳入"伤心目"三字中。"未怪平阳客"垫起,"况萧索青芜国"跌落,"共谁秉烛"与"自怜幽独",顾盼含情,神光离合,乍阴乍阳,美成信天人也。(《海绡说词》)

解语花

上元

风消焰蜡,露浥烘炉[1],花市光相射。桂华[2]流瓦,纤云散、耿耿素娥欲下。衣裳淡雅,看楚女纤腰一把。箫鼓喧、人影参差,满路飘香麝。　　因念都城放夜[3],望千门如昼,嬉笑游冶。钿车罗帕,相逢处、自有暗尘随马[4]。年光是也,惟只见、旧情衰谢。清漏移、飞盖归来,从舞休歌罢。

【注解】

〔1〕烘炉:指花灯。

〔2〕桂华:代表月光。

〔3〕放夜:陈元龙《片玉集》注引《新记》:"京城街衢有金吾晓暝传呼以禁夜行。惟正月十五夜勅金吾弛禁前后路一日,谓之'放夜'。"

〔4〕暗尘随马:苏味道诗:"暗尘随马去,明月逐人来。"

【评笺】

张炎云:昔人咏节序,不惟不多,付之歌喉者,类是率俗。如周美成《解语花》咏元夕,史邦卿《东风第一枝》赋立春,《喜迁莺》赋灯夕;不独措辞精粹,又且见时节风物之感,人家宴乐之同。(《词源》)

刘体仁云:词起结最难,而结尤难于起,须结得有"不愁明月尽,自有夜珠来"之妙乃得。美成《元宵》云:"任舞休歌罢",则何以称焉?(《七颂堂词绎》)

李攀龙云:上是佳人游玩,下是灯下相逢,一气呵成。(《草堂诗馀隽》)

周济云:此美成在荆南作,当与《齐天乐》同时;到处歌舞太平,京师尤为绝盛。(《宋四家词选》)

陈廷焯云:后半阕纵笔挥洒,有水逝云卷,风驰电掣之感。(《白雨斋词话》)

王国维云:词忌用替代字;美成《解语花》之"桂华流瓦",境界极妙,惜以"桂华"二字代月耳。梦窗以下,则用代字更多。其所以然者,非意不足则语不妙也。盖意足则不暇代,语妙则不必代。此少游之"小楼连苑,绣毂雕鞍"所以为东坡所讥也。(《人间词话》)

蝶恋花

月皎惊乌栖不定,更漏将阑,辘轳[1]牵金井。唤起两眸清炯炯[2],泪花落枕红绵冷。　　执手霜风吹鬓影[3],去意徊徨,别语愁难听。楼上阑干[4]横斗柄,露寒人远鸡相应。

【注解】
〔1〕辘轳:汲水器,即滑车。
〔2〕炯炯(jiǒng 迥):发光貌。
〔3〕霜风吹鬓影:李贺诗:"春风吹鬓影。"
〔4〕阑干:横斜貌。古乐府:"月没参横,北斗阑干。"

【评笺】
沈际飞云:"唤起"句,形容睡起之妙。(《草堂诗馀正集》)
王世贞云:美成能作景语,不能作情语;能入丽字,不能入雅字;以故价微劣于柳。然至"枕痕一线红生肉",又"唤起两眸清炯炯,泪花落枕红绵冷。"其形容睡起之妙,真能动人。(《艺苑卮言》)
黄蓼园云:按首一阕言未行前闻乌惊漏残,辘轳响而惊醒泪落。次阕言别时情况凄楚,玉人远而惟鸡相应,更觉凄婉矣。(《蓼园词选》)

解连环

怨怀无托,嗟情人断绝,信音辽邈。纵妙手、能解连环[1],似风散雨收,雾轻云薄。燕子楼[2]空,暗尘锁、一床弦索。想移根换叶,尽是旧时,手种红药[3]。　　汀洲渐生杜若[4],料舟依岸曲,人在天角。漫记得、当日音书,把闲语闲言,待总烧却。水驿春回,望寄我、江南梅萼。拚今生、对花对酒,为伊泪落。

【注解】

〔1〕解连环:秦遗齐王玉连环,齐王后引椎推破,对秦使说:"谨以解矣。"见《国策》。

〔2〕燕子楼:见前苏轼《永遇乐》注。

〔3〕红药:红色芍药。

〔4〕杜若:香草名。《楚辞·湘夫人》篇有"搴汀洲兮杜若"句。

【评笺】

李攀龙云:形容闺妇哀情,有无限怀古伤今处,至末尤见词语壮丽,体度艳冶。(《草堂诗馀隽》)

拜星月慢

夜色催更,清尘收露,小曲幽坊月暗。竹槛灯窗,识秋娘[1]

庭院。笑相遇,似觉琼枝玉树相倚,暖日明霞光烂。水盼[2]兰情,总平生稀见。　　画图中、旧识春风面,谁知道、自到瑶台[3]畔。眷恋雨润云温,苦惊风吹散。念荒寒、寄宿无人馆,重门闭,败壁秋虫叹。怎奈向[4]、一缕相思,隔溪山不断。

【注解】

〔1〕秋娘:见前《瑞龙吟》注。

〔2〕水盼:谓目如秋水。

〔3〕瑶台:仙人所居,见《拾遗记》。

〔4〕怎奈向:见前秦观《八六子》注。

【评笺】

卓人月云:虫曰叹,奇。实甫草桥店许多铺写,当为此一字屈首。(《词统》)

李攀龙云:上相遇间,如琼玉生光;下相思处,浑如溪山隔断。(《草堂诗馀隽》)

周济云:全是追思,却纯用实写。但读前半阕,几疑是赋也。换头再为加倍跌宕之,他人万万无此力量。(《宋四家词选》)

潘游龙云:前一晌留情,此一缕相思,无限伤感。(《古今诗馀醉》)

黄蓼园云:"惊风"句,怨有所归也,可以怨矣;"隔溪"句,饶有敦厚之致。(《蓼园词选》)

关河令

秋阴时晴渐向暝,变一庭凄冷。伫听寒声,云深无雁影。

更深人去寂静,但照壁、孤灯相映。酒已都醒,如何消夜永?

【评笺】

周止庵云:淡永。

绮寮怨

上马人扶残醉,晓风吹未醒。映水曲、翠瓦朱檐,垂杨里、乍见津亭。当时曾题败壁,蛛丝罩、淡墨苔晕青。念去来、岁月如流,徘徊久、叹息愁思盈。　　去去倦寻路程,江陵旧事,何曾再问杨琼[1]。旧曲凄清,敛愁黛、与谁听?尊前故人如在,想念我、最关情。何须渭城[2],歌声未尽处,先泪零。

【注解】

〔1〕杨琼:陈注《片玉集》:"杨琼事未详。"白居易诗:"就中犹有杨琼在,堪上东山伴谢公。"

〔2〕渭城:王维《渭城曲》:"渭城朝雨浥轻尘,客舍青青柳色新。劝君更进一杯酒,西出阳关无故人。"

尉迟杯

隋堤路,渐日晚、密霭生烟树。阴阴淡月笼沙,还宿河桥深处。无情画舸,都不管、烟波隔前浦。等行人、醉拥重衾,载将离恨归去[1]。　因思旧客京华,长偎傍疏林,小槛欢聚。冶叶倡条[2]俱相识,仍惯见珠歌翠舞。如今向、渔村水驿,夜如岁、焚香独自语。有何人、念我无聊,梦魂凝想鸳侣。

【注解】
〔1〕载将离恨归去:唐郑仲贤诗:"亭亭画舸系寒潭,直到行人酒半酣。不管烟波与风雨,载将离恨过江南。"
〔2〕冶叶倡条:指歌伎,李商隐诗:"冶叶倡条偏相识。"

【评笺】
沈际飞云:苏词"只载一船离恨向西州";秦词"载取暮愁归去";又是一触发。(《草堂诗馀正集》)
周济云:南宋诸公所断不能到者,出之平实,故胜。又云:一结拙甚。(《宋四家词选》)
谭献云:"无情"二句,沉著,因思句见笔法,渔村水驿是挽,收处率意。(《谭评词辨》)
陈洵云:隋堤一境、京华一境、渔村水驿一境,总入"焚香独自语"一句中,鸳侣则不独自矣。只用实说,朴拙浑厚,尤清真之不可及处。

"长偎傍"九字,红友谓于"傍"字豆,正可不必。"偎傍疏林"与"小槛欢聚"是搓挪对。"冶叶倡条","珠歌翠舞";"俱相识","仍惯见";皆如此法。(《海绡说词》)

西河

金陵怀古

佳丽地[1],南朝盛事谁记?山围故国绕清江,髻鬟对起。怒涛寂寞打孤城[2],风樯遥度天际。　　断崖树、犹倒倚,莫愁艇子谁系[3]?空馀旧迹郁苍苍,雾沉半垒。夜深月过女墙来,伤心东望淮水。　　酒旗戏鼓甚处市?想依稀王谢邻里,燕子不知何世[4],向寻常巷陌人家相对,如说兴亡斜阳里。

【注解】

[1] 佳丽地:谢朓诗:"金陵帝王州,江南佳丽地。"

[2] 怒涛寂寞打孤城:刘禹锡《金陵》诗:"山围故国周遭在,潮打孤城寂寞回。淮水东边旧时月,夜深还过女墙来。"

[3] 莫愁艇子谁系:乐府诗:"莫愁在何处,住在石城西,艇子折两桨,催送莫愁来。"莫愁原不在金陵,但宋代已有金陵之传说。

[4] 燕子不知何世:刘禹锡诗:"朱雀桥边野草花,乌衣巷口夕阳斜。旧时王、谢堂前燕,飞入寻常百姓家。"

【评笺】

曾三异云:周美成词《金陵怀古》,用莫愁字;金陵石头城,非莫愁所在;前辈指其误。予尝守郢,郡治西偏临汉江上,石崖峭壁可长数十丈,两端以绳续之,流传此为石头城。莫愁名见古乐府,意者是神,汉江之西岸,至今有莫愁村,故谓艇子往来是也。莫愁像有石本,衣冠甚古,不知何时流传郢中。郢中倡女,尝择一人名以莫愁,示存古意,亦僭渎矣。(《同话录》)

卓人月云:瞿宗吉《西湖十景》云:"铃音自语,也似说成败。"许伯扬《咏隋河柳》云:"如将亡国恨,说与路人知。"都与此词末句一例。(《词统》)

沈际飞云:介甫《桂枝香》独步不得。又云:吴彦高:"旧时王、谢堂前燕子,飞向谁家。"逊婉切。(《草堂诗馀正集》)

许昂霄云:檃栝唐句,浑然天成。"山围故国绕清江"四句形胜,"莫愁艇子曾系"三句古迹,"酒旗戏鼓甚处市"至末,目前景物。(《词综偶评》)

梁启超云:张玉田谓清真最长处,在善融化古人诗句,如自己出。读此词,可见词中三昧。(《艺蘅馆词选》)

瑞鹤仙

悄郊原带郭,行路永、客去车尘漠漠。斜阳映山落,敛馀红犹恋,孤城阑角。凌波[1]步弱,过短亭、何用素约。有流莺劝我,重解绣鞍,缓引春酌。　　不记归时早暮,上马谁扶,醒眠朱阁。惊飚[2]动幕,扶残醉、绕红药。叹西园已是,花深无地,东风何事又恶?任流光过却,犹喜洞天[3]自乐。

【注解】

〔1〕凌波:形容歌女步伐轻盈。《洛神赋》:"凌波微步,罗袜生尘。"
〔2〕惊飚:惊人暴风,飚或作飙,读作 biāo。
〔3〕洞天:道家谓神仙所在之地。

【评笺】

王明清云:美成以待制提举南京鸿庆宫,自杭徙居睦州,梦中作《瑞鹤仙》一阕,既觉犹能全记,了不详其所谓也。未几遇方腊之乱,欲还杭州旧居,而道路兵戈已满,仅得脱免。入钱塘门,见杭人仓皇奔避,如蜂屯蚁沸;视落日在鼓角楼檐间,即词中所谓"斜阳映山落,敛馀霞犹恋,孤城阑角"者应矣。旧居既不可往,是日无处得食,忽稠人中有呼待制何往者,乃乡人之侍儿,素所识也;且曰:"月臬必未食,能舍车过酒家乎?"美成从之,惊遽间,连引数杯,腹枵顿解。则词中所谓"凌波步弱,过短亭、何用素约?有流莺劝我,重解绣鞍,缓引春酌"之句应矣。饮罢觉微醉,耳目惶惑,不敢少留,乃径出城北;江涨桥断,诸寺士女已盈满,不能驻足,独一小寺经阁,偶无人,遂宿其上。即词中所谓"不记归时早暮,上马谁扶,醒眠朱阁"者应矣。已闻两浙尽为贼据,因自计方领南京鸿庆宫,有斋厅可居,乃挈家往焉。则词中所谓"念西园已是花深无地,东风何事又恶?任流光过了,归来洞天自乐"之句又应矣!美成生平好作乐府,末年梦中得句,而字字皆应,岂偶然哉?(《玉照新志》)

李攀龙云:自斟自酌,独往独来,其庄漆园乎?其邵尧叟乎?其葛天、无怀氏乎?(《草堂诗馀隽》)

周济云：只闲闲说起，又云"不扶残醉"，不见红药之系情，东风之作恶；因而追溯昨日送客后，薄暮入城，因所携之妓倦游，访伴小憩，复成酣饮。换头三句，反透出一"醒"字；惊飙句倒插"东风"，然后以"扶残醉"三字点睛，结构精奇，金针度尽。(《宋四家词选》)

许昂霄云："任流光过却"紧接上文；"犹喜洞天自乐"，收拾中间。(《词综偶评》)

浪淘沙慢

昼阴重，霜凋岸草，雾隐城堞。南陌脂车[1]待发，东门帐饮[2]乍阕。正拂面、垂杨堪揽结，掩红泪[3]、玉手亲折。念汉浦、离鸿去何许？经时信音绝。　　情切，望中地远天阔，向露冷、风清无人处，耿耿寒漏咽。嗟万事难忘，惟是轻别。翠尊未竭，凭断云、留取西楼残月。　　罗带光消纹衾叠，连环解、旧香顿歇；怨歌永、琼壶敲尽缺[4]。恨春去、不与人期，弄夜色、空馀满地梨花雪。

【注解】
〔1〕脂车：以脂涂车辖。
〔2〕东门帐饮：汉疏广辞归，公卿大夫设祖道，供帐东都门外送行。见《汉书》。
〔3〕红泪：蜀妓灼灼以软绡聚红泪寄裴质，见《丽情集》。
〔4〕琼壶敲尽缺：晋王敦酒后，咏魏武乐府："老骥伏枥，志在千里。烈士暮年，壮心不已。"以如意击唾壶为节，壶口尽缺。见《世说新语》。

【评笺】

万树云:美成《浪淘沙慢》,精绽悠扬,为千古绝调。(《词律》)

周济云:空际出力,梦窗最得其诀,"翠尊未竭,凭断云、留取西楼残月。"三句一气赶下,是清真长技,又云:钩勒劲健峭举。(《宋四家词选》)

谭献云:"正拂面"二句,以见难忘在此。"翠尊"三句,所谓以无厚入有间也。"断"字"残"字,皆不轻下。末三句本是人去不与春期,翻说是无聊之思。(《谭评词辨》)

陈廷焯云:美成词操纵处有出人意表者。如《浪淘沙慢》一阕,上二叠写别离之苦,如"掩红泪、玉手亲折"等句,故作琐碎之笔;至末段蓄势在后,骤雨飘风,不可遏抑。歌至曲终,觉万汇哀鸣,天地变色,老杜所谓"意惬关飞动,篇终接混茫"也。(《白雨斋词话》)

王国维云:美成《浪淘沙慢》词,精壮顿挫,已开北曲之先声。(《人间词话》)

陈洵云:自"晓阴重"至"玉手亲折",全述往事。东门、京师、汉浦,则美成今所在也。"经时信音绝",逆挽。"念"字益幻。"不与人期"者,不与人以佳期也。梨雪无情,固不如拂面垂杨。(《海绡说词》)

应天长

条风[1]布暖,霏雾弄晴,池台遍满春色。正是夜堂无月,沉沉暗寒食。梁间燕,前社客[2],似笑我、闭门愁寂。乱花过、隔院芸香[3],满地狼藉。　　长记那回时,邂逅[4]相逢,郊外驻油壁[5]。又见汉宫传烛[6],飞烟五侯宅。青青草,迷路陌。强载酒、细寻前迹。市桥远、柳下人家,犹自相识。

【注解】

〔1〕条风:《易纬》:"立春条风至。"《说文》:"东北曰融风。"段玉裁云:"调风、条风、融风一也。"

〔2〕前社客:社,祭社神之日有春秋二社,立春后五戊为春社,立秋后五戊为秋社。陈元龙注《片玉集》引欧阳獬《燕》诗:"长到春秋社前后,为谁去了为谁来。"

〔3〕芸香:芸乃一种香草,可避蠹鱼。此处所谓芸香,指乱花之香气。

〔4〕邂逅(xiè hòu 谢后):不期而遇。

〔5〕油壁:车壁以油饰之车名油壁车。南齐苏小小诗:"妾乘油壁车,郎乘青骢马;何处结同心?西陵松柏下。"

〔6〕汉宫传烛:唐韩翃诗:"春城无处不飞花,寒食东风御柳斜。日暮汉宫传蜡烛,轻烟散入五侯家。"汉桓帝封单超新丰侯,徐琼武原侯,贝琼东武侯,左悺上蔡侯,唐衡渔阳侯,世谓五侯,见《后汉书·宦者传》。

【评笺】

李攀龙云:上半叙景色寥寂,下半与人世暌绝。又云:不用介子推典实,但意俱是不求名、不徼功,似有埋光铲彩之卓识。(《草堂诗馀隽》)

先著云:美成《应天长》空、淡、深、远,石帚专得此种笔意。(《词洁》)

周济云:"池台"二句生辣,"青青草下",反剔所寻不见。(《宋四

家词选》)

陈洵云:布暖弄晴,已将后阕游兴之神摄起。夜堂无月,从闭门中见。梁燕笑人,乱花过院;一有情、一无情,全为愁寂二字出力。后阕全是闭门中设想。"强载酒、细寻前迹",言意欲如此也。人家相识,反应"邂逅相逢"。(《海绡说词》)

夜游宫

叶下斜阳照水,卷轻浪、沉沉千里。桥上酸风射眸子[1],立多时,看黄昏灯火市。　　古屋寒窗底,听几片、井桐飞坠。不恋单衾再三起,有谁知,为萧娘[2]书一纸?

【注解】

[1] 酸风射眸子:李贺诗:"东关酸风射眸子。"
[2] 萧娘:唐人泛称女子为萧娘,杨巨源诗:"风流才子多春思,肠断萧娘一纸书。"

【评笺】

周济云:此亦是层层加倍写法,本只不恋单衾一句耳,加上前阕,方觉精力弥满。(《宋四家词选》)

贺　铸

铸字方回，卫州人。孝惠皇后族孙，娶宗女，授右班殿直。元祐中通判泗州，又倅太平州，退居吴下，自号庆湖遗老。有《东山词》，见《名家词》本及《四印斋所刻词》本，又有涉园景宋金元明本续刊本及《彊村丛书》刊本。

张耒云：方回乐府妙绝一世，盛丽如游金、张之堂，妖冶如揽嫱、施之袪，幽索如屈、宋，悲壮如苏、李。(《东山词序》)

王灼云：贺方回语意精新，用心甚苦，集中如《青玉案》者甚众，大抵卓然自立，不肯浪下笔。(《碧鸡漫志》)

陆游云：方回状貌奇丑，谓之贺鬼头。喜校书，朱黄未尝去手。诗文皆高，不独工长短句也。潘邠老赠方回诗云："诗束牛腰藏旧稿，书讹马尾辨新雠。"有二子：曰房，曰廪，房从方，廪从回，盖寓父字于二子名也。(《老学庵笔记》)

张炎云：贺方回、吴梦窗皆善于炼字面者，多于李长吉、温庭筠诗中来。(《词源》)

李清照云：贺词苦少典重。(《词论》)

蒋一葵云：方回少为武弁，以《定力寺》绝句见奇于舒王，知名当世。诗文咸高古可法，不特工于长短句。(《尧山堂外纪》)

刘体仁云：惟片言而居要，乃一篇之警策，词有警句，则全首俱动。若贺方回非不楚楚，总拾人牙慧，何足比数！(《七颂堂词绎》)

先著云：方回长调便有美成意，殊胜晏、张。(《词洁》)

周济云:耆卿镕情入景故淡远,方回镕景入情故秾丽。(《介存斋论词杂著》)

陈廷焯云:方回词胸中眼中,另有一种伤心说不出处,全得力于《楚骚》,而运以变化,允推神品。又云:方回词极沉郁,而笔势却又飞舞,变化无端,不可方物,吾乌乎测其所至。(《白雨斋词话》)

王国维云:北宋名家以方回为最次,其词如历下、新城之诗,非不华瞻,惜少真味。(《人间词话》)

青玉案

凌波[1]不过横塘[2]路,但目送、芳尘去。锦瑟[3]华年谁与度?月桥花院,琐窗[4]朱户,只有春知处。　飞云冉冉蘅皋[5]暮,彩笔新题断肠句。试问闲愁都几许?一川烟草,满城风絮,梅子黄时雨[6]。

【注解】

[1] 凌波:见前周邦彦《瑞鹤仙》注。

[2] 横塘:铸有小筑在姑苏盘内十馀里。见《中吴纪闻》。

[3] 锦瑟:《周礼·乐器图》:"雅瑟二十三弦,颂瑟二十五弦,饰以宝玉者曰宝瑟,绘文如锦曰锦瑟。"李商隐诗:"锦瑟无端五十弦,一弦一柱思华年。"冯浩笺注:"言瑟而言锦瑟、宝瑟,犹言琴而曰玉琴、瑶琴,亦泛例也。"

[4] 琐窗:《后汉书·梁冀传》:"窗牖皆有绮疏青琐。"李贤注:"青琐,谓刻为琐文,而以青饰之也。"

〔5〕蘅皋:蘅,杜蘅,香草。皋,泽。曹植《洛神赋》:"尔乃税驾乎蘅皋。"古诗:"日暮碧云合,佳人殊未来。"

〔6〕梅子黄时雨:宋陈肖岩《庚溪诗话》:"江南五月梅熟时,霖雨连旬,谓之黄梅雨。"宋周紫芝《竹坡诗话》:"贺方回尝作《青玉案》词有'梅子黄时雨'之句,人皆服其工,士大夫谓之'贺梅子'。"宋潘子真云:"寇莱公诗'杜鹃啼处血成花,梅子黄时雨如雾',世推贺方回所作'梅子黄时雨'为绝唱,盖用莱公语也。"黄庭坚诗:"解道当年肠断句,只今惟有贺方回。"

【评笺】
《埤雅》云:四五月间,梅欲黄落则木润土溽,柱础皆湿,蒸郁成雨,谓之梅雨。三月雨为迎梅,五月雨为熟梅。

周紫芝云:贺方回尝作《青玉案》,有"梅子黄时雨"之句,人皆服其工,士大夫谓之"贺梅子"。郭功父有《示耿天陞》一诗,王荆公尝为之书其尾曰:"庙前古木藏驯狐,豪气英风亦何有?"方回晚倅姑孰,与功父游甚欢。方回寡发,功父指其髻谓曰:"此真'贺梅子也'。"方回乃捋其须曰:"君可谓'郭驯狐'。"功父髯而胡,故有此语。(《竹坡诗话》)

罗大经云:诗家有以山喻愁者,杜少陵云:"忧端如山来,澒洞不可掇。"赵嘏云:"夕阳楼上山重叠,未抵闲愁一倍多。"是也。有以水喻愁者,李颀云:"请量东海水,看取浅深愁。"李后主云:"问君能有多少愁?恰似一江春水向东流。"秦少游云:"落红万点愁如海"是也。贺方回云:"试问闲愁都几许?一川烟草,满城风絮,梅子黄时雨。"盖以三者比愁之多也,尤为新奇,兼兴中有比,意味更长。(《鹤林玉露》)

沈谦云:"一川烟草,满城风絮,梅子黄时雨。"不特善于喻愁,正

以琐碎为妙。(《填词杂说》)

先著云:方回《青玉案》词工妙之至,无迹可寻,语句思路亦在目前,而千人万人不能凑拍。(《词洁》)

沈际飞云:叠写三句闲愁,真绝唱!(《草堂诗馀正集》)

刘熙载云:贺方回《青玉案》词收四句云:"试问闲愁都几许?一川烟草,满城风絮,梅子黄时雨。"其末句好处全在"试问"句呼起,及与上"一川"二句并用耳。或以方回有"贺梅子"之称,专赏此句误矣。且此句原本寇莱公"梅子黄时雨如雾"诗句,然则何不目莱公为"寇梅子"耶?(《艺概》)

黄蓼园云:所居横塘断无宓妃到,然波光清幽,亦常目送芳尘;第孤寂自守,无与为欢,惟有春风相慰藉而已。后段言幽居肠断,不尽穷愁,惟见烟草风絮,梅雨如雾,共此旦晚,无非写其境之郁勃岑寂耳。(《蓼园词选》)

感皇恩

兰芷满汀洲,游丝横路。罗袜尘生步迎顾,整鬟颦黛,脉脉两情难语。细风吹柳絮、人南渡。　　回首旧游,山无重数。花底深、朱户何处?半黄梅子,向晚一帘疏雨。断魂分付与、春将去。

薄幸

淡妆多态,更的的[1]、频回眄睐。便认得琴心[2]先许,欲绾[3]合欢双带。记画堂、风月逢迎,轻颦浅笑娇无奈。向睡鸭炉边,翔鸳屏里,羞把香罗暗解。　自过了烧灯[4]后,都不见踏青挑菜[5]。几回凭双燕,丁宁深意,往来却恨重帘碍。约何时再,正春浓酒困,人闲昼永无聊赖。厌厌睡起,犹有花梢日在。

【注解】
〔1〕的的:明媚貌。
〔2〕琴心:见前晏殊《木兰花》注。
〔3〕绾(wǎn 晚):系也。
〔4〕烧灯:元宵放灯。
〔5〕踏青挑菜:古以二月二日为挑菜节,见《乾淳岁时记》。

【评笺】
沈际飞云:无奈是娇之神。又云:一派闲情,闲里着忙。(《草堂诗馀正集》)

李攀龙云:凡闺情之词,淡而不厌,哀而不伤,此作当之。(《草堂诗馀隽》)

浣溪沙

不信芳春厌老人,老人几度送馀春,惜春行乐莫辞频。
巧笑艳歌皆我意,恼花颠酒拚君瞋,物情惟有醉中真。

浣溪沙

楼角初消一缕霞,淡黄杨柳暗栖鸦,玉人和月摘梅花。
笑捻粉香归洞户[1],更垂帘幕护窗纱,东风寒似夜来些[2]。

【注解】
〔1〕洞户:互相通达之户。
〔2〕些:夔峡、湘湖人禁咒句尾皆称"些",如今释家念娑婆诃之合声,见沈括《梦溪笔谈》。

【评笺】
　　胡仔云:词句欲全篇皆妙,极为难得,如贺方回"淡黄杨柳暗栖鸦"之句,写景可谓造微入妙;若其全篇,则不逮矣。(《苕溪渔隐丛话》)
　　杨慎云:此词句句绮丽,字字清新,当时赏之以为《花间》、《兰畹》不及,信然。(《词品》)
　　沈际飞云:"淡黄"句,与秦处度"藕叶清香胜花气",写景咏物,造微入妙。(《草堂诗馀正集》)
　　徐釚云:起句作"鹭外红绡一缕霞"本王子安《滕王阁赋》,此子可云善盗。(《词苑丛谈》)

石州慢

薄雨收寒,斜照弄晴,春意空阔。长亭柳色才黄,倚马何人先折?烟横水漫,映带几点归鸿,平沙消尽龙荒[1]雪。犹记出关来,恰如今时节。　　将发,画楼芳酒,红泪[2]清歌,便成轻别。回首经年,杳杳音尘都绝。欲知方寸[3],共有几许新愁?芭蕉不展丁香结[4]。憔悴一天涯,两厌厌风月。

【注解】
〔1〕龙荒:即龙沙,塞外通称。
〔2〕红泪:血泪。
〔3〕方寸:见前柳永《采莲令》注。
〔4〕"芭蕉不展丁香结":李商隐诗。丁香花蕾丛生,喻人愁心不解。

【评笺】
王灼云:贺方回《石州慢》,予见其稿,"风色收寒,云影弄晴"改作"薄雨收寒,斜照弄晴"。又"冰垂玉箸,向午滴沥檐楹,泥融消尽墙阴雪"改作"烟横水际,映带几点归鸿,东风消尽龙沙雪"。(《碧鸡漫志》)

吴曾云:方回眷一姝,别久,姝寄诗云:"独倚危阑泪满襟,小园春色懒追寻。深恩纵似丁香结,难展芭蕉一寸心。"贺因赋此词,先叙分别时景色,后用所寄诗语有"芭蕉不展丁香结"之句。(《能改斋漫录》)

张宗橚云:按"芭蕉不展丁香结,同向春风各自愁。"李玉溪代赠诗句也。(《词林纪事》)

蝶恋花[1]

几许伤春春复暮,杨柳清阴,偏碍游丝度。天际小山桃叶步,白蘋花满湔[2]裙处。　　竟日微吟长短句,帘影灯昏,心寄胡琴语。数点[3]雨声风约住,朦胧淡月云来去。

【注解】
〔1〕蝶恋花:《阳春白雪》卷二载此首,注云:"贺方回改徐冠卿词。"
〔2〕湔(jiān尖):洗也。
〔3〕数点:李冠词亦有此二句。

天门谣

登采石蛾眉亭[1]

牛渚天门险,限南北、七雄豪占。清雾敛,与闲人登览。待月上潮平波滟滟,塞管轻吹新《阿滥》[2]。风满槛,历历数、西州更点。

【注解】
〔1〕蛾眉亭:《舆地纪胜》云:采石山北临江有矶,曰采石,曰牛渚,上有蛾眉亭。《安徽通志》云:蛾眉亭在当涂县北二十里,据牛渚绝壁,

前直二梁山,夹江对峙如蛾眉然,故名。

〔2〕《阿滥》:即《阿滥堆》,曲名。骊山有鸟名阿滥堆,唐玄宗以其声翻为曲,人竞效吹,见《中朝故事》。

天香

烟络横林,山沉远照,迤逦[1]黄昏钟鼓。烛映帘栊,蛩[2]催机杼,共苦清秋风露。不眠思妇,齐应和、几声砧杵。惊动天涯倦宦,骎骎[3]岁华行暮。　　当年酒狂自负,谓东君[4]、以春相付。流浪征骖北道,客樯南浦,幽恨无人晤语。赖明月曾知旧游处,好伴云来,还将梦去。

【注解】
〔1〕迤逦(yǐ lǐ 倚理):延续也。
〔2〕蛩(qióng 琼):秋虫。
〔3〕骎(qīn 亲)骎:马奔驰貌,喻时间迅速。
〔4〕东君:司春之神。

【评笺】
朱孝臧云:横空盘硬语。(《手批东山乐府》)

望湘人

厌莺声到枕,花气动帘,醉魂愁梦相半。被惜馀薰,带惊剩眼,几许伤春春晚。泪竹[1]痕鲜,佩兰香老,湘天浓暖。记小江风月佳时,屡约非烟[2]游伴。　　须信鸾弦[3]易断,奈云和[4]再鼓,曲中人远。认罗袜无踪,旧处弄波清浅。青翰[5]棹舣,白蘋洲畔,尽目临皋飞观。不解寄、一字相思,幸有归来双燕。

【注解】

[1] 泪竹:尧有二女,为舜妃。舜死后,二女洒泪于竹,成为斑竹。见《博物志》。

[2] 非烟:唐武公业妾,姓步氏。皇甫枚有《非烟传》。

[3] 鸾弦:《汉武外传》:"西海献鸾胶,武帝弦断,以胶续之,弦二头遂相着,终月射,不断,帝大悦。"后世就称续娶为"续胶"或"续弦"。

[4] 云和:乐器名,首为云象,琴瑟都可称。

[5] 青翰:船。刻鸟于船,涂以青色,故名。《说苑》:"鄂君子皙之泛舟于新波之中也,乘青翰之舟。"

【评笺】

沈际飞云:莺自声而到枕,花何气而动帘,可称葩藻。"厌"字嶙峋。又云:曲意不断,折中有折。又云:厌莺而幸燕,文人无赖。(《草堂诗馀正集》)

李攀龙云:词虽婉丽,意实展转不尽,诵之隐隐如奏清庙朱弦,一唱三叹。(《草堂诗馀隽》)

黄蓼园云:意致浓腴,得《骚》、《辨》之遗韵。张文潜称其乐府妙绝一世,幽索如屈、宋,悲壮如苏、李,断推此种。(《蓼园词选》)

绿头鸭

玉人家,画楼珠箔[1]临津。托微风彩箫流怨,断肠马上曾闻。宴堂开、艳妆丛里,调琴思、认歌颦。麝蜡烟浓,玉莲漏短,更衣不待酒初醺。绣屏掩、枕鸳相就,香气渐暾暾[2]。回廊影、疏钟淡月,几许消魂? 翠钗分、银笺封泪,舞鞋从此生尘。任兰舟、载将离恨,转南浦、背西曛[3]。记取明年,蔷薇谢后,佳期应未误行云[4]。凤城远、楚梅香嫩,先寄一枝春。青门外,只凭芳草,寻访郎君。

【注解】

〔1〕珠箔(bó 勃):箔,读入声,帘也。
〔2〕暾暾(tūn 吞):香气盛满意。
〔3〕曛(xūn 勋):日入馀光也。
〔4〕行云:见前晏几道《木兰花》注。

张元幹

元幹字仲宗,别号芦川居士,长乐人,向伯恭之甥。绍兴中,坐送胡邦衡词,得罪除名。有《芦川词》一卷,见《六十家词》刊本。又二卷本,有双照楼景宋、元、明词本。

《四库全书提要》云:全集以《贺新郎》词及《寄词》一阕为压卷,其词慷慨悲凉,数百年后尚想其抑塞磊落之气。然其他作则多清丽婉转,与秦观、周邦彦可以肩随。(《芦川词》提要)

周必大云:长乐张元幹字仲宗,在政和、宣和间,已有能乐府声。今传于世,号《芦川集》,凡百六十篇,以《贺新郎》二篇为首。(《益公题跋》)

毛晋云:人称其长于悲愤,及读《花庵》、《草堂》所选,又极妩秀之致,真堪与片玉、白石并垂不朽。(《芦川词跋》)

石州慢

寒水[1]依痕,春意渐回,沙际[2]烟阔。溪梅晴照生香,冷蕊数枝争发。天涯旧恨,试看几许消魂?长亭门外山重叠。不尽眼中青,是愁来时节。　　情切,画楼深闭,想见东风,暗消肌雪。孤负枕前云雨,尊前花月。心期切处,更有多少凄凉,殷勤留与归时说。到得再相逢,恰经年离别。

【注解】

〔1〕寒水:杜甫诗:"寒水依痕浅。"

〔2〕沙际:杜甫诗:"春从沙际归。"

【评笺】

黄蓼园云:仲宗于绍兴中,坐送胡铨及李纲词除名。起三句是望天意之回。"寒枝竞发",是望谪者复用也。"天涯旧恨"至"时节",是目断中原又恐不明也。"想见东风消肌雪",是远念同心者应亦瘦损也。"负枕前云雨",是借夫妇以喻朋友也。因送友而除名,不得已而托于思家,意亦苦矣。(《蓼园词选》)

兰陵王

卷珠箔,朝雨轻阴乍阁。阑干外、烟柳弄晴,芳草侵阶映红药。东风妒花恶,吹落梢头嫩萼。屏山掩、沉水倦熏,中酒心情怯杯勺[1]。　　寻思旧京洛,正年少疏狂,歌笑迷著。障泥油壁[2]催梳掠,曾驰道同载,上林携手,灯夜初过早共约,又争信飘泊。　　寂寞,念行乐。甚粉淡衣襟,音断弦索,琼枝璧月[3]春如昨。怅别后华表,那回双鹤[4]。相思除是,向醉里、暂忘却。

【注解】

〔1〕杯勺:盛酒之器,即以代表酒。

〔2〕障泥油壁:障泥原为马腹上护泥之布垫,此处即以代表马。油壁原为车上油饰之壁,此处即以代表车。

〔3〕琼枝璧月:喻美好生活。

〔4〕双鹤:见前王安石《千秋岁》注。

【评笺】

李攀龙云:上是酒后见春光,中是约后误佳期,下是相思如梦中。(《草堂诗馀隽》)

叶梦得

梦得字少蕴,吴县人,清臣曾孙。绍圣四年进士,累官龙图阁直学士,帅杭州。高宗朝,除尚书右丞江东安抚使,兼知建康府行宫留守,移知福州,提举洞霄宫。居吴兴弁山,自号石林居士。有《石林词》一卷,见《六十家词》刊本及叶德辉刊本。

关注云:叶公妙龄词甚婉丽,绰有温、李之风。晚岁落其华而实之,能于简淡时出雄杰,合处不减东坡。

王灼云:后来学东坡者叶少蕴、蒲大受,亦得六七,其才力比晁、黄差劣。(《碧鸡漫志》)

毛晋云:石林居士晚年居卞山下,奇石森列,藏书数万卷,啸咏自娱。所撰词一卷,与苏、柳并传,绰有林下风,不作柔语殢人,真词家逸品也。(《石林词跋》)

冯煦云:叶少蕴主持王学,所著《石林诗话》,阴抑苏、黄;而其词顾挹苏氏之馀波,岂此道与所向学,固多歧出耶。(《宋六十一家词选例言》)

贺新郎

睡起流莺语,掩苍苔房栊向晚,乱红无数。吹尽残花无人见,惟有垂杨自舞。渐暖霭、初回轻暑,宝扇重寻明月影,暗尘侵、上有乘鸾女[1]。惊旧恨,遽如许。　江南梦断横江渚,浪黏天、葡萄涨绿[2],半空烟雨。无限楼前沧波意,谁采蘋花[3]寄取?但怅望、兰舟容与,万里云帆何时到?送孤鸿、目断千山阻。谁为我,唱《金缕》[4]。

【注解】

[1] 乘鸾女:《龙城录》:"九月望日,明皇游月宫见素娥千馀人,皆皓衣乘白鸾。"

[2] 葡萄涨绿:李白诗:"遥看汉水鸭头绿,恰似葡萄初泼醅。"

[3] 蘋花:柳宗元诗:"春风无限潇湘意,欲采蘋花不自由。"

[4]《金缕》:曲名。

【评笺】

周密云:石林词"谁采蘋花寄与",又"怅望兰舟容与",或以为重押韵,遂改为"寄取",殊无义理。盖容与之"与"自音预,乃去声也。扬子云《河东赋》云:"灵舆安步,风流容与。"注:天子之容服而安豫,与读为豫。汉《礼乐志》:"练时日,淡容与。"注:安闲,皆去声。(《浩然斋雅谈》)

刘昌诗云:石林《贺新郎》词有"谁采蘋花寄与,但怅望兰舟容与。"下"与"字去声。汉《礼乐志》:"练时日,淡容与。"颜注:闲舒也。今歌者不辨音义,乃以其叠两与字,妄改上与作"寄取"而不以为非,良可叹也。庆元庚申,石林之孙筠守临江,尝从容语及,谓赋此词时年方十八,而传者乃云"为仪真妓女作"。详味句意皆不相干,或是书此以遗之尔。(《芦浦笔记》)

沈际飞云:一意一机,自语自话。草木花鸟字面迭来,不见质实,

受知于蔡元长,宜也。(《草堂诗馀正集》)

虞美人

雨后同幹誉、才卿置酒来禽[1]花下作

落花已作风前舞,又送黄昏雨。晓来庭院半残红,惟有游丝,千丈袅晴空。　　殷勤花下同携手,更尽杯中酒。美人不用敛蛾眉,我亦多情,无奈酒阑时。

【注解】
〔1〕来禽:即林檎之别名。今花红即古林檎,北方又称沙果。

【评笺】
沈际飞云:下场头话偏自生情生姿,颠播妙耳。(《草堂诗馀正集》)

汪　藻

藻字彦章,德兴人。崇宁中第进士,高宗朝累官中书舍人,兼直学士院,擢给事中,迁兵部侍郎兼侍讲,又拜翰林学士,出知外郡。夺职,居永州卒。有《浮溪词》一卷,见《彊村丛书》刊本。

蒋一葵云:汪字彦章,自作玩鸥亭于愚溪口,有词一卷。(《尧山堂外纪》)

沈雄云:汪藻词亦美瞻,一时不为流传者,曾为张邦昌雪罪故也。(沈雄《古今词话》)

点绛唇

新月娟娟,夜寒江静山衔斗。起来搔首,梅影横窗瘦。
好个霜天,闲却传杯手。君知否？乱鸦啼后,归兴浓如酒。

【评笺】

王明清云:汪彦章在京师,尝作《点绛唇》词云云。绍兴中,彦章知徽州,仍令席间歌之。坐客有挟怨者亟纳桧相,指为新制以讥会之。会之怒,讽言者迁之于永。(《玉照新志》)

张宗橚云:按知稼翁词注,彦章出守泉南,移知宣城,内不自得,乃赋《点绛唇》词"新月娟娟,夜寒江静山衔斗"云云。公时在泉南签幕,依韵作词送之云:"嫩绿娇红,砌成别恨千千斗。短亭回首,不是缘春瘦。　　一曲阳关,杯送纤纤手。还知否？凤池归后,无路陪尊酒。"比有《能改斋漫录》载汪在翰苑,屡致言者,尝作《点绛唇》词,其末句"晚鸦啼后,归梦浓如酒。"或问曰:"归梦浓如酒,何以在晚鸦啼后？"汪曰:"无奈这一队聒噪何！"不惟失其实,而改窜二字,殊乖本义。知稼翁与彦章同时,兼有和词,确而可据。不知明清何以云在京师作,与《虎臣漫录》约略相同,当出好事者附会耳。又按起末四句,知稼翁所引觉稍逊,故仍从《漫录》本。(《词林纪事》)

黄蓼园云:霜天无酒,落寞可知,写来却蕴藉。(《蓼园词选》)

潘游龙云:此乃"月落乌啼霜满天"景。(《古今诗馀醉》)

刘一止

一止字行简,湖州归安人。宣和三年进士,绍兴初召试,除秘书省校书郎,历给事中,进敷文阁待制,致仕。有《苕溪乐章》一卷,见《彊村丛书》刊本。

喜迁莺

晓行

晓光催角,听宿鸟未惊,邻鸡先觉。迤逦烟村,马嘶人起,残月尚穿林薄。泪痕带霜微凝,酒力冲寒犹弱。叹倦客,悄不禁重染,风尘京洛。　　追念人别后,心事万重,难觅孤鸿托。翠幌娇深,曲屏香暖,争念岁华飘泊。怨月恨花烦恼,不是不曾经著。者情味、望一成消减,新来还恶。

【评笺】

陈振孙云:行简是词盛称京师,号"刘晓行"。(《直斋书录解题》)

许昂霄云:"宿鸟"以下七句,字字真切,觉晓行情景,宛在目前,宜当时以此得名。(《词综偶评》)

先著云:前半晓行景色在目,虽不及竹山之工,正是雅词。(《词洁》)

韩 疁

疁字子耕,号萧闲,有《萧闲词》,赵万里辑得四首。

况周颐云:韩子耕词妙处在一松字,非功力甚深不办。(《蕙风词话》)

高阳台

除夜

频听银签[1],重然绛蜡[2],年华衮衮[3]惊心。饯旧迎新,能消几刻光阴?老来可惯通宵饮?待不眠、还怕寒侵。掩清尊、多谢梅花,伴我微吟。　　邻娃已试春妆了,更蜂腰[4]簇翠,燕股横金。勾引东风,也知芳思难禁。朱颜那有年年好,逞艳游、赢取如今。恣登临、残雪楼台,迟日园林。

【注解】
〔1〕银签:指更漏。
〔2〕绛蜡:指红烛。
〔3〕衮衮:即匆匆意。

〔4〕蜂腰:剪彩为蜂为燕以饰鬓。

【评笺】

况周颐云:此等词语浅情深,妙在字句之表;便觉刻意求工,是无端多费气力。(《蕙风词话》)

李 邴

邴字汉老,号云龛居士,济州任城人,昭玘犹子。崇宁五年进士,累官翰林学士。绍兴初,拜参知政事资政殿学士,寓泉州卒,谥文敏。

王应麟云:南渡三词人:李邴、汪藻、楼钥也。(《小学绀珠》)
王灼云:李汉老富丽而韵平平。(《碧鸡漫志》)

汉宫春

潇洒江梅,向竹梢疏处,横两三枝。东君也不爱惜,雪压霜欺。无情燕子,怕春寒、轻失花期。却是有、年年塞雁,归来曾见开时。　　清浅小溪如练,问玉堂[1]何似,茅舍疏篱?伤心故人去后,冷落新诗。微云淡月,对江天、分付他谁。空自忆、清香未减,风流不在人知。

【注解】
〔1〕玉堂:谓豪贵之宅第,古乐府:"黄金为君门,白玉为君堂。"

【评笺】
按《直斋书录解题》、《苕溪渔隐丛话》均以为晁冲之撰,惟《乐府雅词》录为李汉老作。

王明清云:汉老少日作《汉宫春》词,脍炙人口,所谓"问玉堂何似茅舍疏篱"者是也。政和间,自王省丁忧归山东,服终造朝,举国无与谈者,方怅怅无计。时王黼为首相,忽遣人招至东阁开宴,出其家姬十数人,酒半,唱是词侑觞,大醉而归。数日,遂有馆阁之命。(《挥麈录》)

张宗橚云:按《苕溪渔隐丛话》,政和间,晁冲之叔用作此词献蔡攸,是时方兴大晟乐府,攸携此词呈其父。与《挥麈录》异。(《词林纪事》)

杨慎云:李汉老名邴,号云龛居士。父昭玘,元祐名士,东坡门生。汉老才学世其家者也。其《汉宫春·梅》词入选最佳。(《词品》)

许昂霄云:圆美流转,何减美成。(《词综偶评》)

陈与义

与义字去非,自号简斋居士,洛人。登政和二年上舍甲科,绍兴中,历中书舍人,拜翰林学士,知制诰,寻参知政事,提举洞霄官。有《无住词》一卷,见《六十家词》刊本及《彊村丛书》本。

黄昇云:去非词虽不多,语意超绝,识者谓可摩坡仙之垒。(《花庵词选》)

毛晋云:或问刘须溪,宋诗简斋至矣,毕竟比坡公何如?须溪云:"论诗如花,论高品则色不如香;论逼真则香不如色。"雌黄具在,予于其词亦云。(《无住词跋》)

《四库全书提要》云:吐言天拔,不作柳弹莺娇之态,亦无蔬笋之气,殆于首首可传,不能以篇帙之少而废之。方回《瀛奎律髓》称杜甫为一祖,而以黄庭坚、陈师道及与义为三宗。如以词论,则师道为勉强学步,庭坚为利钝互陈,皆迥非与义之敌矣。(《无住词》提要)

临江仙

高咏《楚词》酬午日,天涯节序匆匆。榴花不似舞裙红,无人知此意,歌罢满帘风。　　万事一身伤老矣,戎葵[1]凝笑墙东。酒杯深浅去年同,试浇桥下水,今夕到湘中。

【注解】
〔1〕戎葵:今蜀葵,花如木槿。

临江仙

夜登小阁忆洛中旧游

忆昔午桥[1]桥上饮,坐中多是豪英。长沟流月去无声,杏花疏影里,吹笛到天明。　　二十馀年如一梦,此身虽在堪惊。闲登小阁看新晴,古今多少事,渔唱起三更[2]。

【注解】
〔1〕午桥:在洛中,唐裴度有别墅在午桥。
〔2〕三更:古代刻漏之法,自昏至晓分为五刻,即五更。三更正言午夜也。

【评笺】
胡仔云:清婉奇丽,简斋惟此词为最优。(《苕溪渔隐丛话》)
张炎云:真是自然而然。(《词源》)
沈际飞云:意思超越,腕力排奡,可摩坡仙之垒。又云:"流月无声"巧语也,"吹笛天明"爽语也,"渔唱三更"冷语也,功业则歉,文章自优。(《草堂诗馀正集》)
李攀龙云:"天地无情吾辈老,江山有恨古人休",亦吊古伤今之意。(《草堂诗馀隽》)

王世贞云:子瞻"与谁同坐？明月清风我","明月几时有？把酒问青天",快语也;"大江东去,浪淘尽千古风流人物",壮语也;"杏花疏影里,吹笛到天明",爽语也。此词在浓与淡之间。(《艺苑卮言》)

彭孙遹云:词以自然为宗,但自然不从追琢中来,亦率易无味。如所云绚烂之极,仍归平淡。若使语意淡远者稍加刻划,缕金错彩者渐近天然,则骎骎乎绝唱矣。若无住词之"杏花疏影里,吹笛到天明",石林词之"美人不用敛蛾眉,我亦多情无奈酒阑时",自然而然者也。(《金粟词话》)

张宗橚云:按思陵尝喜简斋"客子光阴诗卷里,杏花消息雨声中"之句,惜此词未经乙览。不然其受知更当如何耶？(《词林纪事》)

陈廷焯云:笔意超脱,逼近大苏。(《白雨斋词话》)

刘熙载云:词之好处有在句中者,有在句之前后际者,陈去非《虞美人》"吟诗日日待春风,及至桃花开后却匆匆",此好在句中者也;《临江仙》"杏花疏影里,吹笛到天明",此因仰承"忆昔",俯注"一梦",故此二句不觉豪酣转成怅恨,所谓好在句外者也。倪谓现在如此,则骎甚矣。(《艺概》)

黄蓼园云:按"长沟流月"即"月涌大江流"之意,言自去滔滔而兴会不歇。首一阕是忆旧,至第二阕则感怀也。(《蓼园词选》)

蔡 伸

伸字伸道,自号友古居士,莆田人,忠惠公襄之孙。政和五年进士,历倅徐、楚、饶、真四州。有《友古词》一卷,见《六十家词》刊本。

苏武慢

雁落平沙,烟笼寒水,古垒鸣笳声断。青山隐隐,败叶萧萧,天际暝鸦零乱。楼上黄昏,片帆千里归程,年华将晚。望碧云空暮[1],佳人何处,梦魂俱远。　　忆旧游、邃馆朱扉,小园香径,尚想桃花人面[2]。书盈锦轴,恨满金徽[3],难写寸心幽怨。两地离愁,一尊芳酒凄凉,危阑倚遍。尽迟留、凭仗西风,吹干泪眼。

【注解】
〔1〕碧云空暮:见前贺铸《青玉案》注。
〔2〕桃花人面:崔护诗:"人面桃花相映红。"
〔3〕徽:系琴弦之绳。

柳梢青

数声鹈鸠,可怜又是、春归时节。满院东风,海棠铺绣,梨花飘雪。　　丁香露泣残枝,算未比、愁肠寸结。自是休文[1],多情多感,不干风月。

【注解】
〔1〕休文:梁沈约字休文,武康人,仕宋及齐。以不得大用,郁郁成病,消瘦异常。

周紫芝

紫芝字少隐,宣城人。绍兴中登第,历官枢密院编修、知兴国军。有《竹坡词》三卷,见《六十家词》刊本。

孙竞云:竹坡乐府清丽婉曲,非苦心刻意为之。(《竹坡词序》)

毛晋云:紫芝尝评王次卿诗云:"如江平风霁,微波不兴,而汹涌之势,澎湃之声,固已隐然在其中。"其词约略似之。(《竹坡词跋》)

鹧鸪天

一点残釭[1]欲尽时,乍凉秋气满屏帏。梧桐叶上三更雨[2],叶叶声声是别离。　调宝瑟,拨金猊[3],那时同唱《鹧鸪词》。如今风雨西楼夜,不听清歌也泪垂。

【注解】

〔1〕釭:灯也,江淹《别赋》:"冬釭凝兮夜何长。"

〔2〕三更雨:温飞卿词:"梧桐树,三更雨,不道离情正苦。一叶叶,一声声,空阶滴到明。"

〔3〕金猊:香炉。

踏莎行

情似游丝,人如飞絮,泪珠阁定空相觑。一溪烟柳万丝垂,无因系得兰舟住。　　雁过斜阳,草迷烟渚,如今已是愁无数。明朝且做莫思量,如何过得今宵去!

李 甲

李甲字景元,华亭人。刘毓盘辑其词凡十四首。

帝台春

芳草碧色,萋萋遍南陌。暖絮乱红,也似知人,春愁无力。忆得盈盈拾翠侣,共携赏、凤城[1]寒食。到今来,海角逢春,天涯为客。　　愁旋释、还似织;泪暗拭,又偷滴。漫倚遍危阑,尽黄昏也,只是暮云凝碧。拚则而今已拚了,忘则怎生便忘得。又还问鳞鸿[2],试重寻消息。

【注解】
〔1〕凤城:京都之城。
〔2〕鳞鸿:即鱼雁,古谓鱼雁可以传书。

【评笺】
潘游龙云:"拚则"二句,词意极浅,正未许浅人解得。(《古今诗馀醉》)

忆王孙

萋萋芳草忆王孙,柳外楼高空断魂,杜宇声声不忍闻。欲黄昏,雨打梨花深闭门。

【评笺】

《花庵词选》作李重元词,当从之。

沈际飞云:一句一思。又云:因楼高曰空,因闭门曰深,俱可味。(《草堂诗馀正集》)

黄蓼园云:高楼望远,"空"字已凄恻,况闻杜宇?末句尤比兴深远,言有尽而意无穷。(《蓼园词选》)

万俟咏

咏字雅言,自号词隐,崇宁中充大晟府制撰。有《大声集》,周美成为序,山谷亦称之为一代词人。近赵万里辑得其词二十七首。

黄昇云:雅言之词,词之圣者也,发妙音于律吕之中,运巧思于斧凿之外,平而工,和而雅,比诸刻琢句意而求精丽者,远矣。(《花庵词选》)

王灼云:万俟雅言,元祐时诗赋科老手也,三舍法行,不复进取,放意歌酒,自称大梁词隐。每出一章,信宿喧传都下。政和初,召试补官,寘大晟乐府制撰之职。新广八十四调,患谱弗传,雅言请以盛德大业及祥瑞事迹制词实谱,有旨依月用律进新曲,自此新谱稍传。又云:雅言初自集分两体曰雅词,曰侧艳,目之曰胜萱丽藻。后召试入官,以侧艳体无赖太甚,削去之。再编成集,分五体:曰应制,曰风月脂粉,曰雪月风光,曰脂粉才情,曰杂类,周美成目之曰大声。(《碧鸡漫志》)

三台

清明应制

见梨花初带夜月,海棠半含朝雨。内苑春、不禁过青门,御沟涨、潜通南浦。东风静,细柳垂金缕,望凤阙非烟非雾。好时代、朝野多欢,遍九陌[1]、太平箫鼓。　乍莺儿百啭断续,燕子飞来飞去。近绿水、台榭映秋千,斗草聚、双双游女。饧[2]香更、酒冷踏青路,会暗识、夭桃朱户。向晚骤、宝马雕鞍,醉襟惹、乱花飞絮。　正轻寒轻暖漏永,半阴半晴云暮。禁火天,已是试新妆,岁华到、三分佳处。清明看、汉蜡传宫炬,散翠烟、飞入槐府[3]。敛兵卫、阊阖门开,住传宣、又还休务[4]。

【注解】

[1] 九陌:都城大路。刘禹锡诗:"九陌人人走马看。"

[2] 饧(táng 唐):麦芽糖。宋祁《寒食诗》:"箫声吹暖卖饧天。"

[3] 槐府:门前植槐,贵人宅第。

[4] 休务:宋人语,犹云办公休止也。

【评笺】

李攀龙云:铺叙有条,如收拾天下春归肺腑状。(《草堂诗馀隽》)

徐 伸

伸字幹臣，三衢人。政和初，以知音律为太常典乐，出知常州。有《青山乐府》，今不传。

二郎神

闷来弹鹊，又搅碎、一帘花影。漫试著春衫，还思纤手，熏彻金猊烬冷。动是愁端如何向？但怪得新来多病。嗟旧日沈腰[1]，如今潘鬓[2]，怎堪临镜？　　重省，别时泪湿，罗衣犹凝[3]。料为我厌厌，日高慵起，长托春酲[4]未醒。雁足[5]不来，马蹄难驻，门掩一庭芳景。空伫立，尽日阑干，倚遍昼长人静。

【注解】

〔1〕沈腰：梁沈约致书徐勉："老病百日数旬，革带常应移孔。"见《南史》本传。

〔2〕潘鬓：潘岳《秋兴赋》："斑鬓髟以承弁兮，素发飒以垂领。"岳字安仁，晋中牟人。美姿容，辞藻绝丽，尤善为哀诔之文。《晋书》有传。

〔3〕凝：读去声。

〔4〕酲（chéng 成）：病酒。

〔5〕雁足：《汉书·苏武传》："天子射上林中得雁，足有系帛书，言武等在某泽中。"后人每借以称送书信者。

【评笺】
王明清云：徐幹臣，三衢人。政和初以知音律为太常典乐，出知常州。尝自制转调《二郎神》词云云，既成，会开封尹李孝寿来牧吴门。李以严治京兆，人号阎罗。道出郡下，幹臣大合乐燕劳之。喻群倡令讴此词，必待其问而止。倡如戒，歌至三四，李果询之。幹臣蹙额曰："某顷有一侍婢，色艺冠绝，前岁亡室不容逐去。今闻在苏州一兵官处，累遣信欲复来，而今之主公靳之，感慨赋此词，中所叙多其书中语。今适有天幸，公拥麾于彼，不审能为我地否？"李云："此甚不难，可无虑也。"既次无锡，宾赞者请受谒次第。李云："郡官当至枫桥。"桥距城十里而远，翌日舣舟其所，官吏上下，望风股栗。李一阅刺字，忽大怒云："都监在法，不许出城，乃亦至此。郡中万一有火盗之虞，岂不殆哉？"斥都监下阶荷校送狱。又数日，取其供牍判奏字，其家震惧求援，宛转哀鸣致恳。李笑曰："且还徐典乐之妾了来理会。"兵官者解其指，即日承命，然后舍之。（《挥麈馀话》）

张侃云：徐幹臣侍儿既去，作转调《二郎神》，悉用平日侍儿所道底言语。史志道与幹臣善，一见此词，踪迹其所在而归之。使鲁直知此与之同时，"可惜国香天不管，随缘流落小民家"之句，无从而发也。（《拙轩集》）

黄昇云：青山词多杂调，惟《二郎神》一曲，天下称之。（《花庵词选》）

许昂霄云：此作多说别后情事，起句从举头闻鹊喜翻出。（《词综偶评》）

黄蓼园云：婉曲。(《蓼园词选》)

王闿运云：妙手偶得之作。(《湘绮楼词选》)

田 为

为字不伐,崇宁间供职大晟乐府。

黄昇云:工于乐府。(《花庵词选》)
王灼云:田不伐才思与雅言抗行,不闻有侧艳。(《碧鸡漫志》)

江神子慢

玉台挂秋月,铅素浅、梅花傅香雪。冰姿洁,金莲[1]衬、小小凌波罗袜。雨初歇,楼外孤鸿声渐远,远山外、行人音信绝。此恨对语犹难,那堪更寄书说。　　教人红消翠减,觉衣宽金缕,都为轻别。太情切,消魂处、画角黄昏时节。声呜咽。落尽庭花春去也,银蟾[2]迥、无情圆又缺。恨伊不似馀香,惹鸳鸯结。

【注解】
〔1〕金莲:谓女子之纤足。《南史·齐东昏侯纪》:"又凿金为莲花以贴地,令潘妃行其上,曰:'此步步生莲花也。'"
〔2〕银蟾:明月。

曹　组

组字元宠,颍昌人,纬弟。宣和三年进士,召试中书,换武阶,兼阁门宣赞舍人,仍给事殿中,官止副使。有《箕颍集》。

洪迈云:绍兴中,曹勋使金,好事者戏作小词,其后阕云:"单于若问君家世,说与教知,便是'红窗迥'底儿。"谓勋父元宠,昔以此曲著名也。(《夷坚志》)

王灼云:今有过钧容班教坊问曰:"某宜何歌?"必曰:"汝宜唱田中行、曹元宠小令。"(《碧鸡漫志》)

黄昇云:曹元宠工谑词,有宠于徽宗,任睿思殿待制。(《花庵词选》)

蓦山溪

梅

洗妆真态,不作铅华御。竹外一枝斜[1],想佳人天寒日暮[2]。黄昏院落,无处著清香,风细细,雪垂垂,何况江头路。　　月边疏影,梦到消魂处。结子欲黄时,又须作廉纤细雨。孤芳一世,供断有情愁,消瘦损,东阳[3]也,试问花知否?

【注解】

〔1〕竹外一枝斜:苏轼诗:"竹外一枝斜更好。"
〔2〕天寒日暮:杜甫诗:"天寒翠袖薄,日暮倚修竹。"
〔3〕东阳:梁沈约曾为东阳守。

【评笺】

杨慎云:曹元宠《梅》词"竹外一枝斜,想佳人天寒日暮",用东坡"竹外一枝斜更好"之句也。徽宗时禁苏学,元宠又近幸之臣,而暗用苏句,其所谓掩耳盗铃者。噫,奸臣丑正恶直,徒为劳尔!(《词品》)

李攀龙云:白玉为骨冰为魂,耿耿独与参黄昏,其国色天香,方之佳人,幽趣何如?(《草堂诗馀隽》)

沈际飞云:微思远致,愧黏题装饰者,结句自清俊脱尘。(《草堂诗馀正集》)

李 玉

贺新郎

篆缕消金鼎[1],醉沉沉、庭阴转午,画堂人静。芳草王孙知何处? 惟有杨花糁[2]径。渐玉枕、腾腾春醒,帘外残红春已透,镇无聊、殢[3]酒厌厌病。云鬟乱,未忺[4]整。　　江南旧事休重省,遍天涯寻消问息,断鸿难倩[5]。月满西楼凭阑久,依旧归期未定。又只恐瓶沉金井[6],嘶骑[7]不来银烛暗,枉教人立尽梧桐影。谁伴我,对鸾镜。

【注解】

〔1〕篆缕消金鼎:香烟上升如线,又如篆字。金鼎,香炉。

〔2〕糁(sǎn 伞):飘散。

〔3〕殢(tì 替):困极。

〔4〕忺(xiān 仙):欲也。

〔5〕倩(qiàn 欠):请也。

〔6〕瓶沉金井:白居易《新乐府·井底引银瓶》:"瓶沉簪折知奈何,似妾今朝与君别。"

〔7〕嘶骑:骑读 jì,马。

【评笺】

黄昇云:李君词虽不多见,然风流蕴藉,尽此篇矣。(《花庵词选》)

李攀龙云:上有芳草生王孙游之思,下又是银瓶欲断绝之意。(《草堂诗馀隽》)

沈际飞云:李君止一词,风情耿耿。(《草堂诗馀正集》)

黄蓼园云:幽秀中自饶隽旨。(《蓼园词选》)

陈廷焯云:此词绮丽风华,情韵并盛,允推名作。(《白雨斋词话》)

廖世美

烛影摇红

题安陆[1]浮云楼

霭霭春空,画楼森耸凌云渚。紫薇[2]登览最关情,绝妙夸能赋。惆怅相思迟暮,记当日、朱阑共语。塞鸿难问,岸柳何穷,别愁纷絮。　　催促年光,旧来流水知何处?断肠何必更残阳,极目伤平楚。晚霁波声带雨[3],悄无人舟横野渡。数峰江上,芳草天涯,参差烟树。

【注解】
〔1〕安陆:今湖北安陆市。
〔2〕紫薇:星名,位于北斗东北。
〔3〕带雨:韦应物诗:"春潮带雨晚来急,野渡无人舟自横。"

【评笺】
况周颐云:"塞鸿难问,岸柳何穷,别愁纷絮。"神来之笔,即已佳矣。换头云:"催促年光,旧来流水知何处。断肠何必更残阳,极目伤平楚。晚霁波声带雨,悄无人、舟横野渡。"语淡而情深,令子野、太虚辈为之,容或未必能到。此等词一再吟诵,辄沁人心脾,毕生不能忘。

《花庵绝妙词选》中,真能不愧"绝妙"二字,如世美之作,殊不多觏。(《蕙风词话》)

吕滨老

滨老一作渭老,字圣求,秀州人。宣和末朝士,有《圣求词》一卷,见《六十家词》刊本。

赵师秀云:圣求词婉媚深窈,视美成、耆卿伯仲。(《圣求词序》)

毛晋云:其咏梅词寄调《东风第一枝》,先辈与坡仙《西江月》并称。(《圣求词跋》)

杨慎云:圣求在宋,不甚著名,而词甚工。(《词品》)

薄幸

青楼春晚,昼寂寂、梳匀又懒。乍听得、鸦啼莺哢,惹起新愁无限。记年时、偷掷春心,花前隔雾遥相见。便角枕[1]题诗,宝钗贳[2]酒,共醉青苔深院。　　怎忘得、回廊下,携手处、花明月满。如今但暮雨,蜂愁蝶恨,小窗闲对芭蕉展。却谁拘管?尽无言闲品秦筝,泪满参差雁。腰肢渐小,心与杨花共远。

【注解】

〔1〕角枕:枕以角饰者。《诗·唐风》:"角枕粲兮。"

〔2〕贳(shì世):赊也。

鲁逸仲

厉鹗云:孔夷字方平,号滍皋先生,元祐中隐士,刘攽、韩维之畏友。(《宋诗纪事》)

王灼云:兰畹曲会,孔宁极先生之子方平所集;序引称无为、莫知非;其自作者称鲁逸仲,皆方平隐名,如子虚、乌有、亡是之类。孔平日自号滍皋渔父,与侄处度齐名,李方叔诗酒侣也。(《碧鸡漫志》)

黄昇云:词意婉丽,似万俟雅言。(《花庵词选》)

南浦

风悲画角,听《单于》[1]、三弄落谯门。投宿骎骎征骑,飞雪满孤村。酒市渐阑灯火,正敲窗、乱叶舞纷纷。送数声惊雁,乍离烟水,嘹唳度寒云。　　好在半胧淡月,到如今、无处不消魂。故国梅花归梦,愁损绿罗裙[2]。为问暗香闲艳,也相思、万点付啼痕。算翠屏应是,两眉馀恨倚黄昏。

【注解】
〔1〕单于:唐曲有《小单于》。单音 chán。
〔2〕绿罗裙:家中着绿罗裙之人。

【评笺】

李攀龙云:上是旅思凄凉之景况,下是故乡怀望之神情。(《草堂诗馀隽》)

黄蓼园云:细玩词意,似亦经靖康乱后作也。第词旨含蓄,耐人寻味。(《蓼园词选》)

陈廷焯云:此词遣词琢句,工绝警绝,最令人爱。"好在"二语真好笔仗。"为问"二语淋漓痛快,笔仗亦佳。(《白雨斋词话》)

岳 飞

飞字鹏举,相州汤阴人。宣和间应真定宣抚幕,累立战功。南渡历少保,河南北诸路招讨使,进枢密副使,封武昌郡开国公,罢为万寿观使。为秦桧所陷,殒大理寺狱。淳熙六年赐谥武穆,嘉定四年追封鄂王,淳祐六年改谥忠武。

满江红

怒发冲冠,凭阑处、潇潇雨歇。抬望眼、仰天长啸,壮怀激烈。三十功名尘与土,八千里路云和月。莫等闲、白了少年头,空悲切。　　靖康耻[1],犹未雪;臣子憾,何时灭。驾长车踏破、贺兰山[2]缺。壮志饥餐胡虏肉,笑谈渴饮匈奴血。待从头、收拾旧山河,朝天阙。

【注解】
[1] 靖康耻:靖康,宋钦宗年号。金人陷京,虏徽、钦二帝北去。
[2] 贺兰山:在宁夏自治区,此处借指敌境。

【评笺】
沈雄云:《话腴》曰,武穆《收复河南罢兵表》云:"莫守金石之约,难充豁壑之求;暂图安而解倒悬,犹之可也,欲远虑而尊中国,岂其然乎?"故作《小重山》云:"欲将心事付瑶琴,知音少,弦断有谁听?"指主和议者。又作《满江红》,忠愤可见。其不欲等闲白了少年头,可以明其心事。(沈雄《古今词话》)

刘体仁云:词有与古诗同义者,"潇潇雨歇",《易水》之歌也。(《七颂堂词绎》)

沈际飞云:胆量、意见、文章悉无今古。又云:有此愿力,是大圣贤、大菩萨。(《草堂诗馀正集》)

陈廷焯云:何等气概!何等志向!千载下读之,凛凛有生气焉。"莫等闲"二语,当为千古箴铭。(《白雨斋词话》)

文征明尝和其词云:拂拭残碑,勅飞字、依稀堪读。慨当初倚飞何重,后来何酷?果是功成身合死,可怜事去言难赎。最无辜、堪恨更堪怜,风波狱。 岂不惜、中原蹙;且不念,徽钦辱。但徽钦既返,此身何属?千载休谈南渡错,当时自怕中原复。笑区区、一桧亦何能,逢其欲。(《词统》)

张抡

抡字材甫,号莲社居士,南渡故老。有《莲社词》一卷,见四印斋刊本及《彊村丛书》刊本。

毛晋云:材甫好填词应制,极其华艳;每进一词,上即命宫人以丝竹写之。尝同曾觌、吴琚辈进《柳梢青》诸阕,上极欣赏,赐赍甚渥。(《莲社词跋》)

烛影摇红

上元有怀

双阙[1]中天,凤楼[2]十二春寒浅。去年元夜奉宸游,曾侍瑶池[3]宴。玉殿珠帘尽卷,拥群仙、蓬壶[4]阆苑。五云[5]深处,万烛光中,揭天丝管。　　驰隙流年,恍如一瞬星霜换。今宵谁念泣孤臣,回首长安远。可是尘缘未断,漫惆怅、华胥[6]梦短。满怀幽恨,数点寒灯,几声归雁。

【注解】

〔1〕双阙:天子宫门有双阙。

〔2〕凤楼:指禁内楼观。鲍照《代陈思王京洛篇》:"凤楼十二重,四户八绮窗。"

〔3〕瑶池:仙境。《穆天子传》:"觞西王母于瑶池之上。"

〔4〕蓬壶:古代传说,海中三神山,其一名蓬莱,又作蓬壶。见《拾遗记》。阆苑,亦神仙所居。

〔5〕五云:谓祥瑞之云备五色者。

〔6〕华胥:《列子》:"黄帝昼寝,梦游华胥之国。"

【评笺】

李攀龙云:上述往事,下叹来年,神情一呼一吸。又云:此抚景写情,俱见其荣光易度,梦醒无几,真画出风前烛影,红光在目。(《草堂诗馀隽》)

沈际飞云:材甫亲目靖康之变,前段追忆徽庙,后直指目前,哀乐各至。(《草堂诗馀正集》)

黄蓼园云:清壮。(《蓼园词选》)

程　垓

垓字正伯,眉山人。有《书舟词》,词有绍熙王偶序,是垓亦绍熙间人也。后人谓垓与苏轼为中表兄弟,非是。

毛晋云:正伯与子瞻中表兄弟,故集中多溷苏作。其《酷相思》诸阕,词家皆极欣赏,谓秦七、黄九莫及也。(《书舟词跋》)

《太平乐府》云:程正伯以词名,尤尚书谓正伯之文过于词,此乃议正伯之大者。昔晏叔原以大臣子为靡丽之词,其政事堂中旧客,尚欲其捐有馀之才,以勉未至之德。盖叔原独以词名,他文不及也。少游、鲁直则已兼之,故陈无己之作,自云不减秦七、黄九,夫亦推重其词耳。谓正伯为秦、黄则可,为叔原则不可。(沈雄《古今词话》引)

冯煦云:程正伯凄婉绵丽,与草窗所录《绝妙好词》家法相近,故是正锋,虽与子瞻为中表昆弟,而门径绝不相入。(《六十一家词选例言》)

水龙吟

夜来风雨匆匆,故园定是花无几。愁多怨极,等闲孤负,一年芳意。柳困桃慵,杏青梅小,对人容易。算好春长在,好花长见,原只是、人憔悴。　　回首池南旧事,恨星星[1]、不堪重记。如今但有,看花老眼,伤时清泪。不怕逢花瘦,只愁怕、老来风味。待繁红乱处,留云借月,也须拚醉。

【注解】
〔1〕星星:喻白也。谢灵运诗:"戚戚感物叹,星星白发垂。"

【评笺】
陈廷焯云:正伯辞工于发端,"留云借月",四字奇妙。(《白雨斋词话》)

张孝祥

孝祥字安国,历阳乌江人。绍兴二十四年庭试第一,孝宗朝,累迁中书舍人直学士院,领建康留守。寻以荆南湖北路安抚使请祠,进显谟阁直学士,致仕卒。有《于湖词》二卷,见《六十家词》刊本。又《于湖居士乐府》四卷,有双照楼景刊宋元明本词本;又《于湖先生长短句》五卷,《拾遗》一卷,有涉园景宋金元明词刊本及《四部丛刊》影宋本。

汤衡云:汤尝从公游,见公平昔为词,未尝著稿,笔酣兴健,顷刻即成,无一字无来处。(《张紫微雅词序》)

叶绍翁云:张孝祥精于翰墨,人称"紫府仙"。(《四朝闻见录》)

陈应行云:比游荆、湖间,得公《于湖集》所作长短句凡数百篇,读之泠然洒然,真非烟火食人辞语。予虽不及识荆,然其潇散出尘之姿,自在如神之笔,迈往凌云之气,犹可以想见也。(《于湖先生雅词序》)

查礼云:于湖词声律宏迈,音节振拔,气雄而调雅,意缓而语峭。(《铜鼓书堂遗稿》)

六州歌头

长淮望断,关塞莽然平。征尘暗,霜风劲,悄边声。黯消凝,追想当年事,殆天数,非人力;洙泗[1]上,弦歌地,亦膻[2]腥。隔水毡乡,落日牛羊下,区脱[3]纵横。看名王宵猎[4],骑火一川明,笳鼓悲鸣,遣人惊。　　念腰间箭,匣中剑,空埃蠹,竟何成!时易失,心徒壮,岁将零,渺神京。干羽[5]方怀远,静烽燧,且休兵。冠盖使,纷驰骛,若为情。闻道中原遗老,常南望、翠葆霓旌[6]。使行人到此,忠愤气填膺,有泪如倾。

【注解】

〔1〕洙、泗:洙水、泗水,孔子讲学地。《礼·檀弓》:"我与女事夫子于洙、泗之间。"

〔2〕膻(shān 杉):羊臭。

〔3〕区脱:胡儿候汉之土室。区(ōu 欧),同瓯。《汉书·苏武传》:"区脱捕得云中生口。"

〔4〕名王宵猎:指金酋夜猎。

〔5〕干羽:《书·大禹谟》:"舞干羽于两阶。"干,木盾;羽,旗帜;皆舞者手执。

〔6〕翠葆霓旌:翠葆,天子之旗,翠羽为饰。霓旌,仪仗一种,折羽毛,染五彩,缀缕为旌,似虹霓之气。见《汉书·司马相如传》注。

【评笺】

《朝野遗记》云:安国在建康留守席上赋此歌阕,魏公为罢席而入。

毛晋云:于湖"歌头"诸曲骏发踔厉,寓以诗人句法者也。(《于湖词跋》)

陈廷焯云:张孝祥《六州歌头》一阕,淋漓痛快,笔饱墨酣,读之令人起舞。惟"忠愤气填膺"一句提明,转浅、转显、转无馀味。或亦耸当途之听,出于不得已耶?(《白雨斋词话》)

刘熙载云:词莫要于有关系,张元幹仲宗因胡邦衡谪新州,作《贺新郎》送之,坐是除名;然身虽黜,而义不可没也。张孝祥安国于建康留守席上赋《六州歌头》,致感重臣罢席。然则词之兴观群怨,岂下于诗哉。(《艺概》)

念奴娇

洞庭青草[1],近中秋、更无一点风色。玉界琼田[2]三万顷,著我扁舟一叶。素月分辉,银河共影,表里俱澄澈。怡然心会,妙处难与君说。　　应念岭海经年[3],孤光自照,肝胆皆冰雪。短发萧骚襟袖冷,稳泛沧浪空阔。尽挹西江,细斟北斗,万象[4]为宾客。扣舷独啸,不知今夕何夕。

【注解】
〔1〕青草:湖名,以湖中多生青草,故名青草湖。湖在湖南岳阳县西南,湘水所汇。
〔2〕玉界琼田:形容湖中月光皎洁。
〔3〕岭海经年:孝祥曾知静江府,兼广南西路经略安抚使,罢官后,又起知潭州,权荆湖南路提点刑狱公事。
〔4〕万象:外界一切自然景象。

【评笺】

田艺蘅云:杜工部"关山同一点",岑嘉州"严滩一点舟中月",又:"草头一点疾如飞",又:"西看一点是关楼",又:"净中云一点",花蕊夫人云:"绣帘一点月窥人",张安国词"更无一点风色";夫月、云、风也,马也,楼也,皆谓之一点,甚奇。(《留青日札》)

叶绍翁云:张于湖尝舟过洞庭,月照龙堆,金沙荡射,公得意命酒,唱歌所作词,呼群吏而酌之,曰:"亦人子也。"其坦率皆类此。(《四朝闻见录》)

魏了翁云:张于湖有英姿奇气,著之湖湘间,未为不遇。洞庭所赋在集中最为杰特。方其吸江酌斗,宾客万象时,讵知世间有紫微青琐哉!(《鹤山大全集》)

黄蓼园云:写景不能绘情,必少佳致。此题咏洞庭,若只就洞庭落想,纵写得壮观,亦觉寡味。此词开首从洞庭说至玉界琼田三万顷,题已说完,即引入扁舟一叶。以下从舟中人心迹与湖光映带写,隐现离合,不可端倪,镜花水月,是二是一。自尔神采高骞,兴会洋溢。(《蓼园词选》)

王闿运云:飘飘有凌云之气,觉东坡"水调"犹有尘心。(《湘绮楼词选》)

韩元吉

元吉字无咎,号南涧,许昌人。维四世孙,吕东莱之外舅也。寓居信州,隆兴间官吏部尚书。有《南涧诗馀》一卷,见《彊村丛书》刊本。

黄昇云:南涧名家,文献政事文学,为一代冠冕。(《花庵词选》)

六州歌头

东风著意,先上小桃枝。红粉腻,娇如醉,倚朱扉。记年时,隐映新妆面,临水岸,春将半,云日暖,斜桥转,夹城西。草软莎平,跋马[1]垂杨渡,玉勒争嘶。认蛾眉,凝笑脸,薄拂燕脂,绣户曾窥,恨依依。　　共携手处,香如雾,红随步,怨春迟。消瘦损,凭谁问?只花知,泪空垂。旧日堂前燕,和烟雨,又双飞。人自老,春长好,梦佳期。前度刘郎,几许风流地,花也应悲。但茫茫暮霭,目断武陵溪[2],往事难追。

【注解】
〔1〕跋马:驰马。
〔2〕武陵溪:用陶潜《桃花源记》事。

好事近

凝碧旧池[1]头,一听管弦凄切。多少梨园[2]声在,总不堪华发。　　杏花无处避春愁,也傍野烟发。惟有御沟声断,似知人呜咽。

【注解】

〔1〕凝碧池:王维被安禄山所拘,赋诗云:"万户伤心生野烟,百官何日再朝天。秋槐叶落空宫里,凝碧池头奏管弦。"

〔2〕梨园:演剧的地方。唐明皇选坐部伎子弟三百,教于梨园,号皇帝梨园弟子。宫女数百,亦称梨园弟子。见《唐书·礼乐志》。

【评笺】

《金史·交聘表》云:大定十三年三月癸巳朔,宋遣试礼部尚书韩元吉,利州观察使郑裔兴等贺万春节。按宋孝宗乾道九年为金世宗大定十三年,南涧汴京赐宴之词,当是此时作。

麦孺博云:赋体如此,高于比兴。(《艺蘅馆词选》)

袁去华

去华字宣卿,奉新人。绍兴进士,知石首县。有《宣卿词》一卷,见四印斋刊《宋元三十一家词》本。

瑞鹤仙

郊原初过雨,见数叶零乱,风定犹舞。斜阳挂深树,映浓愁浅黛,遥山媚妩。来时旧路,尚岩花、娇黄半吐。到而今惟有、溪边流水,见人如故。　　无语,邮亭深静,下马还寻,旧曾题处。无聊倦旅,伤离恨,最愁苦。纵收香藏镜,他年重到,人面桃花在否?念沉沉小阁幽窗,有时梦去。

剑器近

夜来雨,赖倩得东风吹住。海棠正妖饶处,且留取。　　悄庭户,试细听莺啼燕语,分明共人愁绪,怕春去。　　佳树,翠阴初转午。重帘未卷,乍睡起,寂寞看风絮。偷弹清泪寄烟波,见江头故人,为言憔悴如许。彩笺无数,去却寒暄[1],到了浑无定据。断肠落日千山暮。

【注解】
〔1〕寒暄:寒温,问寒问暖语言。

安公子

弱柳千丝缕,嫩黄匀遍鸦啼处。寒入罗衣春尚浅,过一番风雨。问燕子来时,绿水桥边路,曾画楼、见个人人否?料静掩云窗,尘满哀弦危柱。　　庾信愁如许,为谁都著眉端聚。独立东风弹泪眼,寄烟波东去。念永昼春闲,人倦如何度?闲傍枕、百啭黄鹂语。唤觉来厌厌,残照依然花坞。

陆　淞

淞字子逸,号雪溪,山阴人。官辰州守,放翁雁行也。

瑞鹤仙

脸霞红印枕,睡觉来、冠儿还是不整。屏间麝煤[1]冷,但眉峰压翠,泪珠弹粉。堂深昼永,燕交飞、风帘露井。恨无人说与,相思近日,带围宽尽。　　重省,残灯朱幌,淡月纱窗,那时风景。阳台路迥,云雨梦[2],便无准。待归来,先指花梢教看,欲把心期细问。问因循过了青春,怎生意稳?

【注解】
〔1〕麝煤:墨之异称。李建中诗:"松烟麝煤阴雨寒。"
〔2〕云雨梦:见前晏几道《木兰花》注。

【评笺】
陈鹄云:南渡初,南班宗子寓居会稽,为近属,士子最盛。园亭甲于浙东,一时座客皆骚人墨士,陆子逸尝与焉。士有侍姬盼盼者,色艺殊绝,公每属意焉。一日宴客,偶睡,不预捧觞之列。陆因问之,士即呼至,其枕痕犹在脸。公为赋《瑞鹤仙》有"脸霞红印枕"之句,一

时盛传,逮今为雅唱。后盼盼亦归陆氏。(《耆旧续闻》)

张炎云:陆雪窗《瑞鹤仙》、辛稼轩《祝英台近》,皆景中带情,而存骚雅。故其燕酣之乐,别离之愁,回文题叶之思,岘首西州之泪,一寓于词。若能屏去浮艳,乐而不淫,是亦汉、魏乐府之遗意。(《词源》)

沈际飞云:词以弄月嘲风为主,声复出莺吭燕舌之间,不近乎情不可,邻于郑、卫则甚。景而带情,骚而存雅,不在兹乎?委婉深厚,不忍随口念过,汉、魏遗意。(《草堂诗馀正集》)

贺裳云:"待归来"下,迷离婉妮。(《皱水轩词筌》)

先著云:能如此作情词,亦复何伤。(《词洁》)

王闿运云:小说造为咏歌姬睡起之词,不顾文理。本事之附会,大要如此。(《湘绮楼词选》)

董毅云:刺时之言。(《续词选》)

陆 游

游字务观,号放翁,越州山阴人。佃之孙,宰之子,以荫补登仕郎。隆兴初,赐进士出身。范成大帅蜀,为参议官,累知严州。嘉泰初,诏同修国史兼秘书监,升宝章阁待制,致仕卒。有《放翁词》一卷,见《六十家词》刊本。又《渭南词》二卷,有双照楼景刊宋元明本词本。

毛晋云:孝宗一日问周益公曰:"今代诗人亦有如唐李白者?"益公以放翁对,由是人竞呼为小李白。(《剑南诗稿跋》)

叶绍翁云:陆游字务观,去声,盖母氏梦秦少游而生公,故以秦名为字,而字其名云。(《四朝闻见录》)

刘克庄云:放翁、稼轩一扫纤艳,不事斧凿,但时时掉书袋,要是一癖。(《后村诗话》)

黄昇云:范致能为蜀帅,务观在幕府,主宾唱酬短章大篇,人争传诵之。(《花庵词选》)

毛晋云:杨用修云:"纤丽处似淮海,雄快处似东坡。"予谓超爽处更似稼轩耳。(《放翁词跋》)

《四库全书提要》云:杨慎《词品》谓游"纤丽处似淮海,雄快处似东坡。"平心而论,游之本意盖欲驿骑于两家之间,故奄有其胜而皆不能造其极。要之诗人之言终为近雅,与词人之冶荡有殊,其短其长,故具在是也。(《放翁词》提要)

许昂霄云:南渡后惟放翁为诗家大宗,词亦扫尽纤淫,超然拔俗。

(《词综偶评》)

冯煦云:剑南屏除纤艳,独往独来,其逋峭沉郁之概,求之有宋诸家,无可方比。(《六十一家词选例言》)

刘熙载云:陆放翁词安雅清淡,其尤佳者,在苏、秦间。然乏超然之致,天然之韵,是以人得测其所至。(《艺概》)

刘师培云:剑南之词屏除纤艳,清真绝俗,逋峭沉郁,而出之以平淡之词,例以古诗,亦元亮、右丞之匹,此道家之词也。(《论文杂记》)

卜算子

咏梅

驿外断桥边,寂寞开无主。已是黄昏独自愁,更著风和雨。
无意苦争春,一任群芳妒。零落成泥碾[1]作尘,只有香如故。

【注解】
〔1〕碾(niǎn 捻):用圆轮之物旋转压之曰碾。

【评笺】
卓人月云:末句想见劲节。(《词统》)

陈 亮

亮字同甫,婺州永康人。淳熙中,诣阙上书。光宗绍熙四年策进士,擢第一,授签书建康府判官厅公事,未知而卒。端平初,谥文毅。有《龙川词》一卷,《补遗》一卷,见《六十家词》刊本。又有四印斋刊本。

叶水心云:同甫长短句四卷,每一章成,辄自叹曰,平生经济之怀略已陈矣,予所谓微言,多此类也。

毛晋云:龙川词读至卷终,不作一妖语媚语,殆所称不受人怜者与。(《龙川词跋》)

水龙吟

闹花深处楼台,画帘半卷东风软。春归翠陌,平莎茸嫩,垂杨金浅。迟日催花,淡云阁雨,轻寒轻暖。恨芳菲世界,游人未赏,都付与莺和燕。　　寂寞凭高念远,向南楼、一声归雁。金钗斗草[1],青丝勒马,风流云散。罗绶[2]分香,翠绡封泪,几多幽怨?正消魂又是,疏烟淡月,子规声断。

【注解】

〔1〕斗草:古代有斗草之戏。宗懔《荆楚岁时记》:"竞采百药,谓百

草以蠲除毒气,故世有斗草之戏。"

〔2〕罗绶:罗带。

【评笺】

沈际飞云:有能赏而不知者,有欲赏而不得者,有似赏而不真者,人不如莺也,人不如燕也。(《草堂诗馀正集》)

李攀龙云:春光如许,游赏无方,但愁恨难消,不无触物生情。(《草堂诗馀隽》)

刘熙载云:同甫《水龙吟》云:"恨芳菲世界游人未赏,都付与莺和燕",言近指远,直有宗留守大呼渡河之意。(《艺概》)

黄蓼园云:"闹花深处层楼"见不事事也,"东风软"即东风不竞之意也。迟日淡云,轻寒轻暖,一曝十寒之喻也。好世界不求贤共理,惟与小人游玩如莺燕也。"念远"者念中原也,"一声归雁"谓边信至,乐者自乐,忧者徒忧也。(《蓼园词选》)

陈廷焯云:此词"念远"二字是主,故目中一片春光,触我愁肠,都成眼泪。(《白雨斋词话》)

范成大

成大字致能,号石湖居士,吴郡人。绍兴二十四年进士,孝宗时累官吏部尚书,拜参知政事,进资政殿学士,提举洞霄宫,卒谥文穆。有《石湖词》一卷,见《知不足斋丛书》刊本,又见《彊村丛书》刊本。赵万里有重订本。

刘漫塘云:范致能、陆务观以东南文墨之彦,至为蜀帅。在幕府日,宾主唱酬,每一篇出,人以先睹为快。(沈雄《古今词话》引)

陈廷焯云:石湖词音节最婉转,读稼轩词后读石湖词,令人心平气和。(《白雨斋词话》)

忆秦娥

楼阴缺,阑干影卧东厢月。东厢月,一天风露,杏花如雪。

隔烟催漏金虬[1]咽,罗帏黯淡灯花结。灯花结,片时春梦,江南天阔。

【注解】

〔1〕金虬(qiú求):龙子有角者。金虬,漏箭之饰。

【评笺】

郑文焯云:范石湖《忆秦娥》"片时春梦,江南天阔",乃用岑嘉州"枕上片时春梦中,行尽江南数千里"诗意,盖櫽栝馀例也。(《绝妙好词校录》)

眼儿媚

萍乡道中乍晴,卧舆中困甚,小憩柳塘。

酣酣[1]日脚紫烟浮,妍暖破轻裘。困人天色,醉人花气,午梦扶头[2]。　春慵恰似春塘水,一片縠纹愁。溶溶曳曳[3],东风无力,欲避还休。

【注解】
〔1〕酣酣:暖意。
〔2〕扶头:酒名。白居易诗:"一榼扶头酒。"
〔3〕溶溶曳曳:荡漾貌。

【评笺】

沈际飞云:字字软温,着其气息即醉。(《草堂诗馀别集》)

许昂霄云:换头"春慵"紧接"困"字、"醉"字来,细极。(《词综偶评》)

王闿运云:自然移情,不可言说,绮语中仙语也。(《湘绮楼词选》)

霜天晓角

晚晴风歇,一夜春威折。脉脉花疏天淡,云来去,数枝雪。

　胜绝,愁亦绝,此情谁共说。惟有两行低雁,知人倚画楼月。

辛弃疾

弃疾,字幼安,号稼轩,济南历城人。耿京聚兵山东,节制忠义军马,留掌书记。绍兴三十二年,令奉表南归,高宗召见,授承务郎。宁宗朝累官浙东安抚使,加龙图阁待制,进枢密都承旨卒。德祐初以谢枋得请,赠少师,谥忠敏。有《稼轩长短句》十二卷,见涉园影宋金元明本词续刊本及《四印斋所刻词》刊本。又《稼轩词》四卷,有《六十家词》刊本。又有《稼轩甲乙丙丁集》四卷本。

岳珂云:稼轩以词名,有所作辄数十易稿,累月未竟,其刻意如此。(《桯史》)

陈谟云:蔡光工于词,靖康中陷金,辛幼安以诗词谒蔡,曰:"子之诗则未也,他日当以词名家。"(《怀古录》)

范开云:其词之为体如张乐洞庭之野,无首无尾,不主故常;又如春云浮空,卷舒起灭,随所变态,无非可观。(《稼轩词序》)

刘克庄云:公所作,大声镗鞳,小声铿鍧;横绝六合,扫空万古;其秾丽绵密处,亦不在小晏、秦郎之下。(《后村诗话》)

杨慎云:近日作词者,惟周美成、姜尧章,而以东坡为词诗,稼轩为词论;此说固当。盖曲者曲也,固当以委曲为体;然徒狃于风情婉娈,则亦易厌。回视稼轩,岂非万古一清风哉!又云:孙位画水,张南木画火,吴道子画,杨绘塑,崔颢赋黄鹤楼,太白赋凤凰台,陈简斋诗,辛稼轩词,同能不如独胜也。(《词品》)

毛晋云:词家争斗秾纤,而稼轩率多抚时感事之作,磊落英多,绝不

作妮子态;宋人以东坡为词诗,稼轩为词论,善评也。(《稼轩词跋》)

王士禛云:石勒云:"大丈夫磊磊落落,终不学曹孟德、司马仲达狐媚。"读稼轩词当作如是观。(《花草蒙拾》)

彭孙遹云:稼轩词,胸有万卷,笔无点尘,激昂排宕,不可一世。今人未有稼轩一字,辄纷纷为异同之论,宋玉罪人,可胜三叹!(《金粟词话》)

邹祗谟云:稼轩词,中调、小令亦间作妩媚语,观其得意处,真有压倒古人之意。(《远志斋词衷》)

楼敬思云:稼轩驱使庄、骚、经、史,无一点斧凿痕,笔力甚峭。(《词林纪事》引)

刘体仁云:文字总要生动,镂金错采,所以为笨伯也。词尤不可参一死句,辛稼轩非不自立门户,但是散仙入神,非正法眼藏;改之处处吹影,乃博刀圭之讥,宜矣。(《七颂堂词绎》)

俞彦云:唐诗三变愈下,宋词殊不然,欧、苏、秦、黄足当高、岑、王、李;南渡以后,矫矫陡健,即不得称中宋、晚宋也。惟辛稼轩自度粱肉,不胜前哲,特出奇险为珍错供,与刘后村辈,俱曹洞旁出,学者正可钦佩,不必反唇并捧心也。(《爰园词话》)

《四库全书提要》云:弃疾词慷慨纵横,有不可一世之概;于倚声家为变调,而异军特起,能于剪翠刻红之外,屹然别立一宗,迄今不废。(《稼轩词》提要)

黄梨庄云:辛稼轩当弱宋末造,负管、乐之才,不能尽展其用,一腔忠愤,无处发泄;观其与陈同父抵掌谈论,是何等人物?故其悲歌慷慨,抑郁无聊之气,一寄之于其词,今欲与搔首傅粉者比,是岂知稼轩者?(《词苑丛谈》引)

周济云:稼轩不平之鸣,随处辄发,有英雄语,无学问语,故往往锋颖太露。然其才情富,思力果锐,南北两朝,实无其匹,无怪流传之广且久也。又云：世以苏、辛并称，苏之自在处，辛偶能到之，辛之当行处，苏必不能到。二公之词，不可同语也。又云：后人以粗豪学稼轩，非徒无其才，并无其情，稼轩固是才大，然情至处，后人万不能及。(《介存斋论词杂著》)又云：轩稼敛雄心，抗高调，变温婉，成悲凉。(《宋四家词选序论》)

吴衡照云：辛稼轩别开天地，横绝古今，《论》、《孟》、《诗小序》、左氏《春秋》、《南华》、《离骚》、《史》、《汉》、《世说》、选学、李杜诗，拉杂运用，弥见其笔力之峭。(《莲子居词话》)

陈廷焯云：辛稼轩，词中之龙也，气魄极雄大，意境却极沉郁。不善学之，流入叫嚣一派，论者遂集矢于稼轩，稼轩不受也。又云：稼轩词仿佛魏武诗，自是有大本领、大作用人语。(《白雨斋词话》)

江顺诒云：稼轩仙才，亦霸才也。(《词学集成》)

冯煦云：稼轩负高世之才，不可羁勒；能于唐、宋诸大家外，别树一帜，自兹以降，词家遂有门户主奴之见，而才气横轶者，群乐其豪纵而效之，乃至里俗俘嚣之子，亦靡不推波助澜，自托辛、刘，以屏蔽其陋，则非稼轩之咎，而不善学者之咎也。(《宋六十家词选例言》)

刘熙载云：稼轩词龙腾虎掷，任古书中理语、廋语，一经运用，便得风流，天姿是何夐异？又云：《宋史》本传称其雅善长短句，悲壮激烈。又称谢枋勘过其墓旁，有疾声大呼于堂上，若鸣其不平然。则其长短句之作，固莫非假之鸣者哉！(《艺概》)

王国维云：南宋词人，白石有格而无情，剑南有气而乏韵；其堪与北宋人颉颃者，惟一幼安耳。近人祖南宋而祧北宋，以南宋之词可学，北宋不可学也；学南宋者，不祖白石，则祖梦窗，以白石、梦窗可学，幼安不可学也；学幼安者，率祖其粗犷滑稽，以其粗犷滑稽处可学，佳处不可学也；幼安之佳处，在有性情、有境界；即以气象论，亦有傍素波、干青云之概，宁后世龌龊小子所可拟耶！(《人间词话》)

谢章铤云：稼轩是极有性情人，学稼轩者，胸中须先具一段真气、奇气，否则虽纸上奔腾，其中俄空焉，亦萧萧索索，如牖下风耳。又云：晏、秦之妙丽，源于李太白、温飞卿；姜、史之清真，源于张志和、白香山；惟苏、辛在词中籓篱独辟矣。读苏、辛词，知词中有人，词中有品，不敢自为菲薄。然辛以毕生精力注之，比苏尤为横出矣。吴子律云："辛之于苏，犹诗中山谷之视东坡也，东坡之大，殆不可以学而至。"此论或不尽然。苏风格自高，而性情颇歉；辛却缠绵悱恻。且辛之造语俊于苏，若仅以大论也，则室之大不如堂，而以堂为室，可乎？（《赌棋山庄词话》）

况周颐云：东坡、稼轩其秀在骨，其厚在神。（《香海棠馆词话》）

贺新郎

别茂嘉十二弟

绿树听鹈鴂[1]，更那堪、鹧鸪声住，杜鹃声切。啼到春归无啼处，苦恨芳菲都歇。算未抵人间离别，马上琵琶[2]关塞黑，更长门[3]、翠辇辞金阙，看燕燕[4]，送归妾。　　将军百战身名裂，向河梁[5]、回头万里。故人长绝。易水[6]萧萧西风冷，满座衣冠似雪。正壮士、悲歌未彻。啼鸟还知如许恨，料不啼、清泪长啼血，谁共我，醉明月？

【注解】
〔1〕鹈鴂：鸟名，常于春分鸣。
〔2〕马上琵琶：石崇《王明君辞序》："昔公主嫁乌孙，令琵琶马上作

乐,以慰其道路之思,其送明君亦必尔也。"

〔3〕长门:汉武帝陈皇后被贬居长门宫。

〔4〕燕燕:《诗经·邶风·燕燕》序:"卫庄姜送归妾也。"

〔5〕河梁:《文选》李陵与苏武诗:"携手上河梁,游子暮何之?"

〔6〕易水:荆轲自燕入秦,太子与宾客白衣冠送行至易水,见《史记·刺客列传》。

【评笺】

刘过《龙洲词·沁园春》题"送辛幼安弟赴桂林官",当即为茂嘉。

沈雄云:稼轩《贺新郎》"绿树听鹈鴂"一首,尽集许多怨事,全与太白拟《恨赋》相似。(沈雄《古今词话》)

刘体仁云:稼轩:"杯!汝前来",《毛颖传》也。"谁共我醉明月",《恨赋》也。皆非词家本色。(《七颂堂词绎》)

张惠言云:茂嘉盖以得罪谪徙,故有是言。(张惠言《词选》)

周济云:前半阕北都旧恨,后半阕南渡新恨。(《宋四家词选》)

许昂霄云:上三项说妇人,此二项言男子;中间不叙正位,却罗列古人许多离别,如读文通《别赋》,亦创格也。(《词综偶评》)

陈廷焯云:稼轩词自以《贺新郎》一篇为冠;沉郁苍凉,跳跃动荡,古今无此笔力。(《白雨斋词话》)

梁启超云:《贺新郎》调,以第四韵之单句为全首筋节,如此句最可学。(《艺蘅馆词选》)

王国维云:稼轩《贺新郎》词《送茂嘉十二弟》,章法绝妙,且语语有境界,此能品而几于神者。然非有意为之,故后人不能学也。(《人间词话》)

念奴娇

书东流[1]村壁

野塘花落,又匆匆过了清明时节。划地[2]东风欺客梦,一枕云屏寒怯。曲岸持觞,垂杨系马,此地曾经别。楼空人去,旧游飞燕能说。　　闻道绮陌东头,行人曾见,帘底纤纤[3]月。旧恨春江流不尽,新恨云山千叠。料得明朝,尊前重见,镜里花[4]难折。也应惊问,近来多少华发?

【注解】

〔1〕东流:今池州有东流县,稼轩自江西过此。

〔2〕划地:犹云无端也。

〔3〕纤纤:喻足。

〔4〕镜里花:空幻之意。《圆觉经》:"用此思维,辨于佛镜,犹如空华,复结空果。"

【评笺】

陈廷焯云:悲而壮,是陈其年之祖。"旧恨"二语,矫首高歌,淋漓悲壮。(《白雨斋词话》)

谭献云:大踏步出来,与眉山同工异曲。然东坡是衣冠伟人,稼轩则弓刀游侠。"楼空"二句,可识其清新俊逸兼之故实。(《谭评词辨》)

梁启超云:此南渡之感。(《艺蘅馆词选》)

汉宫春

立春

春已归来,看美人头上,袅袅春幡[1]。无端风雨,未肯收尽馀寒。年时燕子,料今宵梦到西园。浑未辨、黄柑荐酒,更传青韭堆盘[2]。　　却笑东风,从此便薰梅染柳,更没些闲。闲时又来镜里,转变朱颜。清愁不断,问何人会解连环。生怕见花开花落,朝来塞雁先还。

【注解】

〔1〕春幡:《苕溪渔隐丛话》云:"《荆楚岁时记》云:'立春日悉剪彩为燕子以戴之。'故欧阳永叔诗云:'不惊树里禽初变,共喜钗头燕已来。'郑毅夫云:'汉殿斗簪双彩燕,并知春色上钗头。'皆立春日帖子诗也。"

〔2〕堆盘:《遵生八笺》:"立春日作五辛盘,以黄柑酿酒,谓之洞庭春色。故苏诗云:'辛盘得青韭,腊酒是黄柑。'"

【评笺】

周济云:"春幡"九字,情景已极不堪。燕子犹记年时好梦,黄柑青韭,极写晏安酖毒。换头又提动党祸,结用雁与燕激射,却捎带五国城旧恨。辛词之怨,未有甚于此者。(《四家词选》)

谭献云：以古文长篇法行之。(《复堂词话》)

陈廷焯云：稼轩词其源出自《楚骚》，起势飘洒。(《白雨斋词话》)

贺新郎

赋琵琶

凤尾龙香拨[1]，自开元《霓裳曲》罢，几番风月。最苦浔阳江头客[2]，画舸亭亭待发。记出塞、黄云堆雪。马上离愁[3]三万里，望昭阳、宫殿孤鸿没，弦解语，恨难说。　　辽阳驿使音尘绝，琐窗寒、轻拢慢捻[4]，泪珠盈睫。推手[5]含情还却手，一抹《梁州》[6]哀彻。千古事、云飞烟灭。贺老[7]定场无消息，想沉香亭[8]北繁华歇，弹到此，为呜咽。

【注解】

〔1〕凤尾龙香拨：杨贵妃琵琶以龙香板为拨，以逻逤檀为槽，有金缕红纹，蹙成双凤。见《明皇杂录》。

〔2〕浔阳江头客：谓白居易，白居易有《琵琶行》，起句云："浔阳江头夜送客。"

〔3〕马上离愁：见前《贺新郎》注。

〔4〕轻拢慢捻：拢(lǒng 垄)、捻(niǎn 碾)，皆琵琶手法。《乐府杂录》云："裴兴奴长于拢捻。"《琵琶行》："轻拢慢捻抹复挑。"

〔5〕推手：推手前曰琵，引却曰琶，因以为名。见《释名》。

〔6〕《梁州》:琵琶曲有《转关六幺》、《濩索梁州》,见《蔡宽夫诗话》。

〔7〕贺老:唐贺怀智善弹琵琶,见《明皇杂录》,元稹《连昌宫词》:"夜半月高弦索鸣,贺老琵琶定场屋。"

〔8〕沉香亭:亭以沉香为之。唐玄宗赏花沉香亭,命李白赋《清平调》三章,有"沉香亭北倚阑干"句,见《太真外传》。

【评笺】

陈霆云:此篇用事最多,然圆转流丽,不为事所使,的是妙手。(《渚山堂词话》)

周济云:"记出塞"句,言谪逐正人,以致乱离。"辽阳"句言晏安江沱,不复北望。(《宋四家词选》)

陈廷焯云:此词运典虽多,却一片感慨,故不嫌堆垛。心中有泪,故笔下无一字不呜咽。(《白雨斋词话》)

梁启超云:琵琶故事,网罗胪列,乱杂无章,殆如一团野草;惟其大气足以包举之,故不粗率,非望人勿学步也。(《艺蘅馆词选》)

水龙吟

登建康赏心亭[1]

楚天千里清秋,水随天去秋无际。遥岑远目,献愁供恨,玉簪螺髻。落日楼头,断鸿声里,江南游子,把吴钩[2]看了,阑干拍遍,无人会、登临意。　　休说鲈鱼堪脍,尽西风季鹰[3]

归未？求田问舍[4]，怕应羞见，刘郎才气。可惜流年，忧愁风雨，树犹如此[5]。倩何人唤取，红巾翠袖，揾英雄泪？

【注解】

〔1〕《水龙吟》：此词为辛弃疾三十岁时在建康通判任上所作。赏心亭，丁谓作，见《诗话总龟》。

〔2〕吴钩：《梦溪笔谈》云："唐人诗多有言吴钩者。吴钩，刀名也。"

〔3〕季鹰：《世说》："张季鹰在洛，见秋风起，因思吴中菰菜羹鲈鱼脍，曰：'人生贵得适意尔，何能羁宦数千里以要名爵！'遂命驾便归。"

〔4〕求田问舍：《三国志》："许汜论陈元龙豪气未除，谓昔过下邳，见元龙无主客礼，自上大床卧，使客卧下床。刘备曰：'君有国士名，而不留心救世，乃求田问舍，言无可采，是元龙所讳也。如我当卧百尺楼上，卧君于地，何但上下床之间哉！'"

〔5〕树犹如此：《世说》："桓温见昔时种柳，皆已十围，慨然曰：'木犹如此，人何以堪？'"

【评笺】

陈洵云：起句破空而来，秋无际，从"水随天去"中见；"玉簪螺髻"之"献愁供恨"，从远目中见；"江南游子"，从"断肠落日"中见；纯用倒卷之笔。"吴钩看了，阑干拍遍"，仍缩入"江南游子"上；"无人会"纵开，"登临意"收合。后片愈转愈奇，季鹰未归则鲈脍徒然一转，刘郎羞见则田舍徒然一转，如此则江南游子亦惟长抱此忧，以老而已；却不说出，而以"树犹如此"作半面语缩住。"倩何人"以下十三字，应"无人会登临意"作结。稼轩纵横豪宕，而笔笔能留，字字有脉络如此；学者苟能于此求，则清真、稼轩、梦窗，三家实一家，若徒视为真率，则失此贤矣！清真、稼轩、梦窗，各有神采；清真出于韦端己，梦窗出于温飞卿,稼轩出于南唐李主,莫不有一己之性情境地,而平平辙迹,则殊途同归。而或者以卤莽学之,或者委为不可学。呜呼!鲜能知味,小技犹然,况大道乎。(《海绡说词》)

谭献云:裂竹之声,何尝不潜气内转。(《谭评词辨》)

陈廷焯云:落落数语,不数王粲《登楼赋》。(《白雨斋词话》)

摸鱼儿

淳熙己亥[1],自湖北漕移湖南,同官王正之置酒小山亭为赋。

更能消几番风雨,匆匆春又归去。惜春长怕花开早,何况落红无数。春且住!见说道、天涯芳草无归路。怨春不语,算只有殷勤,画檐蛛网,尽日惹飞絮。　　长门事[2],准拟佳期又误,蛾眉曾有人妒。千金纵买相如赋,脉脉此情谁诉?君莫舞!君不见、玉环飞燕[3]皆尘土。闲愁最苦,休去倚危阑,斜阳正在,烟柳断肠处。

【注解】

〔1〕淳熙己亥:宋孝宗淳熙六年,辛弃疾时年四十岁。

〔2〕长门事:司马相如《长门赋序》云:"孝武皇帝陈皇后,时得幸,颇妒,别在长门宫,愁闷悲思。闻蜀郡成都司马相如,天下工为文,奉黄金百斤为相如、文君取酒。因于解悲愁之辞。而相如为文,以悟主上,陈皇后复得亲幸。"

〔3〕玉环飞燕:玉环,杨贵妃小字;飞燕,赵飞燕,汉成帝皇后号。

【评笺】

罗大经云:词意殊怨,斜阳烟柳之句,比之"未须愁日暮,天际是轻阴"者异矣。在汉、唐时,宁不贾种豆种桃之祸?然闻寿皇见此词,颇不悦,终不加以罪,可谓盛德。(《鹤林玉露》)

张侃云:康伯可《曲游春》词头句云:"脸薄难藏泪,恨柳风不与吹断行色。"惜别之意已尽。辛幼安《摸鱼儿》词头句云:"更能消几番风雨,匆匆春又归去。"惜春之意亦尽。二公才调绝人,不被腔律拘缚,至"但掩袖,转面啼红,无言应得"与"闲愁最苦。休去倚危阑,斜阳正在,烟柳断肠处",其惜别惜春之意愈无穷。(《拙轩集》)

沈际飞云:李涉诗:"野寺寻花春已迟,背岩惟有两三枝;明朝携酒犹堪赏,为报春风且莫吹。"辛用其意。(《草堂诗馀正集》)

许昂霄云:"春且住"二句,是留春之辞。结句即义山"夕阳无限好,只是近黄昏"之意。斜阳以喻君也。(《词综偶评》)

陈廷焯云:"更能消几番风雨"一章,词意殊怨,然姿态飞动,极沉郁顿挫之致。起处"更能消"三字,是从千回万转后倒折出来,真是有力如虎。又云:怨而怒矣!然沉郁顿宕,笔势飞舞,千古所无。"春且住"三字一喝,怒甚。结得愈凄凉、愈悲郁。(《白雨斋词话》)

谭献云:权奇倜傥,纯用太白乐府诗法。"见说道"句是开,"君不见"句是合。(《谭评词辨》)

黄蓼园云:辞意似过于激切,第南渡之初,危如累卵,"斜阳"句亦危言耸听之意耳!持重者多危词,赤心人少甘语,亦可谅其志哉!(《蓼园词选》)

梁启超云:回肠荡气,至于此极;前无古人,后无来者。(《艺蘅馆

词选》)

王闿运云:"算只有"三句是指张浚、秦桧一流人。(《湘绮楼词选》)

永遇乐[1]

京口北固亭怀古

千古江山,英雄无觅、孙仲谋处。舞榭歌台,风流总被、雨打风吹去。斜阳草树,寻常巷陌,人道寄奴[2]曾住。想当年,金戈铁马[3],气吞万里如虎。　　元嘉草草[4],封狼居胥,赢得仓皇北顾。四十三年[5],望中犹记、灯火扬州路。可堪回首、佛狸祠[6]下,一片神鸦社鼓。凭谁问,廉颇老矣[7],尚能饭否?

【注解】

〔1〕《永遇乐》:此乃辛弃疾六十五岁守京口时作。

〔2〕寄奴:宋武帝刘裕小字寄奴,曾住丹徒京口里。

〔3〕金戈铁马:金属制之戈,披着铁甲之马。

〔4〕元嘉草草:元嘉,宋文帝年号。宋文帝曾谓闻王玄谟论兵,使人有封狼居胥之意。(狼居胥,山名,在今蒙古。汉霍去病战胜匈奴,封狼居胥山)后命王玄谟北伐,大败而归。

〔5〕四十三年:辛弃疾由1205年(宋宁宗开禧元年)知镇江府,距其在1162年奉表南归,路经扬州,正是四十三年。

〔6〕佛狸:魏太武帝小名。宋文帝元嘉二十七年,魏太武帝南侵至瓜步。此盖借魏太武以喻金主亮南侵。佛狸祠即太武帝之庙。

〔7〕廉颇老矣:廉颇在梁,赵王思复得颇,颇亦思复用。赵使使者视颇,颇为之一饭斗米,肉十斤,被甲上马以示可用。事见《史记·廉颇蔺相如列传》。

【评笺】

岳珂云:稼轩以词名,每宴,必令侍姬歌其所作,特好《贺新郎》一词,自诵其警句曰:"我见青山多妩媚,料青山见我应如是。"又曰:"不恨古人吾不见,恨古人不见吾狂耳!"每至此,辄拊髀自笑,顾问坐客何如?皆叹誉如出一口。既而作《永遇乐》序北府事,首章曰:"千古江山,英雄无觅,孙仲谋处。"又曰:"寻常巷陌,人道寄奴曾住。"其寓感慨者则曰:"不堪回首,佛狸祠下,一片神鸦社鼓。凭谁问廉颇老矣,尚能饭否?"特置酒招数客,使妓迭歌,益自击节,遍问客,必使摘其疵;客逊谢不可,或措一二语,不契其意,又弗答。余时年最少,率然对曰:"童子无知,何敢有议?然必欲如范希文,以千金求《严陵记》一字之易,则晚进窃有议也。"稼轩喜,使毕其说。余曰:"前篇豪视一世,独首尾二腔警语差相似,新作微觉用事多耳。"稼轩大喜,谓座客曰:"夫夫也,实中余痼。"乃味改其语,日数十易,累月未竟。(《桯史》)

罗大经云:此词隽壮可喜。(《鹤林玉露》)

杨慎云:辛词当以"京口北固亭怀古"《永遇乐》为第一。(《词品》)

先著云:发端便欲涕落,后段一气奔注,笔不得遏。廉颇自拟,慷慨壮怀,如闻其声。谓此词用人名多者,尚是不解词味。(《词洁》)

周济云:有英主则可以隆中兴,此是正说。英主必起于草泽,此

是反说。又云:继世图功,前车如此。(《宋四家词选》)

谭献云:起句嫌有犷气,且使事太多,宜为岳氏所讥;非稼轩之盛气,勿轻染指也。(《谭评词辨》)

陈廷焯云:句句有金石声音,吾怖其神力。(《白雨斋词话》)

继昌云:此阕悲壮苍凉,极咏古能事。(《左庵词话》)

木兰花慢

滁州送范倅[1]

老来情味减,对别酒,怯流年。况屈指中秋,十分好月,不照人圆。无情水都不管,共西风、只管送归船。秋晚莼鲈[2]江上,夜深儿女灯前。　　征衫,便好去朝天,玉殿正思贤。想夜半承明,留教视草[3],却遣筹边。长安,故人问我,道愁肠殢酒[4]只依然。目断秋霄落雁,醉来时响空弦。

【注解】

〔1〕滁州送范倅:稼轩知滁州,在宋孝宗乾道八年,明年三十三。范倅名昂,字里无考。

〔2〕莼鲈:用张翰事,见前《水龙吟》注。

〔3〕视草:为皇帝草拟制诏之稿。

〔4〕殢(tì替)酒:殢,困也。

祝英台近

宝钗分,桃叶渡,烟柳暗南浦。怕上层楼,十日九风雨。断肠片片飞红,都无人管,更谁劝啼莺声住? 鬓边觑,应把花卜归期,才簪又重数。罗帐灯昏,哽咽梦中语。是他春带愁来,春归何处?却不解带将愁去。

【评笺】

张端义云:吕婆,吕正己之妻,正己为京畿漕,有女事辛幼安,因以微事触其怒,竟逐之,今稼轩"桃叶渡"词因此而作。(《贵耳集》)

陈鹄云:辛幼安词:"是他春带愁来,春归何处,却不解带将愁去。"人皆以为佳,不知赵德庄《鹊桥仙》词云:"春愁元自逐春来,却不肯随春归去。"盖德庄又体李汉老《杨花》词:"蓦地便和春带将归去。"大抵后辈作词,无非前人已道底句,特善能转换耳。(《耆旧续闻》)

张侃云:辛幼安《祝英台》云:"是他春带愁来,春归何处,又不解和愁归去。"王君玉《祝英台》云:"可堪妒柳羞花,下床都懒,便瘦也教春知道。"前一词欲春带愁去,后一词欲春知道瘦。近世春晚词,少有比者。(《拙轩集》)

沈际飞云:唐诗:"莫作商人妇,金钗当卜钱。"不能擅美。又云:怨春、问春,口快心灵,非关剿袭。(《草堂诗馀正集》)

沈谦云:稼轩词以激扬奋厉为工;至"宝钗分、桃叶渡"一曲,昵狎温柔,魂销意尽,词人伎俩,真不可测。(《填词杂说》)

谭献云:"断肠"三句,一波三过折,末三句托兴深切,亦非全用直语。(《谭评词辨》)

张惠言云:此与德祐太学生二词用意相似,点点飞红,伤君子之弃;流莺,恶小人得志也;春带愁来,其刺赵、张乎?(张惠言《词选》)

黄蓼园云:按此闺怨词也。史称稼轩人材,大类温峤、陶侃,周益公等抑之,为之惜。此必有所托,而借闺怨以抒其志乎!言自与良人分钗后,一片烟雨迷离,落红已尽,而莺声未止,将奈之何乎?次阕言问卜,欲求会而间阻实多,而忧愁之念将不能自已矣;意致凄惋,其志可悯。史称叶衡入相,荐弃疾有大略,召见提刑江西,平剧盗,兼湖南安抚,盗起湖、湘,弃疾悉平之。后奏请于湖南设飞虎军,诏委以规画。时枢府有不乐者,数阻挠之;议者以聚敛闻,降御前金字牌停住;弃疾开陈本末,绘图缴进,上乃释然。词或作于此时乎?(《蓼园词选》)

青玉案

元夕

东风夜放花千树[1],更吹落星如雨。宝马雕车香满路,凤箫声动,玉壶光转,一夜鱼龙舞[2]。　　蛾儿[3]雪柳黄金缕,笑语盈盈暗香去。众里寻他千百度,蓦然回首,那人却在,灯火阑珊[4]处。

【注解】

〔1〕花千树:苏味道诗:"火树银花合,星桥铁锁开。"指灯,星如雨

亦指灯。
〔2〕鱼龙舞:指鱼灯龙灯各样灯彩。
〔3〕蛾儿:指妇人头上妆饰。
〔4〕阑珊:衰落之意。

【评笺】
彭孙遹云:稼轩"蓦然回首,那人却在灯火阑珊处",秦、周之佳境也。(《金粟词话》)
谭献云:稼轩心胸发其才气,改之而下则犷。起二句赋色瑰异,收处和婉。(《谭评词辨》)
梁启超云:自怜幽独,伤心人别有怀抱。(《艺蘅馆词选》)
王国维云:古今成大事业、大学问者,必经过三种境界:"昨夜西风凋碧树,独上高楼,望尽天涯路。"此第一境也。"衣带渐宽终不悔,为伊消得人憔悴。"此第二境也。"众里寻他千百度,回头蓦见,那人正在,灯火阑珊处。"此第三境也。此等语皆非大词人不能道,然遽以此意解释诸词,恐晏、欧诸公所不许也。(《人间词话》)

鹧鸪天

鹅湖[1]归病起作

枕簟溪堂冷欲秋,断云依水晚来收。红莲相倚浑如醉,白鸟无言定自愁。　　书咄咄[2],且休休[3],一邱一壑也风流。不知筋力衰多少,但觉新来懒上楼。

【注解】

〔1〕鹅湖:在江西铅山县东北十五里。
〔2〕咄咄:晋殷浩废黜,常书空作咄咄怪事字,见《晋书》。
〔3〕休休:美也。司空图隐居中条山,作休休亭,见《唐书》。

【评笺】

沈际飞云:生派愁怨与花鸟,却自然。后段一本作:"无限事,不胜愁;那堪鱼雁两悠悠,秋怀不识知多少。"(《草堂诗馀正集》)

周济云:词中有此大笔。(《宋四家词选》)

黄蓼园云:其有《匪风》《下泉》之思乎?可以悲其志矣。妙在结二句放开写,不即不离尚含住。(《蓼园词选》)

陈廷焯云:信笔写去,格调自苍劲,意味自深厚,不必剑拔弩张,洞穿已过七扎,斯为绝技。(《白雨斋词话》)

况周颐云:"不知"二句入词佳,入诗便稍觉未合。词与诗体格不同处,其消息即此可参。(《蕙风词话》)

菩萨蛮[1]

书江西造口[2]壁

郁孤台[3]下清江水,中间多少行人泪。西北是长安[4],可怜无数山。　青山遮不住,毕竟东流去。江晚正愁余,山深闻鹧鸪[5]。

【注解】

〔1〕《菩萨蛮》:此词是辛弃疾三十六岁任江西提点刑狱时作。

〔2〕造口:今名阜口镇,在江西万安县南六十里。

〔3〕郁孤台:在江西省赣县西南。清江指赣江。

〔4〕长安:本汉、唐旧都,后通作京师之代称。

〔5〕闻鹧鸪:俗谓鹧鸪鸣声为"行不得也哥哥",此喻恢复无望。

【评笺】

罗大经云:南渡初金人追隆裕太后御舟至造口,不及而还。鹧鸪之句,谓恢复之事行不得也。(《鹤林玉露》)

卓人月云:忠愤之气,拂拂指端。(《词统》)

周济云:借水怨山。(《宋四家词选》)

陈廷焯云:稼轩《书江西造口壁》一章,用意用笔,洗胎温韦殆尽,然大旨正见吻合。(《白雨斋词话》)

谭献云:西北二句,宕逸中亦深炼。(《谭评词辨》)

梁启超云:《菩萨蛮》如此大声镗鞳,未曾有也。(《艺蘅馆词选》)

姜　夔

夔，字尧章，鄱阳人。萧东父识之于年少客游，妻以兄子；因寓居吴兴之武康，与白石洞天为邻，自号白石道人。庆元中，曾上书乞正太常雅乐，得免解讫；不第而卒。有《白石词》一卷，见《六十家词》刊本。又四卷本，有《四库全书》本，乾隆写本，陆钟辉本，张弈枢本，江春本，姜忠肃祠堂本，扬州《知不足斋》本，倪耘劬本，倪鸿本，《榆园丛书》本，四印斋本。六卷本有《彊村丛书》本，沈逊斋本，郑文焯校本。

徐献忠云：尧章长于音律，尝著《大乐议》，欲正庙乐。庆元三年，诏付奉常，有司将掌令太常寺与议大乐，时嫉其能，是以不获尽其所议，人大惜之。（《吴兴掌故集》）

陈郁云：白石道人气貌若不胜衣，而笔力足以扛百斛之鼎；家无立锥，而一饭未尝无食客；图史翰墨之藏，汗牛充栋；襟怀洒落，如晋、宋间人。意到语工，不期于高远而自高远。（《藏一话腴》）

黄昇云：白石词极精妙，不减清真，其高处有美成所不能及。（《花庵词选》）

《乐府纪闻》云：鄱阳姜尧章流寓吴兴，尝暇日游金阊，裴回吊古，赋《柳枝词》，有"行人怅望苏台柳，曾与吴王扫落花"之句；杨诚斋极喜诵之。萧东父尤爱其词，以其兄之子妻之。（沈雄《古今词话》引）

沈义父云：白石清劲知音，亦未免有生硬处。（《乐府指迷》）

张炎云：姜白石如野云孤飞，去留无迹。（《词源》）

毛晋云：范石湖评尧章诗云："有裁云缝月之妙手，敲金戛玉之奇声。"予于其词亦云。（《白石词跋》）

张宗橚云：按毛晋云云，乃杨诚斋评白石《除夜自石湖归苕溪》十绝句，非石湖语也。（《词林纪事》）

朱彝尊云：词莫善于姜夔，宗之者张辑、卢祖皋、史达祖、吴文英、蒋捷、王沂孙、张炎、周密、陈允平、张翥、杨基，皆具夔之一体，基之后，得其门者寡矣。（《词综序》）

陈撰云：南宋词人，浙东、西特甚，而审音之精，要以白石为极诣，先生事事精习，率妙绝神品，虽终身草莱，而风流气韵，足以标映后世；当乾、淳间，俗学充斥，文献湮替，乃能雅尚如此，洵称豪杰之士矣。（《玉几山房听雨录》）

《四库全书提要》：夔诗格高秀，为杨万里等所推；词亦精深华妙，尤善自度新腔，故音节文采，并冠一时。（《白石词》提要）

许昂霄云：词中之有白石，犹文中之有昌黎也。（《词林纪事》引）

宋翔凤云：词家之有姜石帚，犹诗家之有杜少陵，继往开来，文中关键，其流落江湖不忘君国，皆借托比兴于长短句寄之。（《乐府馀论》）

周济云：白石脱胎稼轩，变雄健为清刚，变驰骤为疏宕，盖二公皆极热中，故气味吻合，辛宽姜窄，宽故容藴，窄故斗硬。又云：白石小序甚可观，苦与词复，若序其缘起，不犯词境，斯为两美矣。（《宋四家词选序论》）又云：白石词如明七子诗，看是高格响调，不耐人细思。又云：白石以诗法入词，门径浅狭，如孙过庭书，但使后人模仿。（《介存斋论词杂著》）

先著云：张三影《醉落魄》词，有"生香真色人难学"之句。予谓生、香、真、色四字，可以移评石帚之词。又云：意欲灵动，不欲晦涩，语欲隐秀，不欲纤佻，人工胜则天趣减；梅溪、梦窗，自不能不让白石出一头地。（《词洁》）

邓廷桢云：词家之有白石，犹书家之有逸少，诗家之有浣花，盖缘识趣既高，兴象自别。(《双砚斋随笔》)

戈载云：白石之词，清气盘空，如野云孤飞，去留无迹；其高远峭拔之致，前无古人，后无来者，真词中之圣也！(《七家词选》)

冯煦云：白石为南渡一人，千秋论定，无俟扬榷；《乐府指迷》独称其《暗香》《疏影》《扬州慢》《一萼红》《琵琶仙》《探春慢》《淡黄柳》等曲，《词品》则以"咏蟋蟀"《齐天乐》一阕为最胜。其实石帚所作，超脱蹊径，天籁人力，两臻绝顶，笔之所至，神韵俱到；非如乐笑、二窗辈，可以奇对警句相与标目，又何事于诸调中强分轩轾也？野云孤飞，去留无迹，彼读姜词者，必欲求下手处，则先自俗处能雅，滑处能涩始。(《宋六十家词选例言》)

刘熙载云：姜白石词幽韵冷香，令人挹之无尽，拟诸形容，在乐则琴，在花则梅也。又云：词家称白石曰白石老仙，或问毕竟与何仙相似？曰藐姑冰雪，盖为近之。(《艺概》)

孙麟趾云：识见低则出句不超，超者出乎寻常意计之外，白石多清超之句，宜学之。(《词选》)

陈廷焯云：姜尧章词清虚骚雅，每于伊郁中饶蕴藉，清真之劲敌，南宋一大家也。梦窗、玉田诸人，未易接武。又云：美成、白石，各有至处，不必过为轩轾。顿挫之妙，理法之精，千古词宗，自属美成；而气体之超妙，则白石独有千古，美成亦不能至。(《白雨斋词话》)

陈锐云：白石拟稼轩之豪快，而结体于虚。梦窗变美成之面貌，而炼响于实。南渡以来，双峰并峙，如盛唐之有李、杜矣！(《袌碧斋词话》)

郑文焯云：白石以沉忧善歌之士，意在复古，进《大乐议》，卒为伶伦所阨；其志可悲，其学自足千古。叔夏论其词如野云孤飞，去留无迹，百世兴感，如见其人。(《鹤道人论词书》)

点绛唇

丁未[1]冬,过吴松[2]作。

燕雁无心,太湖西畔随云去。数峰清苦,商略黄昏雨。第四桥边[3],拟共天随[4]住。今何许?凭阑怀古,残柳参差舞。

【注解】

[1] 丁未:孝宗淳熙十四年。姜夔自湖州往苏州见范成大,道经吴松。

[2] 吴松:一名松陵,又名笠泽,即今吴江。

[3] 第四桥边:《苏州府志》:"甘泉桥一名第四桥,以泉品居第四也。"

[4] 天随:唐陆龟蒙号天随子。《吴郡图经续志》:"陆龟蒙宅在松江上甫里。"

【评笺】

卓人月云:"商略"二字诞妙。(《词统》)

陈廷焯云:白石长调之妙,冠绝南宋;短章亦有不可及者,如《点绛唇》一阕,通首只写眼前景物,至结处云:"今何许?凭阑怀古,残柳参差舞。"感时伤事,只用"今何许"三字提倡,"凭阑怀古"下,仅以"残柳"五字咏叹了之,无穷哀感,都在虚处;令读者吊古伤今,不能自

止,洵推绝调。(《白雨斋词话》)

陈思云:案此阕为诚斋以诗送谒石湖,归途所作。诗集有《姑苏怀古》诗。(《白石道人年谱》)

鹧鸪天

元夕有所梦

肥水[1]东流无尽期,当初不合种相思。梦中未比丹青见,暗里忽惊山鸟啼。　　春未绿,鬓先丝,人间别久不成悲。谁教岁岁红莲[2]夜,两处沉吟各自知。

【注解】
〔1〕肥水:《太平寰宇记》:庐州合肥县,肥水出县西南八十里蓝家山东南,流入于巢湖。
〔2〕红莲:谓灯也。

【评笺】
陈思云:案所梦即《淡黄柳》之小乔宅中人也。(《白石道人年谱》)
郑文焯云:红莲谓灯,此可与《丁未元日金陵江上感梦》之作参看。(郑校《白石道人歌曲》)

踏莎行

自沔东来。丁未元日,至金陵江上,感梦而作。

燕燕轻盈,莺莺[1]娇软,分明又向华胥[2]见。夜长争得薄情知?春初早被相思染。　　别后书辞,别时针线,离魂暗逐郎行[3]远。淮南皓月冷千山,冥冥归去无人管。

【注解】

[1] 燕燕莺莺:指所欢。苏轼赠张先诗:"诗人老去莺莺在,公子归来燕燕忙。"

[2] 华胥:见前张抡《烛影摇红》注。

[3] 郎行:郎边。

【评笺】

王国维云:白石之词,余所最爱者,亦仅二语,曰:"淮南皓月冷千山,冥冥归去无人管。"(《人间词话》)

庆宫春

绍熙辛亥[1]除夕,余别石湖归吴兴,雪后夜过垂虹[2]尝赋诗云:"笠泽茫茫雁影微,玉峰重叠护云衣;长桥寂寞春寒夜,只有诗人一舸归。"后五年冬,复与俞商卿、张平甫、铦朴翁[3]自封禺同载,诣梁溪。道经吴松,山寒天迥,云浪四合,中夕相呼步垂虹,星斗下垂,错杂渔火,朔吹凛凛,卮酒不能支。朴翁以衾自缠,犹相与行吟,因赋此阕,盖过旬,涂稿乃定。朴翁咎余无益,然意所耽,不能自已也。平甫、商卿、朴翁皆工于诗,所出奇诡;余亦强追逐之,此行既归,各得五十馀解。

双桨莼波,一蓑松雨,暮愁渐满空阔。呼我盟鸥[4],翩翩欲下,背人还过木末。那回归去,荡云雪孤舟夜发。伤心重见,依约眉山,黛痕低压。　　采香径[5]里春寒,老子婆娑,自歌谁答?垂虹西望,飘然引去,此兴平生难遏。酒醒波远,正凝想明珰素袜[6]。如今安在?惟有阑干,伴人一霎。

【注解】
〔1〕绍熙辛亥:光宗二年。后五年,宁宗庆元二年丙辰。
〔2〕垂虹:吴江利往桥上有亭曰垂虹。
〔3〕铦朴翁:《西湖游览志》:"葛天民,字无怀,山阴人。初为僧,名义铦,其后还初服,一时所交皆胜士。有二侍姬:一名如梦,一名如幻,见《癸辛杂识》。"俞商卿:咸淳《临安志》:"俞灏字商卿,世居杭,父徙乌程,登绍熙四年第。张平甫:张镃(功甫)异母弟,名鉴。"
〔4〕盟鸥:谓居云水之乡,如与鸥鸟有约。
〔5〕采香径:《苏州府志》:"采香径在香山之旁,小溪也。吴王种香于香山,使美人泛舟于溪水采香。今自灵岩山望之,一水直如矢,故俗名箭径。"

〔6〕明珰素袜:指当时美人。曹植《洛神赋》:"凌波微步,罗袜生尘。"又"无微情以效爱兮,献江南之明珰。"明珰即明珠。

【评笺】
陆友仁云:近世以笔墨为事者,无如姜尧章、赵子固二公,往余见姜尧章《庆春宫》词,爱其词翰丰茸,故备载之。(《砚北杂志》)

齐天乐

丙辰〔1〕岁与张功甫〔2〕会饮张达可之堂,闻屋壁间蟋蟀有声,功甫约余同赋,以授歌者。功甫先成,词甚美;余徘徊末利花间,仰见秋月,顿起幽思,寻亦得此。蟋蟀,中都〔3〕呼为促织,善斗;好事者或以三二十万钱致一枚,镂象齿为楼观以贮之。

庾郎〔4〕先自吟愁赋,凄凄更闻私语。露湿铜铺〔5〕,苔侵石井,都是曾听伊处。哀音似诉,正思妇无眠,起寻机杼。曲曲屏山,夜凉独自甚情绪? 西窗又吹暗雨,为谁频断续,相和砧杵?候馆迎秋,离宫〔6〕吊月,别有伤心无数。《豳》诗〔7〕漫与,笑篱落呼灯,世间儿女。写入琴丝,一声声更苦。

【注解】
〔1〕丙辰:宋宁宗庆元二年。
〔2〕张功甫:名镃,张俊孙,有《南湖集》。

〔3〕中都:谓杭州。

〔4〕庾郎:庾信有《哀江南赋》。

〔5〕铜铺:著门上以衔环者,铜为之。李贺诗:"屈膝铜铺锁阿甄。"

〔6〕离宫:行宫,天子出巡憩于此。

〔7〕《豳》诗:指《诗经·豳风·七月》"七月在野,八月在宇,九月在户,十月蟋蟀入我床下"句。

【评笺】

王仁裕云:每秋时,宫中妃妾皆以小金笼闭蟋蟀置枕函畔,夜听其声。民间争效之。(《开元天宝遗事》)

张宗橚云:余弟芷斋云:《汉书·王褒传》:"蟋蟀竢秋吟。"师古注:"蟋蟀,今之促织也。"按蟋蟀呼促织,唐时已然,不始于宋之中都也。(《词林纪事》)

张炎云:要知换头,不可断了曲意。如白石云:"曲曲屏山,夜凉独自甚情绪?"于过变则云:"西窗又吹暗雨",则曲意不变矣。(《词源》)

贺裳云:稗史称韩幹画马,人入其斋,见幹身作马形,凝思之极,理或然也。作诗文亦必如此始工。如史邦卿咏燕,几于形神俱似矣;次则姜白石咏蟋蟀:"露湿铜铺,苔侵石井,都是曾听伊处。哀音似诉,正思妇无眠,起寻机杼。"又云:"西窗又吹暗雨,为谁频断续,相和砧杵?"数语刻画亦工。蟋蟀无可言而言听蟋蟀者,正姚铉所谓"赋水不当仅言水,而言水之前后左右"也。(《皱水轩词筌》)

刘体仁云:词欲婉转而忌复,不独"不恨古人吾不见"与"我见青山多妩媚"为岳亦斋所诮,即白石之工,如"露湿铜铺"与"候馆吟秋"总是一法。(《七颂堂词绎》)

许昂霄云:将蟋蟀与听蟋蟀者层层夹写,如环无端,真化工之笔

也。(《词综偶评》)

陈廷焯云：白石《齐天乐》一阕，全篇皆写怨情，独后半云："笑篱落呼灯，世间儿女。"以无知儿女之乐，反衬出有心人之苦，最为入妙；用笔亦别有神味，难以言传。(《白雨斋词话》)

陈锐云：姜尧章《齐天乐》咏蟋蟀最为有名，然庾郎愁赋，有何出典？《豳》诗四字，太觉呆诠。至"铜铺、石井、候馆、离宫"，亦嫌重复。(《袌碧斋词话》)

郑文焯云：《负暄杂录》："斗蛩之戏，始于天宝间，长安富人，镂象牙为笼而蓄之，以万金之资，付之一喙。"此叙所记好事者云云。可知其习尚至宋宣政间，殆有甚于唐之天宝时矣。功父《满庭芳》词咏促织儿，清隽幽美，实擅词家能事，有观止之叹；白石别构一格，下阕托寄遥深，亦足千古已。(郑校《白石道人歌曲》)

沈祥龙云：词中虚字，犹曲中衬字，前呼后应，仰承俯注，全赖虚字灵活，其词始妥溜而不板实。不特句首虚字宜讲，句中虚字亦当留意。如白石词云："庾郎先自吟愁赋，凄凄更闻私语。""先自""更闻"，互相呼应，馀可类推。(《论词随笔》)

琵琶仙

《吴都赋》云："户藏烟浦，家具画船。"惟吴兴为然，春游之盛，西湖未能过也。己酉[1]岁，余与萧时父[2]载酒南郭，感遇成歌。

双桨来时，有人似旧曲桃根桃叶[3]。歌扇轻约飞花，蛾眉正奇绝。春渐远,汀洲自绿,更添了几声啼鴂。十里扬州[4],三生[5]杜牧,前事休说。　又还是宫烛分烟[6],奈愁里匆匆换时节。都把一襟芳思,与空阶榆荚[7]。千万缕、藏鸦细柳,为玉尊、起舞回雪。想见西出阳关[8],故人初别。

【注解】

〔1〕己酉:孝宗淳熙十六年。

〔2〕萧时父:萧德藻之侄,白石妻党。

〔3〕桃根桃叶:桃叶晋王献之妾,献之尝临渡作歌赠之,桃叶作《团扇歌》以答。其妹名桃根。见《古今乐录》。

〔4〕十里扬州:杜牧诗:"春风十里扬州路,卷上珠帘总不如。"

〔5〕三生:谓过去,现在,未来三世人生。白居易诗:"世说三生如不谬,共疑巢、许是前身。"

〔6〕宫烛分烟:见前周邦彦《应天长》注。

〔7〕空阶榆荚:见前苏轼《水龙吟》注。

〔8〕阳关:见前周邦彦《绮寮怨》注。

【评笺】

郑文焯云:白石《琵琶仙》题引《吴都赋》云:"户藏烟浦,家具画船。"惟吴兴为然。按二语见《唐文粹》所录李庚《西都赋》,非《吴都赋》,白石误。(《绝妙好词校录》)

顾广圻云:《文粹》引李赋原文,作"户闭烟浦,家藏画舟。"白石作"具"、"藏",两字均误。又误舟为船,致失原韵;且移唐之西都于吴都,地理尤错。(《思适斋集》)

张炎云:白石《琵琶仙》,少游《八六子》,全在情景交炼,得言外

意。(《词源》)

沈际飞云:"春草碧色,春水绿波;送君南浦,伤如之何?"四语约是此篇。又云:融情会景,与少游《八六子》词共传。(《草堂诗馀正集》)

许昂霄云:"都把一襟芳思"至末,句句说景,句句说情,真能融情景于一家者也。曲折顿宕,又不待言。(《词综偶评》)

八归

湘中送胡德华

芳莲坠粉,疏桐吹绿,庭院暗雨乍歇。无端抱影销魂处,还见筱墙[1]萤暗,藓阶蛩切。送客重寻西去路,问水面、琵琶[2]谁拨?最可惜、一片江山,总付与啼鴂。　　长恨相逢未款,而今何事,又对西风离别?渚寒烟淡,棹移人远,飘渺行舟如叶。想文君望久,倚竹愁生步罗袜[3]。归来后、翠尊双饮,下了珠帘,玲珑闲看月。

【注解】

〔1〕筱墙:竹墙。筱(xiǎo 小),小竹。
〔2〕水面琵琶:白居易《琵琶行》有"忽闻水上琵琶声"句。
〔3〕罗袜:李白诗:"玉阶生白露,夜久侵罗袜。却下水晶帘,玲珑望秋月。"

【笺评】

许昂霄云:历叙离别之情,而终以室家之乐,即《豳风·东山》诗意也,谁谓长短句不源于三百篇乎?(《词综偶评》)

麦孺博云:全首一气到底,刀挥不断。(《艺蘅馆词选》)

陈廷焯云:声情激越,笔力精健,而意味仍是和婉,哀而不伤,真词圣也。(《白雨斋词话》)

念奴娇

余客武陵[1],湖北宪治在焉;古城野水,乔木参天。余与二三友,日荡舟其间,薄荷花而饮,意象幽闲,不类人境。秋水且涸,荷叶出地寻丈,因列坐其下,上不见日,清风徐来,绿云自动;间于疏处,窥见游人画船,亦一乐也。揭来[2]吴兴,数得相羊[3]荷花中,又夜泛西湖,光景奇绝,故以此句写之。

闹红一舸,记来时尝与鸳鸯为侣。三十六陂[4]人未到,水佩风裳无数。翠叶吹凉,玉容[5]消酒,更洒菰[6]蒲雨。嫣然[7]摇动,冷香飞上诗句。 日暮,青盖亭亭,情人不见,争忍凌波去?只恐舞衣寒易落,愁入西风南浦。高柳垂阴,老鱼吹浪,留我花间住。田田多少,几回沙际归路。

【注解】

〔1〕武陵:今湖南常德市。时萧德藻为湖北参议,姜夔客萧邸。
〔2〕朅(qiè切):读入声。去也。朅来犹聿来。
〔3〕相羊:同徜徉,《离骚》:"聊逍遥以相羊。"
〔4〕三十六陂:宋人诗词中常用三十六陂字,乃虚解,非实地。王安石诗:"三十六陂烟水,白头想见江南。"
〔5〕玉容:指荷花。
〔6〕菰:植物名,一名茭,又名蒋。春月生新芽如笋,名茭白。
〔7〕嫣然:笑貌。

【评笺】

麦孺博云:俊语。(《艺蘅馆词选》)

扬州慢

淳熙丙申[1]至日,余过维扬。夜雪初霁,荠麦弥望。入其城则四顾萧条,寒水自碧,暮色渐起,戍角悲吟;余怀怆然,感慨今昔,因自度此曲。千岩老人[2]以为有黍离之悲也。

淮左名都,竹西[3]佳处,解鞍少驻初程。过春风十里,尽荠麦青青。自胡马[4]窥江去后,废池乔木,犹厌言兵。渐黄昏,清角吹寒,都在空城。　　杜郎[5]俊赏,算而今、重到须惊。纵豆蔻[6]词工,青楼[7]梦好,难赋深情。二十四桥[8]

仍在,波心荡冷月无声。念桥边红药,年年知为谁生?

【注解】

〔1〕丙申:宋孝宗淳熙三年。

〔2〕千岩老人:萧德藻,字东夫,闽清人,绍兴三十一年进士。

〔3〕竹西:亭名,在扬州城北五里。

〔4〕胡马:绍兴三十年,完颜亮南寇,江淮军败,中外震骇。亮不久为臣下弑于瓜州。

〔5〕杜郎:杜牧。

〔6〕豆蔻:见秦观《满庭芳》注。

〔7〕青楼:妓院也。杜牧诗:"十年一觉扬州梦,赢得青楼薄幸名。"

〔8〕二十四桥:在江苏省江都县城西门外。杜牧诗:"二十四桥明月夜,玉人何处教吹箫?"《扬州画舫录》:"二十四桥,一名红药桥,即吴家砖桥,古有二十四美人吹箫于此,故名。"

【评笺】

陈廷焯云:"犹厌言兵"四字,包括无限伤乱语,他人累千百言,亦无此韵味。(《白雨斋词话》)

姜虬绿云:考千岩老人曾参议湖北,公客武陵,殆客萧邸耶?传谓萧以兄子妻公,虽未定何年,大约丙申后、丙午前十年间事也。(《白石道人诗词年谱》)

阮阅云:蜀冈者,维扬之地也。蜀冈之南,有竹西亭,修竹疏翠,后即禅智寺也。取杜牧之:"斜阳竹西路,歌吹是扬州。"自蜀冈以南,景气顿异,北风至此遂绝。(《诗话总龟》)

先著云:"无奈苕溪月,又唤我扁舟东下。"是"唤"字着力。"二十四桥仍在,波心荡、冷月无声。"是"荡"字着力。所谓一字得力,通

首光采,非炼字不能,然炼亦未易到。(《词洁》)

许昂霄云:"豆蔻梢头二月初"及"十年一觉扬州梦,赢得青楼薄幸名。"皆杜牧句。(《词综偶评》)

郑文焯云:绍兴三十年,完颜亮南寇,江淮军败,中外震骇;亮寻为其臣下杀于瓜州。此词作于淳熙三年,寇平已十有六年,而景物萧条,依然有废池乔木之感,此与《凄凉犯》当同属江淮乱后之作。(郑校《白石道人歌曲》)

长亭怨慢

余颇喜自制曲。初率意为长短句,然后协以律,故前后阕多不同。桓大司马[1]云:"昔年种柳,依依汉南;今看摇落,凄怆江潭;树犹如此,人何以堪?"此语余深爱之。

渐吹尽,枝头香絮,是处人家,绿深门户。远浦萦回,暮帆零乱,向何许?阅人多矣,谁得似长亭树?树若有情时,不会得青青如此! 日暮,望高城不见,只见乱山无数。韦郎去也,怎忘得玉环[2]分付。第一是早早归来,怕红萼无人为主。算空有并刀,难剪离愁千缕。

【注解】

[1] 桓大司马:桓温事见《世说新语》。

[2] 玉环:《云溪友议》云:韦皋游江夏,与青衣玉箫有情,约七年再

会,留玉指环。八年,不至,玉箫绝食而殁。后得一歌姬,真如玉箫,中指肉隐如玉环。

【评笺】

许昂霄云:韦皋与玉箫别,留玉指环,约七年再会,以其地在江夏,故用之,后遂沿为通用语。(《词综偶评》)

先著云:"时"字凑,"不会得"三字呆,韦郎二句,口气不雅;"只"字疑误,"只"字唤不起"难"字。白石人工镕炼特甚,此一二笔容是率处。(《词洁》)

吴衡照云:白石《长亭怨慢》,引桓大司马云云,乃庾信《枯树赋》,非桓温语。(《莲子居词话》)

麦孺博云:浑灏流转,脱胎稼轩。(《艺蘅馆词选》)

孙麟趾云:路已尽而复开出之,谓之转。如:"谁得似长亭树,树若有情时,不会得青青如此。"(《词径》)

淡黄柳

客居合肥[1]南城赤阑桥之西,巷陌凄凉,与江左异;惟柳色夹道,依依可怜。因度此曲,以纾客怀。

空城晓角[2],吹入垂杨陌。马上单衣寒恻恻。看尽鹅黄嫩绿,都是江南旧相识。　　正岑寂[3],明朝又寒食。强携酒、小桥宅[4],怕梨花落尽成秋色[5]。燕燕飞来,问春何在? 惟有池塘自碧。

【注解】

〔1〕客居合肥:时在光宗绍熙二年辛亥。

〔2〕晓角:早晨号角。

〔3〕岑寂:《文选》鲍照《舞鹤赋》:"去帝乡之岑寂。"注:"岑寂,犹高静也。"

〔4〕小桥宅:指合肥所欢住处。

〔5〕梨花落尽成秋色:李贺诗:"梨花落尽成秋苑。"

【评笺】

郑文焯云:长吉有"梨花落尽成秋苑"之句,白石正用以入词,而改一"色"字协韵。当时清真、方回多取贺诗隽句为字面。(郑校《白石道人歌曲》)

谭献云:白石、稼轩,同音笙磬,但清脆与镗鞳异响,此事自关性分。(《谭评词辨》)

暗香

辛亥之冬,余载雪诣石湖[1]。止既月,授简索句,且征新声,作此两曲,石湖把玩不已,使二妓肄习之,音节谐婉,乃名之曰:《暗香》、《疏影》。

旧时月色,算几番照我,梅边吹笛?唤起玉人,不管清寒与攀摘。何逊[2]而今渐老,都忘却春风词笔。但怪得竹外疏花,香冷入瑶席。　　江国,正寂寂,叹寄与路遥,夜雪初积。翠尊易泣,红萼[3]无言耿相忆。长记曾携手处,千树压、西湖寒碧。又片片、吹尽也,几时见得?

【注解】

〔1〕石湖:在苏州西南,与太湖通。范成大居此,因号石湖居士。

〔2〕何逊:南朝梁东海剡人,八岁能赋诗,文与刘孝绰齐名。尝为扬州法曹,廨舍有梅花一株,常吟咏其下。后居洛思之,请再往。抵扬州,花方盛开,逊对树彷徨终日。杜甫诗:"东阁官梅动诗兴,还如何逊在扬州。"

〔3〕红萼:指梅花。

【评笺】

郑文焯云:清吟堂刻《绝妙好词》,石帚《暗香》"翠尊易泣"注云:"泣"当作"竭",不详所出。近时坊刻,遂改作"竭"。按嘉泰本是"泣"字,当从之。黄孝迈《湘春夜月》:"空尊夜泣。"此可为石帚作"泣"之证。弁阳是选本,作"泣"字,盖坊本从清吟堂校注所改耳!(《绝妙好词校录》)

陆友仁云:小红、顺阳公青衣也,有色艺。顺阳公之请老,姜尧章诣之。一日,授简征新声,尧章制《暗香》、《疏影》两曲,分使二妓习之,音节清婉。尧章归吴兴,公寻以小红赠之;其夕大雪过垂虹,赋诗曰:"自作新词韵最娇,小红低唱我吹箫。曲终过尽松陵路,回首烟波十四桥。"尧章每喜自度曲,吹洞箫;小红辄歌而和之。尧章后以疾殁,故苏石挽之云:"所幸小红方嫁了,不然啼损马塍花。"宋时花药皆出东、西马塍,两马塍皆名人葬处,白石殁后葬此。(《砚北杂志》)

张炎云：白石《疏影》、《暗香》、《扬州慢》、《一萼红》、《琵琶仙》、《探春》、《八归》、《淡黄柳》等曲，不惟清真，且又骚雅，读之使人神观飞越。(《词源》)

杨维桢云：元松陵陆子敬居分湖之北，垒石为山，树梅成林，取姜白石词语，名其轩曰："旧时月色。"(《东维子集》)

毛稚黄云：沈伯时《乐府指迷》论填词咏物不宜说出题字，余谓此说虽是，然作哑谜亦可憎，须令在神情离即间乃佳。如姜夔《暗香·咏梅》云："算几番照我，梅边吹笛。"岂害其佳？

许昂霄云：二词如绛云在霄，舒卷自如；又如琪树玲珑，金芝布护。(《词综偶评》)

周济云：稼轩郁勃故情深，白石放旷故情浅；稼轩纵横故才大，白石局促故才小。惟《暗香》、《疏影》二词，寄意题外，包蕴无穷，可与稼轩伯仲，馀俱据事直书，不过手意近辣耳。(《介存斋论词杂著》)

邓廷桢云：朱希真之"引魂枝，消瘦一如无，但空里疏花数点"，姜石帚之"长记曾携手处，千树压、西湖寒碧"，一状梅之少，一状梅之多；皆神情超越，不可思议，写生独步也。(《双砚斋随笔》)

周济云：前半阕言盛时如此，衰时如此。后半阕想其盛时，想其衰时。(《宋四家词选》)

张惠言云：题《白石湖咏梅》，此为石湖作也；时石湖盖有隐遁之志，故作此二词以泪之。白石《石湖仙》云："须信石湖仙，似鸱夷飘然引去。"末云："闻好语，明年定在槐府。"此与同意。又曰：首章已尝有用世之志，今老无能，但望之石湖也。(张惠言《词选》)

刘体仁云：落笔得"旧时月色"四字，便欲使千古作者，皆出其下。又云：咏梅嫌纯是素色，故用"红萼"字，此谓之破色笔。又恐突然，故先出"翠尊"字配之；说来甚浅，然大家亦不为，此用意之妙，总使人不觉,则烹锻之功也。又云:美成《花犯》云:"人正在、空江烟浪里。"尧章云:"长记曾携手处,千树压、西湖寒碧。"尧章思路,却是从美成出,而能与之埒;由于用字高、炼句密,泯来踪去迹矣!

郑文焯云:案此二曲为千古词人咏梅绝调。以托喻遥深,自成馨逸;其暗香一解,凡三字句逗皆为夹协。梦窗墨守綦严,但近世知者盖寡,用特著之。(郑校《白石道人歌曲》)

王闿运云:此二词最有名,然语高品下,以其贪用典故也。又云:如此起法,即不是咏梅矣。(《湘绮楼词选》)

谭献云:《石湖咏梅》,是尧章独到处。"翠尊"二句,深美有《骚》、《辨》意。(《谭评词辨》)

疏影

苔枝缀玉[1],有翠禽小小,枝上同宿。客里相逢,篱角黄昏,无言自倚修竹。昭君不惯胡沙远,但暗忆、江南江北。想佩环月夜归来[2],化作此花幽独。　犹记深宫旧事[3],那人正睡里,飞近蛾绿。莫似春风,不管盈盈,早与安排金屋[4]。还教一片随波去,又却怨玉龙[5]哀曲。等恁时[6]、重觅幽香,已入小窗横幅。

【注解】

〔1〕苔枝缀玉:苔梅有二种:一种苔藓特厚,花甚多。一种苔如细丝,长尺馀。见《武林旧事》。

〔2〕佩环月夜归来:杜甫诗:"画图省识春风面,环佩空归夜月魂。"

〔3〕深宫旧事：南朝宋武帝女，人日卧含章殿帘下，梅花飘着其额，成五出之花，因仿之为梅花妆。

〔4〕金屋：汉武帝为胶东王时，曰："若得阿娇，当作金屋贮之。"见《汉武故事》。

〔5〕玉龙：笛名。罗隐诗："玉龙无主渡头寒。"

〔6〕恁时：何时。

【评笺】

张炎云：《暗香》、《疏影》两曲，前无古人，后无来者；自立新意，真为绝唱。《疏影》前段用寿阳事，此皆用事不为事所使。李白云："眼前有景道不得，崔颢题诗在上头。"令作梅词者，不能为怀。（《词源》）

刘体仁云：咏物至词，更难于诗。即："昭君不惯胡沙远，但暗忆江南江北。"亦费解。（《七颂堂词绎》）

张惠言云：此章更以二帝之愤发之，故有昭君之句。（张惠言《词选》）

周济云：此词以"相逢"、"化作"、"莫似"六字作骨，"莫似"五句，言其不能挽留，听其自为盛衰也。（《宋四家词选》）

许昂霄云：别有炉锤镕铸之妙，不仅以檃栝旧人诗句为能。"昭君不惯胡沙远"四句，能转法华，不为法华所转。又云：宋人咏梅，例以弄玉、太真为比，不若以明妃拟之尤有情致也。胡澹庵诗，亦有"春风自识明妃面"之句。"还教一片随波去"二句，用笔如龙。（《词综偶评》）

蒋敦复云：词原于诗，虽小小咏物，亦贵得风人比兴之旨；唐、五代、北宋人词，不甚咏物；南渡诸公有之，皆有寄托，白石《石湖咏梅》，暗指南北议和事，及碧山、草窗、玉潜、仁近诸遗民《乐府补遗》中，龙

涎香、白莲、莼、蟹、蝉诸咏，皆寓其家国无穷之感，非区区赋物而已。(《芬陀利室词话》)

谢章铤云："那人正睡里，飞近蛾绿。"此即熟事虚用之法。(《赌棋山庄词话》)

谭献云："还教"二句，跌宕昭彰。(《谭评词辨》)

《开庆四明续志》云：吴潜《暗香》、《疏影》二词序云："犹记己卯庚辰之间，初识尧章于维扬。至己丑嘉兴再会，自此契阔。闻尧章死西湖，尝助诸丈为殡之。今又不知几年矣！自昭忽录示尧章《暗香》、《疏影》二词，因信手酬酢，并赓潘德久之词云：'雪来比色，对淡然一笑，休喧笙笛。莫怪广平，铁石心肠为伊折；偏是三花两蕊，消万古才人骚笔。尚记得醉卧东园，天幕地为席。　　回首、往事寂，正雨暗雾昏，万种愁积。锦江路悄，媒聘音沉，两空忆，正是茅檐竹户，难指望、凌烟金碧。憔悴了、羌管里，怨谁始得。'右《暗香》。'佳人步玉，待月来弄影，天挂参宿。冷透屏帏，清入肌肤，风敲又听檐竹。前村不管深雪闭，犹自绕、枝南枝北。算平生此段幽奇，占压百花曾独。　　闲想罗浮旧恨，有人正醉里，姝翠蛾绿。梦断魂惊，几许凄凉，却是千林梅屋。鸡声野渡溪桥滑，又角引戍楼悲曲。怎得知、清足亭边，自在杖藜巾幅。'自注云：梅圣俞诗云：'十分清意足。'余别墅有梅亭，扁曰'清足'。右《疏影》。"

郑文焯云：此盖伤心二帝蒙尘，诸后妃相从北辕，沦落胡地，故以昭君托喻，发言哀断。考唐王建《塞上咏梅》诗曰："天山路边一株梅，年年花发黄云下；昭君已没汉使回，前后征人谁系马？"白石词意当本此。近世读者多以意疏解，或有嫌其举典，拟不于伦者；殆不自知其浅暗矣。词中数语，纯从少陵咏明妃诗义隐括，出以清健之笔，如闻空中笙鹤，飘飘欲仙；觉草窗、碧山所作《吊雪香亭梅》诸词，皆人间语,视此如隔一尘,宜当时转播吟口,为千古绝唱也。至下阕藉《宋书》寿阳公主故事,引申前意,寄情遥远,所谓怨深文绮,得风人温厚之旨已。(郑校《白石道人歌曲》)

周尔墉云:何逊、昭君,皆属隶事,但运气空灵,变化虚实,不同獭祭钝机耳。(周评《绝妙好词》)

翠楼吟

淳熙丙午[1]冬,武昌安远楼[2]成,与刘去非诸友落之,度曲见志。余去武昌十年,故人有泊舟鹦鹉洲者,闻小姬歌此词,问之,颇能道其事;还吴,为余言之,兴怀昔游,且伤今之离索也。

月冷龙沙[3],尘清虎落[4],今年汉酺[5]初赐。新翻胡部曲,听毡幕元戎歌吹。层楼高峙,看槛曲萦红,檐牙飞翠。人姝丽,粉香吹下,夜寒风细。　　此地宜有词仙,拥素云黄鹤,与君游戏。玉梯凝望久,但芳草萋萋千里。天涯情味,仗酒祓[6]清愁,花消英气。西山外,晚来还卷,一帘秋霁。

【注解】
〔1〕淳熙丙午:宋孝宗淳熙十三年。时姜夔离汉阳,往湖州,经武昌。
〔2〕安远楼:即武昌南楼。
〔3〕龙沙:《后汉书·班超传赞》:"坦步葱岭,咫尺龙沙。"后世泛指

塞外之地为龙沙。

〔4〕虎落:护城笆篱名虎落。

〔5〕汉酺:《汉书·文帝纪》:"十六年九月,得玉杯,刻曰:'人主延寿,令天下大酺。'出钱为醵,出食为酺。"《宋史·孝宗纪》:"是年正月庚辰,高宗八十寿,犒赐内外诸军共一百六十万缗。"

〔6〕祓(fú伏):读入声,消除。

【评笺】

周济云:此地宜得人才,而人才不可得。(《宋四家词选》)

许昂霄云:"月冷龙沙"五句,题前一层,即为题后铺叙,手法最高。"玉梯凝望久"五句,凄婉悲壮,何减王粲《登楼赋》。(《词综偶评》)

陈廷焯云:后半阕一纵一操,笔如游龙,意味深厚,是白石最高之作。此词应有所刺,特不敢穿凿求之。(《白雨斋词话》)

杏花天

丙午之冬,发沔口[1]。丁未正月二日,道金陵,北望淮、楚,风日清淑,小舟挂席,容与波上。

绿丝低拂鸳鸯浦,想桃叶,当时唤渡。又将愁眼与春风,待去,倚兰桡更少驻。　　金陵路,莺吟燕舞。算潮水知人最苦。满汀芳草不成归,日暮,更移舟向甚处?

【注解】

〔1〕沔口:汉水入江处,见《方舆胜览》。

一萼红

丙午人日,余客长沙别驾之观政堂,堂下曲沼,沼西负古垣,有卢橘幽篁,一径深曲。穿径而南,官梅数十株,如椒如菽,或红破白露,枝影扶疏。著屐苍苔细石间,野兴横生,亟命驾登定王台[1],乱湘流入麓山[2];湘云低昂,湘波容与,兴尽悲来,醉吟成调。

古城阴,有官梅几许,红萼未宜簪。池面冰胶,墙腰雪老,云意还又沉沉。翠藤共、闲穿径竹,渐笑语、惊起卧沙禽。野老林泉,故王台榭,呼唤登临。　　南去北来何事,荡湘云楚水,目极伤心。朱户黏鸡[3],金盘簇燕[4],空叹时序侵寻。记曾共、西楼雅集,想垂柳、还袅万丝金。待得归鞍到时,只怕春深。

【注解】

〔1〕定王台:在长沙县东,汉长沙定王所筑台。见《方舆胜览》。
〔2〕麓山:一名岳麓山,在长沙西南。
〔3〕黏鸡:《岁时记》:"人日贴画鸡于户,悬苇索其上,插符于旁,百鬼畏之。"
〔4〕簇燕:《武林旧事》言立春供春盘,有"翠缕红丝,金鸡玉燕,备

极精巧。"

【评笺】

周尔墉云:石帚词换头处,多不放过,最宜深味。(周评《绝妙好词》)

霓裳中序第一

　　丙午岁,留长沙,登祝融[1],因得其祠神之曲曰:《黄帝盐》[2],《苏合香》[3]。又于乐工故书中得商调《霓裳曲》十八阕,皆虚谱无辞。按沈氏乐律[4]:《霓裳》道调,此乃商调。乐天诗云散序六阕,此特两阕,未知孰是?然音节闲雅,不类今曲;余不暇尽作,作《中序》[5]一阕传于世。余方羁游,感此古音,不自知其辞之怨抑也。

亭皋正望极,乱落江莲归未得。多病却无气力,况纨扇渐疏,罗衣初索。流光过隙,叹杏梁、双燕如客。人何在?一帘淡月,仿佛照颜色[6]。　　幽寂,乱蛩吟壁,动庾信、清愁似织。沉思年少浪迹,笛里关山,柳下坊陌。坠红[7]无信息,漫暗水、涓涓溜碧[8]。飘零久、而今何意,醉卧酒垆侧[9]。

【注解】

〔1〕祝融:衡山七十二峰之最高峰。

〔2〕《黄帝盐》:乃杖鼓曲,见沈括《梦溪笔谈》。

〔3〕《苏合香》:乃软舞曲,见段安节《乐府杂录》。

〔4〕沈氏乐律:指沈括《梦溪笔谈》论乐律。

〔5〕《中序》:《霓裳》全曲分三大段:一,散序,六遍;二,中序,遍数不详;三,破,十二遍。

〔6〕仿佛照颜色:杜甫诗:"落月满屋梁,犹疑照颜色。"

〔7〕坠红:落花。

〔8〕涓涓溜碧:杜甫诗:"暗水流花径,春星带草堂。"

〔9〕醉卧酒垆侧:《世说新语》:"王戎与客过黄公酒垆,谓客曰:'吾与叔夜、嗣宗酣饮此垆,自嵇、阮亡后,视此虽近,邈若山河。'"

章良能

良能,字达之,丽水人,居吴兴。淳熙五年进士,除著作佐郎,宁宗朝官至参知政事。

小重山

柳暗花明春事深,小阑红芍药,已抽簪。雨馀风软碎鸣禽[1],迟迟日,犹带一分阴。　　往事莫沉吟,身闲时序好、且登临。旧游无处不堪寻,无寻处,惟有少年心。

【注解】
〔1〕碎鸣禽:杜荀鹤诗:"风暖鸟声碎,日高花影重。"

【评笺】
周密云:外大父文庄章公,自少好雅洁,性滑稽;居一室必泛扫圬饰,陈列琴书,亲朋或讥其龌龊无远志。一日,大书素屏云:"陈蕃不事一室而欲扫除天下,吾知其无能为矣!"识者知其不凡。间作小词,极有思致,先妣能口诵数首《小重山》云云。(《齐东野语》)

陈霆云:语意甚婉约,但鸣禽曰碎,于理不通,殊为意病,唐人句云:"风暖鸟声碎。"然则何不曰:"暖风娇语碎鸣音"也。(《渚山堂词话》)

刘 过

过字改之,号龙洲道人,吉州太和人。尝伏阙上书请光宗过官。复以书抵时宰,陈恢复方略,不报,放浪湖海间。有《龙洲词》二卷,《补遗》一卷,见《六十家词》刊本;又见《彊村丛书》刊本;又《后村居士诗馀》二卷,见涉园景宋、元本词续刊本;又《后村别调》,见《晨风阁丛书》。

黄昇云:改之,稼轩之客。词多壮语,盖学稼轩者也。(《花庵词选》)

陶宗仪云:改之造词,赡逸有思致。(《辍耕录》)

冯煦云:龙洲自是稼轩附庸,然得其豪放,未得其宛转。(《六十一家词选例言》)

刘熙载云:刘改之词狂逸之中,自饶俊致,虽沉著不及稼轩,足以自成一家。(《艺概》)

唐多令

安远楼小集,侑觞歌板之姬黄其姓者,乞词于龙洲道人,为赋此。同柳阜之、刘去非、石民瞻、周嘉仲、陈孟参、孟容,时八月五日也。

芦叶满汀洲,寒沙带浅流。二十年重过南楼。柳下系船犹未稳,能几日,又中秋。　　黄鹤断矶[1]头,故人曾到否?旧江山浑是新愁。欲买桂花同载酒,终不似,少年游。

【注解】
〔1〕黄鹤矶:武昌西有黄鹤矶,上有黄鹤楼。

【评笺】
李攀龙云:因黄鹤楼再游而追忆故人不在,遂举目有江上之感,词意何等凄怆!又云:系舟未稳,旧江山都是新愁,读之下泪。(《草堂诗馀隽》)

沈际飞云:精畅语俊,韵协音调。(《草堂诗馀正集》)

先著云:与陈去非"杏花疏影里,吹笛到天明"并数百年绝作,使人不复敢以《花间》眉目限之。(《词洁》)

谭献云:雅音。(《谭评词辨》)

黄蓼园云:按宋当南渡,武昌系与敌分争之地,重过能无今昔之感,词旨清越,亦见含蓄不尽之致。(《蓼园词选》)

继昌云:轻圆柔脆,小令中工品。(《左庵词话》)

严 仁

仁字次山,号樵溪,邵武人。与严羽、严参,称邵武三严,有《清江欸乃集》。

黄昇云:次山词极能道闺阃之趣。(《花庵词选》)

木兰花

春风只在园西畔,荠菜花繁胡蝶乱。冰池晴绿[1]照还空,香径落红吹已断。　　意长翻恨游丝短,尽日相思罗带缓。宝奁[2]如月不欺人,明日归来君试看。

【注解】
〔1〕晴绿:指池水。
〔2〕奁(lián 连):镜匣也。

【评笺】
陈廷焯云:深情委婉,读之不厌百回。(《白雨斋词话》)

俞国宝

国宝,临川人,淳熙太学生。

风入松

一春长费买花钱,日日醉湖边。玉骢[1]惯识西湖路,骄嘶过、沽酒楼前。红杏香中箫鼓,绿杨影里秋千。　　暖风十里丽人天,花压鬓云偏。画船载取春归去,馀情付湖水湖烟。明日重扶残醉,来寻陌上花钿。

【注解】
〔1〕玉骢:白马。

【评笺】
　　周密云:淳熙间,德寿三殿游幸湖山。一日御舟经断桥旁,有小酒肆颇雅。舟中饰素屏书《风入松》一词于上,光尧驻目称赏久之,宣问:"何人所作?"乃太学生俞国宝醉笔也。上笑曰:"此词甚好,但末句未免儒酸",因为改定云:"明日重扶残醉",则迥不同矣,即日命解褐云。(《武林旧事》)
　　沈际飞云:起处自然馨逸。(《草堂诗馀正集》)
　　况周颐云:流美。(《蕙风词话》)

陈廷焯云:"金勒马嘶芳草地,玉楼人醉杏花天",有此香艳,无此情致。结二句馀波绮丽,可谓"回头一笑百媚生"。(《白雨斋词话》)

张 镃

镃字功甫,号约斋,西秦人,居临安。循王诸孙,官奉议郎直秘阁,有《南湖诗馀》一卷,见《彊村丛书》本。

李日华云:张功甫豪侈而有清尚,尝来吾郡海盐作园亭自恣,令歌儿衍曲,务为新声,所谓海盐腔也。(《紫桃轩杂录》)

满庭芳

促织儿

月洗高梧,露汿幽草,宝钗楼外秋深。土花沿翠,萤火坠墙阴。静听寒声断续,微韵转、凄咽悲沉。争求侣、殷勤劝织,促破晓机心。　　儿时曾记得,呼灯灌穴,敛步随音。任满身花影,犹自追寻。携向华堂戏斗,亭台小、笼巧妆金。今休说,从渠床下,凉夜伴孤吟。

【评笺】
周草窗云:咏物之入神者。(《历代诗馀》引)
贺裳云:稗史称韩幹画马,人入其斋,见幹身作马形,凝思之极,理或然也,作诗文亦必如此始工。如史邦卿咏燕,几于形神俱似矣。次则姜白石咏蟋蟀"露湿铜铺,苔侵石井,都是曾听伊处。哀音似诉,正思妇无眠,起寻机杼。"又云:"西窗又吹暗雨,为谁频断续,相和砧杵。"数语刻划亦工。蟋蟀无可言而言听蟋蟀者,正姚铉所谓赋水不当仅言水,而言水之前后左右也。然尚不如张功甫"月洗高梧,露漙幽草,宝钗楼外秋深。土花沿翠,萤火坠墙阴。静听寒声断续,微韵转、凄咽悲沉。争求侣、殷勤劝织,促破晓机心。　儿时曾记得,呼灯灌穴,敛步随音。任满身花影,犹自追寻。携向华堂戏斗,亭台小、笼巧妆金。今休说,从渠床下,凉夜伴孤吟。"不惟曼声胜其高调,兼形容处,心细如丝发,皆姜词之所未发。(《皱水轩词筌》)

许昂霄云:响逸调远。又云:萤火句陪衬,"任满身"二句工细。(《词综偶评》)

张宗橚云:橚按《天宝遗事》:每秋时宫中妃妾皆以小金笼闭蟋蟀,置枕函畔,夜听其声,民间争效之。又按《蟋蟀经》二卷,相传贾秋壑所辑,文词颇雅驯,有"更筹帷幄,选将登场"诸语。余兄雨岩研古楼所藏旧钞本,甚堪爱玩,惜徽藩芸窗道人绘画册,已付之云烟过眼录矣。(《词林纪事》)

宴山亭

幽梦初回,重阴未开,晓色催成疏雨。竹槛气寒,蕙畹[1]声摇,新绿暗通南浦。未有人行,才半启回廊朱户。无绪,空望极霓旌[2],锦书难据。　苔径追忆曾游,念谁伴秋千,彩绳芳柱。犀帘黛卷,凤枕云孤,应也几番凝伫。怎得伊来,花雾绕、小堂深处。留住,直到老不教归去。

【注解】
〔1〕蕙畹:田十二亩曰畹。《离骚》:"余既滋兰之九畹兮,又树蕙之百亩。"
〔2〕霓旌:云旗。《高唐赋》:"霓为旌,翠为盖。"

史达祖

达祖字邦卿,号梅溪,汴人。有《梅溪词》一卷,见《六十名家词》,又见《四印斋所刻词》。

叶绍翁云:韩侂胄为平章,专倚省吏史达祖奉行文字;拟帖拟旨,俱出其手,侍从柬札,至用申呈。韩退,遂黥焉。(《四朝闻见录》)

张镃云:史生词织绡泉底,去尘眼中,妥帖轻圆,辞情俱到,有瑰奇、警迈、清新、闲婉之长,而无诡荡、污淫之失,端可分镳清真,平睨方回。(《梅溪词序》)

姜夔云:邦卿词奇秀清逸,有李长吉之韵,盖能融情景于一家,会句意于两得。(《词品》引)

彭孙遹云:南宋白石、竹屋诸公,当以梅溪为第一,昔人谓其分镳清真,平睨方回,纷纷三变行辈,不足比数,非虚言也。(《金粟词话》)

王士禛云:南渡后梅溪、白石、竹屋、梦窗诸家极妍尽态,反有秦、李未到者,正如唐绝句至晚唐刘宾客、杜京兆,妙处反进青莲、龙标一尘。(《花草蒙拾》)

许昂霄云:白石、梅溪昔人往往并称,骤阅之,史似胜姜,其实则史少减尧章。昔钝翁尝问渔洋曰:"王孟齐名,何以孟不及王?"渔洋答曰:"孟诗,味之未能免俗耳!"吾于姜、史亦云。倚声者试取两家词熟玩之,当不以予为蚍蜉之撼。(《词林纪事》引)

周济云:梅溪甚有心思,而用笔多涉尖巧,非大方家数,所谓一钩勒即薄者。又云:梅溪词中善用"偷"字,足以定其品格矣。(《介存斋论

词杂著》)

吴衡照云:史邦卿奇秀清逸,为词中俊品。(《莲子居词话》)

戈载云:予尝谓梅溪乃清真之附庸,若仿张为作词家主客图,周为主,史为客,未始非定论也。(《七家词选》)

绮罗香

咏春雨

做冷欺花,将烟困柳,千里偷催春暮。尽日冥迷,愁里欲飞还住。惊粉重、蝶宿西园,喜泥润、燕归南浦。最妨他佳约风流,钿车不到杜陵[1]路。　　沉沉江上望极,还被春潮晚急,难寻官渡[2]。隐约遥峰,和泪谢娘[3]眉妩。临断岸、新绿生时,是落红、带愁流处。记当日门掩梨花,剪灯深夜语。

【注解】

〔1〕杜陵:古地名,亦称乐游原。在今陕西省长安县东南。

〔2〕官渡:官中置船以渡行人称官渡。韦应物诗:"春潮带雨晚来急,野渡无人舟自横。"

〔3〕谢娘:唐李德裕歌妓,后泛指一般歌女。

【评笺】

黄昇云:"临断岸"以下数语,最为姜尧章称赞。(《花庵词选》)

黄蓼园云:愁雨耶?怨雨耶?多少淑偶佳期,尽为所误,而伊仍

浸淫渐渍,联绵不已,小人情态如是,句句清隽可思;好在结二语写得幽闲贞静,自有身分,怨而不怒。(《蓼园词选》)

李攀龙云:语语淋漓,在在润泽,读此将诗声彻夜雨声寒,非笔能兴云乎!(《草堂诗馀隽》)

许昂霄云:绮合绣联,波属云委。"尽日冥迷"二句,摹写入神。"记当日"二句,如此运用,实处皆虚。(《词综偶评》)

先著云:无一字不与题相依,而结尾始出雨字,中边皆有。前后两段七字句,于正面尤著到。如意宝珠,玩弄难于释手。(《词洁》)

孙麟趾云:词中四字对句,最要凝炼,如史梅溪云:"做冷欺花,将烟困柳"只八个字已将春雨画出。(《词径》)

周尔墉云:法度井然,其声最和。(周评《绝妙好词》)

继昌云:史达祖《春雨词》,煞句"记当日门掩梨花,剪灯深夜语。"就题烘衬推开去,亦是一法。(《左庵词话》)

双双燕

咏燕

过春社了,度帘幕中间,去年尘冷。差池[1]欲住,试入旧巢相并。还相[2]雕梁藻井,又软语商量不定。飘然快拂花梢,翠尾分开红影。　　芳径,芹泥雨润,爱帖地争飞,竞夸轻俊。红楼归晚,看足柳昏花暝。应自栖香正稳,便忘了天涯芳信。愁损翠黛双蛾,日日画阑独凭。

【注解】

〔1〕差池:《诗经·邶风》:"燕燕于飞,差池其羽。"笺云:"差池其羽,谓张舒其尾翼。"

〔2〕相:读去声,细看也。

【评笺】

黄昇云:形容尽矣。又云:姜尧章最赏其"柳昏花暝"之句。(《花庵词选》)

王士禛云:仆每读史邦卿《咏燕》词,以为咏物至此,人巧极天工错矣。(《花草蒙拾》)

沈际飞云:"欲"字、"试"字、"还"字、"又"字入妙,"还相"字是星相之相。(《草堂诗馀正集》)

卓人月云:不写形而写神,不取事而取意,白描高手。(《词统》)

贺裳云:常观姜论史词,不称其"软语商量",而赏其"柳昏花暝",固知不免项羽学兵法之恨。(《皱水轩词筌》)

许昂霄云:清新俊逸。(《词综偶评》)

戈载云:美则美矣,而其韵庚青,杂入真文,究为玉瑕珠颣。(《七家词选》)

谭献云:起处藏过一番感叹,为"还"字、"又"字张本。"还相"二句,挑按见指法,再搏弄便薄。"红楼"句换笔,"应自"句换意,"愁损"二句收足,然无馀味。(《谭评词辨》)

王国维云:贺黄公谓姜论史词,不称其"软语商量",而称其"柳昏花暝",固知不免项羽学兵法之恨;然"柳昏花暝",自是欧、秦辈句法,前后有画工、化工之殊,吾从白石,不能附合黄公矣。(《人间词话》)

黄蓼园云:"栖香"下至末,似指朋友间有不能践言者。(《蓼园

287

词选》)

郑文焯云:史梅溪《双双燕》"还相雕梁藻井",按《表异录》,绮井亦名藻井,又名斗八,今俗曰天花板也。(《绝妙好词校录》)

周尔墉云:史生颖妙非常,此词可谓能尽物性。(周评《绝妙好词》)

东风第一枝

春雪

巧沁兰心,偷黏草甲,东风欲障新暖。漫疑碧瓦难留,信知暮寒犹浅。行天入镜,做弄出、轻松纤软。料故园、不卷重帘,误了乍来双燕。　　青未了、柳回白眼,红欲断、杏开素面。旧游忆著山阴[1],后盟遂妨上苑。寒炉重熨,便放漫春衫针线。怕凤靴挑菜归来,万一灞桥相见。

【注解】

[1] 山阴:晋王徽之泛舟剡溪访戴逵,造门而返,人问故,曰:"乘兴而来,兴尽而去,何必见。"

【评笺】

周密云:二月二日,官中办挑菜宴以资戏笑,王宫贵邸亦多效之。(《武林旧事》)

黄昇云:结句尤为姜尧章拈出。(《花庵词选》)

张炎云:史邦卿《东风第一枝》咏雪,《双双燕》咏燕,姜白石《齐天乐》咏蟋蟀,皆全章精粹,所咏了然在目,且不留滞于物。(《词源》)

沈际飞云:竞秀争高。又云:"柳杏"二句,愧死梨花、柳絮诸语。(《草堂诗馀正集》)

喜迁莺

月波疑滴,望玉壶天近,了无尘隔。翠眼圈花[1],冰丝织练,黄道[2]宝光相直。自怜诗酒瘦,难应接许多春色。最无赖,是随香趁烛,曾伴狂客。　踪迹,漫记忆,老了杜郎[3],忍听东风笛。柳院灯疏,梅厅雪在,谁与细倾春碧[4]?旧情拘未定,犹自学当年游历。怕万一,误玉人夜寒帘隙。

【注解】

〔1〕圈花:疑是各种花灯。
〔2〕黄道:《汉书·天文志》:"日有中道,中道者黄道,一曰光道。"
〔3〕杜郎:指杜牧。
〔4〕春碧:指酒。

【评笺】

王闿运云:富贵语无脂粉气,诸家皆赏下二语,不知现寒乞相正是此等处。(《湘绮楼词选》)

三姝媚

烟光摇缥瓦[1],望晴檐多风,柳花如洒。锦瑟横床,想泪痕尘影,凤弦常下。倦出犀帷,频梦见、王孙骄马。讳道相思,偷理绡裙,自惊腰衩[2]。　　惆怅南楼遥夜,记翠箔张灯,枕肩歌罢。又入铜驼[3],遍旧家门巷,首询声价。可惜东风,将恨与闲花俱谢。记取崔徽[4]模样,归来暗写。

【注解】

〔1〕缥瓦:琉璃瓦一名缥瓦。皮日休诗:"全吴缥瓦十万户,惟我与君如衰安。"

〔2〕衩:衣之下端开衩者。

〔3〕铜驼:见前秦观《望海潮》注。

〔4〕崔徽:蒲女崔徽与裴敬中善。敬中去,徽极怨抑,乃托人写真致意曰:"为妾谢敬中,崔徽一旦不及卷中人,徽且为郎死矣。"见《丽情集》。

秋霁

江水苍苍,望倦柳愁荷,共感秋色。废阁先凉,古帘空暮,雁程最嫌风力。故园信息,爱渠入眼南山碧。念上国,谁是、脍鲈[1]江汉未归客。　　还又岁晚、瘦骨临风,夜闻秋声,吹动岑寂。露蛩悲、青灯冷屋,翻书愁上鬓毛白。年少俊游浑断得,但可怜处,无奈苒苒魂惊,采香南浦,剪梅烟驿。

【注解】
〔1〕脍鲈:见前辛弃疾《水龙吟》注。

夜合花

柳锁莺魂,花翻蝶梦,自知愁染潘郎[1]。轻衫未揽,犹将泪点偷藏。念前事,怯流光,早春窥、酥雨池塘。向消凝里,梅开半面,情满徐妆[2]。　　风丝一寸柔肠,曾在歌边惹恨,烛底萦香。芳机瑞锦,如何未织鸳鸯。人扶醉,月依墙,是当初、谁敢疏狂!把闲言语,花房夜久,各自思量。

【注解】
〔1〕潘郎:见前徐伸《二郎神》注。
〔2〕徐妆:《南史·梁元帝徐妃传》:"妃以帝眇一目,每知帝将至,必为半面妆以俟。帝见则大怒而去。"

玉胡蝶

晚雨未摧宫树,可怜闲叶,犹抱凉蝉。短景归秋,吟思又接愁边。漏初长、梦魂难禁,人渐老、风月俱寒。想幽欢土花庭甃,虫网阑干。　　无端啼蛄[1]搅夜,恨随团扇[2],苦近秋莲。一笛当楼,谢娘悬泪立风前。故园晚、强留诗酒,新雁远、不致寒暄。隔苍烟、楚香罗袖,谁伴婵娟。

【注解】
〔1〕蛄:蝼蛄,虫名,穴居土中而鸣。
〔2〕恨随团扇:班婕妤《怨诗行序》:"婕妤失宠,求供养太后于长信宫,乃作怨诗以自伤,托辞于纨扇云。"

八归

秋江带雨,寒沙萦水,人瞰[1]画阁愁独。烟蓑散响惊诗思,还被乱鸥飞去,秀句难续。冷眼尽归图画上,认隔岸、微茫云屋。想半属、渔市樵村,欲暮竞然竹[2]。　　须信风流未老,凭持尊酒,慰此凄凉心目。一鞭南陌,几篙官渡,赖有歌眉舒绿[3]。只匆匆残照,早觉闲愁挂乔木。应难奈故人天际,望彻淮山,相思无雁足[4]。

【注解】
〔1〕瞰(kàn看):俯视也。
〔2〕然竹:柳宗元诗:"渔翁夜傍西岩宿,晓汲清湘然楚竹。"
〔3〕舒绿:古以黛绿画眉,绿即指眉。
〔4〕无雁足:古代传说,雁足可以传书。无雁足即谓无书信。

【评笺】

陈廷焯云:笔力直是白石,不但貌似,骨律神理亦无不似,后半一起一落,宕往低徊,极有韵味。(《白雨斋词话》)

况周颐云:此阕与《玉胡蝶》皆较疏俊者。(《蕙风词话》)

刘克庄

克庄字潜夫,号后村,莆田人。以荫仕,淳祐中赐同进士出身,官龙图阁直学士,卒谥文定。有《后村别调》,见《六十家词》刊本及《晨风阁丛书》刊本;又《后村长短句》五卷,有《彊村丛书》刊本。

张炎云:潜夫负一代时名,《别调》一卷,大约直致近俗,效稼轩而不及者。(《词源》)

毛晋云:《别调》一卷,大率与稼轩相类,杨升庵谓其壮语足以立懦,余窃谓其雄力足以排奡云。(《后村别调跋》)

冯煦云:后村词与放翁、稼轩犹鼎三足,其生丁南渡,拳拳君国,似放翁;志在有为,不欲以词人自域,似稼轩。(《六十一家词选例言》)

生查子

元夕戏陈敬叟

繁灯夺霁华[1],戏鼓侵明发[2]。物色旧时同,情味中年别。
浅画镜中眉,深拜楼中月。人散市声收,渐入愁时节。

【注解】

〔1〕霁华:明月。

〔2〕明发:谓天发明也。《诗·小雅·小宛》:"明发不寐,有怀二人。"

【评笺】

刘克庄云:敬叟诗才气清拔,力量宏放,为人旷达如列御寇、庄周;饮酒如阮嗣宗、李太白;笔札如谷子云,草隶如张颠、李湖;乐府如温飞卿、韩光。余每叹其所长,非复一事。为縠城黄子厚之甥,故其诗酷似云。(《陈敬叟集序》)

黄昇云:陈以庄名敬叟,号月溪,建安人。(《花庵词选》)

贺新郎

端午

深院榴花吐,画帘开、练衣[1]纨扇,午风清暑。儿女纷纷夸结束,新样钗符艾虎[2]。早已有游人观渡[3]。老大逢场慵作戏[4],任陌头、年少争旗鼓,溪雨急,浪花舞。　　灵均标致[5]高如许,忆生平既纫兰佩[6],更怀椒醑[7]。谁信骚魂千载后,波底垂涎角黍[8]。又说是蛟馋龙怒。把似[9]而今醒到了,料当年、醉死差无苦,聊一笑,吊千古。

【注解】

〔1〕练(shū书)衣:葛布衣。

〔2〕艾虎:《荆门记》:"午节人皆采艾为虎为人,挂于门以辟邪气。"

〔3〕观渡:《荆楚岁时记》:"五月五日竞渡,俗为屈原投汨罗日,人伤其死,故命舟楫拯之。"

〔4〕逢场作戏:《传灯录》:"邓隐峰云:'竿木随身,逢场作戏。'"今人偶尔游戏,辄借用此语。

〔5〕灵均标致:灵均,屈原小字。标致,风度。

〔6〕纫兰佩:联缀秋兰而佩带于身。《离骚》:"纫秋兰以为佩。"

〔7〕椒醑:椒,香物,所以降神;醑,美酒,所以享神。

〔8〕角黍:屈原以五月五日沉江死,楚人哀之,以竹筒贮米投水,裹以楝叶,缠以彩缕,使不为蛟龙所吞云。见《齐谐记》。

〔9〕把似:假如。

【评笺】

杨慎云:此一段议论,足为三闾千古知己。(《词品》)

黄蓼园云:非为灵均雪耻,实为无识者下一针砭,思理超超,意在笔墨之外。又云 :就竞渡者及沉角黍者落想,是从实处落想。(《蓼园词选》)

贺新郎

九日

湛湛[1]长空黑,更那堪、斜风细雨,乱愁如织。老眼平生空四海,赖有高楼百尺。看浩荡、千崖秋色。白发书生神州泪,尽凄凉不向牛山[2]滴。追往事,去无迹。　少年自负凌云笔[3],到而今春华落尽[4],满怀萧瑟。常恨世人新意少,爱说南朝狂客[5]。把破帽年年拈出。若对黄花孤负酒,怕黄花也笑人岑寂。鸿去北,日西匿。

【注解】

〔1〕 湛(zhàn 占)湛:深貌。

〔2〕 牛山:在山东省临淄县南。齐景公游牛山,北临其国城而流涕。见《晏子春秋》。《物原》云"齐景公始为登高"。

〔3〕 凌云笔:豪气凌云之笔墨。

〔4〕 春华落尽:喻豪气消除。

〔5〕 南朝狂客:指孟嘉。晋孟嘉为桓温参军,尝于重阳节共登龙山,风吹帽落而不觉。

木兰花

戏林推

年年跃马长安市,客舍似家家似寄。青钱换酒日无何,红烛呼卢[1]宵不寐。　易挑锦妇机中字[2],难得玉人心下事。男儿西北有神州,莫滴水西桥[3]畔泪。

【注解】

〔1〕 呼卢:鲍宏《博经》:"古者乌曹作博,以五木为子,有枭、卢、雉、

犊,为胜负之采。晋刘毅樗蒲,馀人并黑犊,惟毅得雉,大喜,褰衣绕床,叫曰:"非不能卢,不专此尔。"刘裕因援五木曰:"试为卿答。"既而四子俱黑,一子转跃未定,"裕厉声喝之,即成卢。"

〔2〕机中字:《丽情集》:"前秦窦滔恨其妻苏氏,及镇襄阳,与苏绝音问,苏因织锦为回文诗寄滔,滔览锦字,感其妙绝,乃具车迎苏。"

〔3〕水西桥:玉人所居之处。

【评笺】

况周颐云:后村《玉楼春》云:"男儿西北有神州,莫滴水西桥畔泪。"杨升庵谓其壮语足以立懦,此类是已。(《蕙风词话》)

卢祖皋

祖皋字申之,又字次夔,号蒲江,永嘉人,楼钥之甥。庆元五年进士,嘉定时为军器少监,嘉定十四年权直学士院。有《蒲江词》,见《六十家词》刊本,又见《彊村丛书》刊本。

张端义云:蒲江貌宇修整,作小词纤雅。(《贵耳集》)
黄昇云:蒲江,楼攻媿之甥,赵紫芝、翁灵舒之诗友,乐章甚工,字字可入律吕。(《花庵词选》)
周济云:蒲江小令时有佳处,长篇则枯寂无味,此才小也。(《介存斋论词杂著》)

江城子

画楼帘幕卷新晴,掩银屏,晓寒轻。坠粉飘香,日日唤愁生。暗数十年湖上路,能几度、著娉婷[1]。　　年华空自感飘零,拥春醒,对谁醒?天阔云闲,无处觅箫声。载酒买花年少事,浑不似、旧心情。

【注解】
〔1〕娉婷:指歌女。

【评笺】

况周颐云:后段与龙洲"欲买桂花同载酒,终不似少年游"可称异曲同工。然终不如少陵之"诗酒尚堪驱使在,未须料理白头人";为倔强可喜。(《蕙风词话》)

宴清都

春讯飞琼管[1],风日薄,度墙啼鸟声乱。江城次第[2],笙歌翠合,绮罗香暖。溶溶涧渌冰泮,醉梦里,年华暗换。料黛眉,重锁隋堤,芳心还动梁苑。　　新来雁阔云音,鸾分鉴影,无计重见。春啼细雨,笼愁淡月,恁时[3]庭院。离肠未语先断,算犹有凭高望眼。更那堪衰草连天,飞梅弄晚。

【注解】

〔1〕琼管:古以葭莩灰实律管,候至则灰飞管通。葭即芦,管以玉为之。

〔2〕次第:迅急之辞。

〔3〕恁时:此时。

潘牥

牥字庭坚,号紫岩,闽人。端平二年进士,历太学正,通判潭州。有《紫岩集》,近赵万里辑《紫岩词》一卷。

周密云:庭坚,富沙人,初名公筠,后以诏岁乞灵南台神,梦有人持方牛首易之,遂易名牥。跌宕不羁,为福建帅司机宜文字,日醉骑黄犊,歌《离骚》于市,尝约同舍置酒瀑泉,行酒令,曰:"有能以瀑泉灌顶而吟不绝口者,众拜之。"庭坚被酒,豪甚,脱巾鬅鬡裸立流泉之冲,高唱《濯缨》之章,众为惊叹罗拜,以为不可及,归即卧病而殂。(《齐东野语》)

杨慎云:潘牥,乙未何桌榜及第第三人,美姿容,时有谚云:状元真何郎,榜眼真郭郎,探花真潘郎也。(《词品》)

南乡子

题南剑州[1]妓馆

生怕倚阑干,阁下溪声阁外山。惟有旧时山共水,依然,暮雨朝云去不还。　　应是蹑飞鸾[2],月下时时整佩环。月又渐低霜又下,更阑,折得梅花独自看。

【注解】

〔1〕南剑州:今福建南平市。

〔2〕蹑飞鸾:指歌伎似仙人。

【评笺】

先著云:梅花自看,太无聊矣。此词有许多转折委宛情思。(《词洁》)

沈际飞云:阁下溪阁外山句,便已婉挚,况复足山水一句乎!结凄切。(《草堂诗馀正集》)

况周颐云:小令中能转折,便有尺幅千里之妙,歇拍尤意境萧瑟。(《蕙风词话》)

黄蓼园云:按溪山句、梅花句,似非忆妓所能,当或亦别有寄托,题或误耳。而词致俊雅,故自不同凡艳。(《蓼园词选》)

陆　叡

叡字景思,号云西,佃五世孙,会稽人。淳祐中沿江制置使参议,除礼部员外,崇政殿尚书。

瑞鹤仙

湿云黏雁影,望征路,愁迷离绪难整。千金买光景,但疏钟催晓,乱鸦啼暝。花惊暗省,许多情,相逢梦境。便行云都不归来,也合寄将音信。　　孤迥,盟鸾心在,跨鹤程高,后期无准。情丝待剪,翻惹得旧时恨。怕天教何处,参差双燕,还染残朱剩粉。对菱花与说相思,看谁瘦损?

吴文英

文英,字君特,号梦窗,晚年又号觉翁,四明人。从吴履斋诸公游。有《梦窗甲、乙、丙、丁稿》,见《六十家词》刊本。又有曼陀罗华阁刊本及《彊村丛书》刊本。

尹焕云:求词于吾宋,前有清真,后有梦窗,此非焕之言,天下之公言也。(《花庵词选》引)

沈义父云:梦窗深得清真之妙,其失在用事下语太晦,人不可晓。(《乐府指迷》)

张炎云:梦窗如七宝楼台,眩人眼目,拆碎下来,不成片段。(《词源》)

《四库全书提要》云:文英天分不及周邦彦,而研炼之功则过之。词家之有文英,如诗家之有李商隐也。(《梦窗词》提要)

周济云:尹惟晓"前有清真,后有梦窗"之说,可谓知言。梦窗每于空际转身,非具大神力不能。又云:梦窗非无生涩处,总胜空滑;况其佳者,天光云影,摇荡绿波,抚玩无致,追寻已远。又云:君特意思甚感慨,而寄情闲散,使人不能测其中之所有。(《介存斋论词杂著》)又云:梦窗奇思壮采,腾天潜渊,返南宋之清泚,为北宋之秾挚。(《四家词选序论》)

戈载云:梦窗从吴履斋诸公游,晚年好填词,以绵丽为尚,运意深远,用笔幽邃,炼字炼句,迥不犹人。貌观之雕缋满眼,而实有灵气行乎其间。细心吟绎,觉味美方回,引人入胜,既不病其晦涩,亦不见其堆垛,此与清真、梅溪、白石并为词学之正宗,一脉真传,特稍变其面目耳。犹之玉溪生之诗,藻采组织,而神韵流转,旨趣永长,未可妄讥其獭祭也。(《七家词选》)

孙麟趾云:梦窗足医滑易之病,不善学者便流于晦。余谓词中之有梦窗,犹诗中之有李长吉。篇篇长吉,阅者生厌;篇篇梦窗,亦难悦目。又云:石以皱为贵,能皱必无滑易之病,梦窗最善此。(《词径》)

冯煦云:梦窗之词,丽而则,幽邃而绵密,脉络井井,而卒焉不能得其端倪。(《六十一家词选例言》)

陈廷焯云:梦窗精于造句,超逸处,则仙骨珊珊,洗脱凡艳,幽索处,则孤怀耿耿,别缔古欢。(《白雨斋词话》)

周尔墉云:于逼塞中见空灵,于浑朴中见勾勒,于刻画中见天然,读梦窗词当于此着眼。性情能不为词藻所掩,方是梦窗法乳。(周评《绝妙好词》)

樊增祥云:世人无真见解,惑于乐笑翁"七宝楼台"之论,遂谓梦窗词多理少,能密致不能清疏,真瞽谈耳。(樊评《彊村词》稿本)

陈洵云:天祚斯文,钟美君特,水楼赋笔,年少承平,使北宋之绪微而复振。尹焕谓"前有清真,后有梦窗",信乎其知言矣。又云:飞卿严妆,梦窗亦严妆,惟其国色所以为美。若不观其倩盼之质,而徒眩其珠翠,则飞卿且讥,何止梦窗!玉田所谓"拆碎不成片段"者,眩其珠翠耳。(《海绡说词》)

况周颐云:近人学梦窗辄从密处入手,梦窗密处,能令无数丽字一一生动飞舞,如万花为春,非若珊瑚蹙绣毫无生气也。如何能运动无数丽字,恃聪明,尤恃魄力;如何能有魄力,惟厚乃有魄力。梦窗密处易学,厚处难学。又云:重者,沉著之谓;在气格,不在字句,于梦窗词庶几近之。即其芬菲铿丽之作,中间隽艳字句,莫不有沉挚之思,灏瀚之气,挟之以流转,令人玩索而不能尽,则其中之所存者厚。沉著者,厚之发见乎外者也。欲学梦窗之致密,先学梦窗之沉著:即致密,即沉著,非出乎致密之外,超乎致密之上,别有沉著也。梦窗与苏、辛二公实殊流而同源,其见为不同,则梦窗致密其外耳。其至高至胜处,虽拟议形容之,未易得其神似。颖惠之士,束发操觚,勿轻言学梦窗也。(《蕙风词话》)

王国维云:梦窗之词,余得取其词中之一语以评之曰:"映梦窗凌乱碧。"(《人间词话》)

渡江云

西湖清明

羞红鬓浅恨,晚风未落,片绣点重茵[1]。旧堤分燕尾[2],桂棹[3]轻鸥,宝勒[4]倚残云。千丝[5]怨碧,渐路入仙坞迷津。肠漫回,隔花时见、背面楚腰[6]身。　　逡巡,题门[7]惆怅,堕履[8]牵萦。数幽期难准,还始觉留情缘眼,宽带[9]因春。明朝事与孤烟冷,做满湖风雨愁人。山黛暝,尘波淡绿无痕。

【注解】

〔1〕重茵:厚席也,喻芳草。

〔2〕燕尾:西湖苏堤与白堤交叉,形如燕尾。

〔3〕桂棹:以桂木为棹之舟。

〔4〕宝勒:勒马络头,宝勒即指宝马。

〔5〕千丝:指柳丝。

〔6〕楚腰:谓美人腰细。楚谚:"楚王好细腰,宫中多饿死。"

〔7〕题门:本吕安题嵇康门事,见《世说新语》。但此处作不遇解。

〔8〕堕履:本张良遇黄石公事,见《史记》。但此处作留宿解。

〔9〕宽带:见前李之仪《谢池春》注。

【评笺】

陈洵云:此词与《莺啼序》第二段参看。"渐路入仙坞迷津",即"溯红渐招入仙溪"。"题门堕履"与"锦儿偷寄幽素"是一时事,盖相遇之始矣。"明朝"以下,天地变色,于词为奇幻,于事为不详,宜其不终也。(《海绡说词》)

夜合花

白鹤江入京,泊葑门,有感[1]。

柳暝河桥,莺清台苑,短策[2]频惹春香。当时夜泊,温柔便入深乡。词韵窄,酒杯长,剪蜡花、壶箭[3]催忙。共追游处,凌波翠陌,连棹横塘。　　十年一梦凄凉,似西湖燕去,吴馆巢荒。重来万感,依前唤酒银罂[4]。溪雨急,岸花狂,趁残鸦飞过苍茫。故人楼上,凭谁指与,芳草斜阳?

【注解】

〔1〕白鹤江:本松江别派,见《苏州府志》。又葑门在苏州东南角

〔2〕策:马鞭。

〔3〕壶箭:古代以铜壶盛水,壶中立箭以计时刻。

〔4〕银罂:罂(yīng英),大腹小口酒器。

霜叶飞

重九

断烟离绪,关心事,斜阳红隐霜树。半壶秋水荐黄花,香噀[1]西风雨。纵玉勒、轻飞迅羽,凄凉谁吊荒台[2]古。记醉踏南屏[3],彩扇咽寒蝉,倦梦不知蛮素[4]。　　聊对旧节传杯,尘笺蠹管,断阕经岁慵赋。小蟾[5]斜影转东篱,夜冷残蛩语。早白发、缘愁万缕,惊飙从卷乌纱[6]去,漫细将、茱萸[7]看,但约明年,翠微高处。

【注解】

〔1〕噀(xùn迅):本作潠,喷水。

〔2〕荒台:宋武帝重阳日登戏马台,台在彭城,楚项羽阅兵处。

〔3〕南屏:西湖十题有:"南屏晚钟。"

〔4〕蛮素:白居易诗:"樱桃樊素口,杨柳小蛮腰。"

〔5〕小蟾:小月。

〔6〕乌纱:古官帽名,视朝及燕见宾客之服,见《唐书·车服志》。

〔7〕茱萸:植物名,《续齐谐记》言桓景一家曾于九月九日佩茱萸,登高饮菊花酒以避灾。杜诗:"明年此会知谁健,醉把茱萸仔细看。"

【评笺】

陈洵云：起七字已将"纵玉勒"以下摄起在句前。"斜阳"六字，依稀风景。"半壶"至"风雨"十四字，情随事迁。以下五句上二句突出悲凉，下三句平放和婉。彩扇属蛮、素，倦梦属寒蝉，徒闻寒蝉不见蛮、素，但仿佛其歌扇耳，今则更成倦梦，故曰"不知"，两句神理结成一片，所谓关心事者如此。换头于无聊中寻出消遣，断阕慵赋，则仍是消遣不得。残蛋对上寒蝉，又换一境。盖蛮、素既去，则事事都嫌矣。收句与聊对旧节一样意思，现在如此，未来可知，极感怆却极闲冷，想见觉翁胸次。(《海绡说词》)

陈廷焯云：有笔力，有感慨。凄凉处，只一二语，已觉秋声四起。(《白雨斋词话》)

宴清都

连理海棠

绣幄[1]鸳鸯柱，红情密、腻云低护秦树[2]。芳根兼倚，花梢钿合[3]，锦屏人妒。东风睡足交枝[4]，正梦枕瑶钗燕股[5]。障滟蜡、满照欢丛，嫠蟾[6]冷落羞度。　　人间万感幽单，华清[7]惯浴，春盎[8]风露。连鬟[9]并暖，同心共结，向承恩处。凭谁为歌《长恨》[10]？暗殿锁、秋灯夜语。叙旧期、不负春盟，红朝翠暮。

【注解】

〔1〕绣幄:绣幕,所以笼花。

〔2〕秦树:秦中有双株海棠。

〔3〕钿合:钿盒,有上下两扇。

〔4〕交枝:枝柯相交,韩愈诗:"珊瑚玉树交枝柯。"

〔5〕燕股:钗有两股如燕尾。

〔6〕嫠蟾:嫦娥无夫故曰嫠蟾。

〔7〕华清:指杨贵妃尝浴于华清池。

〔8〕盎(àng 昂,读去声):指丰满的池水。

〔9〕连鬟:女子所梳双髻,名同心结。

〔10〕《长恨》:白居易有《长恨歌》。

【评笺】

朱孝臧云:濡染大笔何淋漓。(朱评《梦窗词》)

陈洵云:此词寄托高远,其用笔运意,奇幻空灵;离合反正,精力弥满。若徒赏其镕炼,则失之矣。"人间万感幽单"一句,将全篇精神振起。"华清惯浴,春盎风露",有好色不与民同乐意,天宝之不为靖康者,幸耳。此段意理全类稼轩,可以证周氏由北开南之说。稼轩豪雄,梦窗秾挚,可以证周氏由南追北之说。咏物最称碧山,然如此等作,足使碧山有望回之叹。(《海绡说词》)

齐天乐

烟波桃叶西陵路[1],十年断魂潮尾。古柳重攀,轻鸥聚别,陈迹危亭独倚。凉飔[2]乍起,渺烟碛[3]飞帆,暮山横翠。但有江花,共临秋镜[4]照憔悴。　华堂烛暗送客,眼波回盼处,芳艳流水。素骨凝冰,柔葱[5]蘸雪,犹忆分瓜深意。清尊未洗,梦不湿行云,漫沾残泪。可惜秋宵,乱蛩疏雨里。

【注解】

〔1〕西陵:在今钱塘江之西。古词:"何处结同心,西陵松柏下。"桃叶、西陵皆指所思之妓。

〔2〕飔(sī私):凉风。

〔3〕碛(qì气):读入声,沙洲。

〔4〕秋镜:秋水如镜。

〔5〕柔葱:指手。

【评笺】

谭献云:起平而结响颇遒。"凉飔乍起"是领句,亦是提肘书法。但有二句沉著。换头是追叙。(《谭评词辨》)

陈廷焯云:伤今感昔,凭眺流连,此种词真入白石之室矣。一片感喟,情深语至。(《白雨斋词话》)

陈洵云:此与《莺啼序》盖同一年作,彼云十载,此云十年也。西陵邂逅之地,提起;"断魂潮尾",跌落;中间送客一事,留作换头点睛;三句相为起伏,最是局势精奇处。谭复堂乃谓为平起,不知此中曲折也。"古柳重攀",今日;"轻鸥聚别",当时;平入逆出。"陈迹危亭独倚",歇步;"凉飔乍起",转身;"渺烟碛飞帆,暮山横翠",空际出力;"但有江花,共临秋镜照憔悴",收合。倚亭送客者,送妾也;柳浑侍儿名琴客,故以客称妾。《新雁过妆楼》之"宜城当时放客",《风入松》

之"旧曾送客",《尾犯》之"长亭曾送客",皆此"客"字。"眼波回盼",是将去时之客;"素骨凝冰,柔葱蘸雪",是未去时之客。"犹忆分瓜深意",别后始觉不详,极幽抑怨断之致,岂其人于此时已有去志乎?"清尊未洗",此愁酒不能消,"凉飔"句是领下,此句是煞上。"行云"句著一"湿"字,藏行雨在内,言朝来相思,至暮无梦也。梦窗运典隐僻,如诗家之玉溪。乱蛩疏雨所谓漫沾残泪。(《海绡说词》)

花犯

郭希道送水仙索赋

小娉婷[1]清铅素靥[2],蜂黄[3]暗偷晕,翠翘[4]欹鬓。昨夜冷中庭,月下相认,睡浓更苦凄风紧。惊回心未稳,送晓色、一壶葱茜[5],才知花梦准。　　湘娥[6]化作此幽芳,凌波路,古岸云沙遗恨。临砌影,寒香乱、冻梅藏韵。熏炉畔、旋移傍枕,还又见、玉人垂绀鬓[7]。料唤赏、清华池馆,台杯[8]须满引。

【注解】

〔1〕娉(pīng乒)婷:美貌。

〔2〕清铅素靥:靥(yè页,读入声),面上酒涡。清铅素靥,形容水仙白瓣。

〔3〕蜂黄:形容水仙黄蕊。

〔4〕翠翘:翠玉妆饰,形容水仙绿叶。

〔5〕一壶葱茜(qiàn欠):葱茜,青翠颜色。
〔6〕湘娥:湘江女神。
〔7〕绀鬒:绀(gàn干),青色;鬒(zhěn枕),美发。
〔8〕台杯:大小杯重叠成套名台杯。

【评笺】
陈洵云:自起句至"相认",全是梦境,"昨夜"逆入,"惊回"反跌,极力为"送晓色"一句追逼;复以"花梦准"三字,钩转作结。后片是梦非梦,纯是写神。"还又见"应上"相认","料唤赏"应上"送晓色",眉目清醒,度人金针。(《海绡说词》)

朱孝臧云:集中《花犯·郭希道送水仙》词有"清华池馆"语,清华疑即希道。(《梦窗词小笺》)

浣溪沙

门隔花深旧梦游,夕阳无语燕归愁,玉纤[1]香动小帘钩。
落絮无声春堕泪,行云有影月含羞,东风临夜冷于秋。

【注解】
〔1〕玉纤:手。

【评笺】
陈廷焯云:《浣溪沙》结句贵情馀言外,含蓄不尽。如吴梦窗之"东风临夜冷于秋",贺方回之"行云可是渡江难",皆耐人玩味。

(《白雨斋词话》)

陈洵云:梦字点出所见,惟夕阳归燕,玉纤香动,则可闻而不可见矣。是真是幻,传神阿堵,门隔花深故也。"春堕泪"为怀人,"月含羞"因隔面,义兼比兴。东风回睇夕阳,俯仰之间,已为陈迹,即一梦亦有变迁矣。"秋"字不是虚拟,有事实在,即起句之旧游也。秋去春来,又换一番世界,一"冷"字可思。此篇全从张子澄"别梦依依到谢家"一诗化出,须看其游思飘渺、缠绵往复处。(《海绡说词》)

浣溪沙

波面铜花[1]冷不收,玉人垂钓理纤钩[2],月明池阁夜来秋。
江燕话归成晓别,水花红减似春休,西风梧井叶先愁。

【注解】
〔1〕铜花:铜镜,喻水波清澈如镜。
〔2〕纤钩:月影,黄庭坚《浣溪沙》:"惊鱼错认月沉钩。"

【评笺】
陈洵云:"玉人垂钓理纤钩"是下句倒影,非谓真有一玉人垂钓也。纤钩是月,玉人言风景之佳耳。"月明池阁"下句醒出,甲稿《解蹀躞》"可怜残照西风,半妆楼上",半妆亦谓残照西风。西子、西湖,比兴常例,浅人不察,则谓觉翁晦耳。(《海绡说词》)

点绛唇

试灯夜初晴

卷尽愁云,素娥[1]临夜新梳洗。暗尘不起,酥润凌波地。
　辇路[2]重来,仿佛灯前事。情如水,小楼熏被,春梦笙歌里。

【注解】
〔1〕素娥:月。
〔2〕辇路:辇(niǎn 碾),帝王之车。辇路,帝王车驾经行之路。

【评笺】
谭献云:起稍平,换头见拗怒,"情如水"三句,足当咳唾珠玉四字。(《谭评词辨》)

祝英台近

春日客龟溪[1]游废园

采幽香,巡古苑,竹冷翠微路。斗草[2]溪根,沙印小莲步。自怜两鬓清霜,一年寒食,又身在云山深处。　昼闲度,因甚天也悭春,轻阴便成雨?绿暗长亭,归梦趁风絮。有情花影阑干,莺声门径,解留我霎时凝伫。

【注解】

〔1〕龟溪:《德清县志》:"龟溪古名孔愉泽,即余不溪之上流。昔孔愉见渔者得白龟于溪上,买而放之。"

〔2〕斗草:见前陈亮《水龙吟》注。

【评笺】

陈廷焯云:婉转中自有笔力。(《白雨斋词话》)

祝英台近

除夜立春

剪红情,裁绿意[1],花信上钗股。残日东风,不放岁华去。有人添烛西窗,不眠侵晓,笑声转新年莺语[2]。　　旧尊俎,玉纤曾擘黄柑,柔香系幽素[3]。归梦湖边,还迷镜中路[4]。可怜千点吴霜,寒消不尽,又相对落梅如雨。

【注解】

〔1〕红情绿意:剪彩为红花绿叶。

〔2〕新年莺语:杜甫诗:"莺入新年语。"

〔3〕幽素:幽情素心。

〔4〕镜中路:言湖水如镜。

【评笺】

周密云:立春前一日,临安府进大春牛,用五色丝彩杖鞭牛,掌管预造小春牛数十,饰彩幡雪柳,分送殿阁巨珰,各随以金银钱彩段为酬。是月后苑办造春盘供进,及分赐贵邸宰臣巨珰、翠缕、红丝、金鸡、玉燕,备极精巧,每盘值万钱,学士院撰进春帖子,皇后、贵妃、夫人、诸阁各有定式,绛罗金缕,华粲可观。(《武林旧事》)

彭孙遹云:余独爱梦窗《除夕立春》一阕,兼有天人之巧。(《金粟词话》)

许昂霄云:换头数语,指春盘彩缕也。"归梦"二句从"春归在客先"想出。(《词综偶评》)

陈廷焯云:"上"字婉细。(《白雨斋词话》)

陈洵云:前阕极写人家守岁之乐,全为换头三句追摄远神,与"新腔一唱双金斗"一首同一机杼。彼之"何时",此之"旧"字,皆一篇精神所注。(《海绡说词》)

澡兰香

淮安重午

盘丝〔1〕系腕,巧篆〔2〕垂簪,玉隐绀纱睡觉〔3〕。银瓶〔4〕露井,彩箑〔5〕云窗,往事少年依约。为当时曾写榴裙〔6〕。伤心红绡褪萼。黍梦光阴,渐老汀洲烟蒻〔7〕。　　莫唱江南古调,怨抑难招,楚江沉魄[8]。薰风燕乳,暗雨槐黄,午镜[9]澡兰[10]帘幕。念秦楼[11]、也拟人归,应剪菖蒲[12]自酌。但怅望一缕新蟾,随人天角。

【注解】

〔1〕盘丝:腕上系五色丝绒。

〔2〕巧篆:簪上插精巧纸花。

〔3〕玉隐绀纱睡觉:玉人隐在天青色纱帐中睡觉。绀(gàn干),天青色。

〔4〕银瓶:指宴。

〔5〕彩箑(shà霎):彩扇,指歌。

〔6〕榴裙:《宋书》:羊欣著白练裙昼寝,王献之诣之,书其裙数幅而去。

〔7〕烟蒻:蒻(ruò弱),读入声,柔弱蒲草。

〔8〕楚江沉魄:指屈原自沉。

〔9〕午镜:水清如镜。

〔10〕 澡兰:五月五,蓄兰沐浴,见《大戴礼》。

〔11〕 秦楼:秦穆公女弄玉与萧史吹箫引凤,穆公为筑凤台,后遂传为秦楼。见《列仙传》。

〔12〕 菖蒲:端午以菖蒲一寸九节者泛酒,以辟瘟气。见《荆楚岁时记》。

【评笺】

《宋史·地理志》云:淮南东路南渡后州九,扬、楚、海、秦、泗、滁、淮安、真、通。绍定元年,升山阳县为淮安军。端平元年,改军为淮安州。

先著云:亦是午日情事,但笔端幽艳,如古锦烂然。(《词洁》)

陈洵云:此怀归之赋也。起五句全叙往事,至第六句点出写裙,是睡中事。"榴"字融人事入风景,褪萼见人事都非,却以风景不殊作结。后片纯是空中设景,主意在"秦楼也拟人归"一句,"归"字紧与"招"字相应,言家人望己归,如宋玉之招屈原也。既欲归不得,故曰"难招"、曰"莫唱"、曰"但怅望",则"也拟"亦徒然耳。击首则尾应,击尾则首应,击中间则首尾皆应,阵势奇变极矣。金针度人,全在数虚字,屈原事不过借古以陈今。"薰风"三句,是家中节物,秦楼倒影。秦楼用弄玉事,谓家所在。(《海绡说词》)

风入松

听风听雨过清明,愁草瘗[1]花铭。楼前绿暗分携路,一丝柳、一寸柔情。料峭春寒中酒,交加晓梦啼莺。　　西园日日扫林亭,依旧赏新晴。黄蜂频扑秋千索,有当时纤手香凝。惆怅双鸳[2]不到,幽阶一夜苔生。

【注解】

〔1〕瘗(yì义):埋葬。
〔2〕双鸳:履迹。古诗:"全由履迹少,并欲上阶生。"

【评笺】

许昂霄云:结句亦从古诗"全由履迹少,并欲上阶生"化出。(《词综偶评》)

陈廷焯云：情深而语极纯雅，词中高境也。(《白雨斋词话》)

陈洵云：思去妾也，此意集中屡见。《渡江云》题曰"西湖清明"，是邂逅之始；此则别后第一个清明也。"楼前绿暗分携路"，此时觉翁当仍寓西湖。风雨新晴，非一日间事，除了风雨，即是新晴，盖云我只如此度日扫林亭，犹望其还赏，则无聊消遣，见秋千而思纤手，因蜂扑而念香凝，纯是痴望神理。"双鸳不到"，犹望其到；"一夜苔生"，踪迹全无，则惟日日惆怅而已。(《海绡说词》)

谭献云：此是梦窗极经意词，有五季遗响。"黄蜂"二句，是痴语，是深语。结处见温厚。(《词综偶评》)

莺啼序

春晚感怀

残寒正欺病酒，掩沉香绣户。燕来晚、飞入西城，似说春事迟暮。画船载、清明过却，晴烟冉冉吴宫树。念羁情、游荡随风，化为轻絮。　　十载西湖，傍柳系马，趁娇尘软雾。溯红渐招入仙溪，锦儿[1]偷寄幽素。倚银屏、春宽梦窄，断红湿[2]、歌纨金缕[3]。暝堤空，轻把斜阳，总还鸥鹭。

幽兰旋老，杜若还生，水乡尚寄旅。别后访、六桥[4]无信，事往花委，瘗玉埋香，几番风雨。长波妒盼，遥山羞黛，渔灯分影春江宿。记当时、短楫桃根渡[5]，青楼仿佛。临分败壁题诗，泪墨惨淡尘土。　　危亭望极，草色天涯，叹鬓侵半苎[6]。暗点检、离痕欢唾，尚染鲛绡[7]。䚾凤[8]

迷归,破鸾[9]慵舞。殷勤待写,书中长恨,蓝霞辽海沉过雁。漫相思、弹入哀筝柱。伤心千里江南[10],怨曲重招,断魂在否?

【注解】
〔1〕锦儿:钱塘妓杨爱爱侍儿,见《侍儿小名录》。
〔2〕断红湿:言泪湿。
〔3〕歌纨金缕:歌纨,歌唱时之纨扇。金缕,金线绣成之衣。
〔4〕六桥:西湖之堤桥,外湖六桥宋苏轼建,名映波、锁澜、望山、压堤、东浦、跨虹。里湖六桥明杨孟映建,名环璧、流金、卧龙、隐秀、景竹、濬源。
〔5〕桃根渡:见前姜夔《琵琶仙》注。
〔6〕苎:麻科,背面白色,此处形容发白如苎。
〔7〕鲛绡:谓鲛人所织之绡,见《文选》左思《吴都赋》注。
〔8〕䤨凤:䤨(duǒ 躲),垂下貌。䤨凤,垂翅之凤。
〔9〕破鸾:谓破镜。见前钱惟演《木兰花》注。
〔10〕千里江南:《招魂》:"目极千里兮伤春心,魂兮归来哀江南。"

【评笺】
陈廷焯云:全章精粹,空绝千古。(《白雨斋词话》)
陈洵云:第一段伤春起,却藏过伤别,留作第三段点睛。燕子画船,含无限情事;清明吴宫,是其最难忘处。第二段"十载西湖"提起,而以第三段"水乡尚寄旅"作钩勒。"记当时短楫桃根渡","记"字逆出,将第二段情事尽销纳此一句中。临分泪墨,十载西湖,乃如此了矣。临分于别后为倒应,别后于临分为逆提,渔灯分影于水乡为复笔,作两番钩勒,笔力最浑厚。"危亭望极,草色天涯",遥接"长波妒盼,遥山羞黛","望"字远情,"叹"字近况,全篇神理,只消此二字。欢唾是第二段之欢会,离痕是第三段之临分。"伤心千里江南,怨曲重招,断魂在否?"应起段"游荡随风,化为轻絮"作结。通体离合变幻,一片凄迷,细绎之,正字字有脉络,然得其门者寡矣。(《海绡说词》)

惜黄花慢

次吴江,小泊,夜饮僧窗惜别。邦人赵簿携小妓侑尊,连歌数阕,皆清真词。酒尽已四鼓,赋此词饯尹梅津[1]。

送客吴皋,正试霜夜冷,枫落[2]长桥。望天不尽,背城渐杳,离亭黯黯,恨水迢迢。翠香零落红衣[3]老,暮愁锁、残柳眉梢。念瘦腰、沈郎[4]旧日,曾系兰桡。　　仙人凤咽琼箫,怅断魂送远,《九辩》[5]难招。醉鬟留盼、小窗剪烛,歌云载恨,飞上银霄。素秋不解随船去,败红趁一叶寒涛。梦翠翘[6],怨鸿料过南谯[7]。

【注解】
〔1〕尹梅津,名焕,字惟晓,山阴人。嘉定十年进士,自畿漕除右司郎官。
〔2〕枫落:唐崔明信诗:"枫落吴江冷。"
〔3〕红衣:荷花。
〔4〕沈郎:见前李之仪《谢池春》注。

〔5〕《九辩》:《楚辞》篇名,屈原弟子宋玉作。
〔6〕翠翘:女子首饰,即以代表所思之女子。
〔7〕南谯:南楼。

【评笺】

万树云:梦窗七宝楼台,拆下不成片段;然其用字精密处,严确可爱。其所用正、试、夜、望、背、渐、翠、念、瘦、旧、系、凤、怅、送、醉、载、素、梦、怨、料诸去声字,两篇皆相合。律吕之学有不可假借如此。(《词律》)

陈洵云:题外有事,当与《瑞龙吟》黯分袖参看。沈郎谓梅津,"系兰桡"盖有所眷也。"仙人"谓所眷者,"凤箫"则有夫妇之分。"断魂"二句,言如此分别,虽《九辩》难招,况清真词乎?含思凄惋,转出下四句,实处皆空矣。素秋言此间风景不随船去,则两地趁涛,堆叶依稀有情。翠翘即上之仙人,特不知与《瑞龙吟》所别是一是二。(《海绡说词》)

高阳台

宫粉雕痕,仙云堕影,无人野水荒湾。古石埋香,金沙锁骨连环。南楼不恨吹横笛,恨晓风千里关山。半飘零、庭上黄昏,月冷阑干。　　寿阳空理愁鸾,问谁调玉髓,暗补香瘢[1]?细雨归鸿,孤山无限春寒。离魂难倩招清些,梦缟衣[2]解佩溪边。最愁人、啼鸟晴明,叶底清圆。

【注解】

〔1〕玉髓香瘢:指寿阳梅花妆。

〔2〕缟衣:白衣。

【评笺】

陈廷焯云:梦窗《高阳台》一篇,既幽怨,又清虚,几欲突过中仙咏物诸篇,集中最高之作。(《白雨斋词话》)

高阳台

丰乐楼分韵得"如"字

修竹凝妆,垂杨驻马,凭阑浅画成图。山色谁题?楼前有雁斜书。东风紧送斜阳下,弄旧寒、晚酒醒馀。自消凝,能几花前,顿老相如〔1〕? 伤春不在高楼上,在灯前欹枕,雨外熏炉。怕杖〔2〕游船,临流可奈清臞〔3〕?飞红若到西湖底,搅翠澜、总是愁鱼。莫重来、吹尽香绵,泪满平芜。

【注解】

〔1〕相如:司马相如,汉武帝时赋家,所作有《子虚》、《上林》、《大人》等赋。

〔2〕杖:或作舣,附船著岸也。

〔3〕清臞:清瘦。

【评笺】

咸淳《临安志》云:丰乐楼在丰豫门外,旧名耸翠楼,据西湖之会,千峰连环,一碧万顷,为游览最。顾以官酤喧杂,楼亦卑小,弗与景称。咸淳九年,赵安抚与𦷾始撤新之,瑰丽宏特,高切云汉,遂为西湖之壮,缙绅多聚拜于此。

周密云:丰乐楼在涌金门外,旧为众乐亭,又改耸翠楼,政和中改今名。淳祐间,赵京尹与𦷾重建,宏丽为湖山冠。又凳月池,立秋千、梭门,植花木,构数亭,春时游人繁盛。旧为酒肆,后以学馆致争,但为朝绅同年会拜乡会之地。吴梦窗尝大书所作《莺啼序》于壁,一时为人传诵。(《武林旧事》)

陈廷焯云:题是楼,偏说伤春不在高楼上,何等笔力!(《白雨斋词话》)

陈洵云:"浅画成图",半壁偏安也;"山色谁题",无与托国者;"东风紧送",则危急极矣。凝妆驻马,依然欢会;酒醒人老,偏念旧寒;灯前雨外,不禁伤春矣。"愁鱼",殃及池鱼之意。"泪满平芜",城邑邸墟,高楼何有焉,故曰"伤春不在高楼上"。是吴词之极沉痛者。(《海绡说词》)

麦孺博云:秾丽极矣,仍自清空,如此等词,安能以"七宝楼台"诮之!(《艺蘅馆词选》)

三姝媚

过都城旧居有感

湖山经醉惯,渍[1]春衫,啼痕酒痕无限。又客长安,叹断襟零袂,渥[2]尘谁浣。紫曲门荒,沿败井、风摇青蔓。对语东邻,犹是曾巢,谢堂双燕[3]。　　春梦人间须断,但怪得当年,梦缘能[4]短。绣屋秦筝,傍海棠偏爱,夜深开宴。舞歇歌沉,花未减、红颜先变。伫久河桥欲去,斜阳泪满。

【注解】

〔1〕渍(zì字):染也。

〔2〕渥(wò握):泥着物也。

〔3〕谢堂双燕:刘禹锡诗:"旧时王谢堂前燕,飞入寻常百姓家。"

〔4〕能:读阴平,如此也。

【评笺】

陈洵云:过旧居,思故国也。读起句,可见啼痕酒痕、悲欢离合之迹;以下缘情布景,凭吊兴亡,盖非仅兴怀陈迹矣。春梦须断,往来常理,"人间"二字不可忽过,正见天上可哀,梦缘能短,治日少也。"秦筝"三句回首承平;红颜先变,盛时已过,则惟有斜阳之泪,送此湖山耳。此盖觉翁晚年之作;读草窗"与君共是承平年少",及玉田"独怜水赋楼笔,有斜阳还怕登临",可与知此词。(《海绡说词》)

八声甘州

灵岩陪庚幕诸公游

渺空烟四远,是何年、青天坠长星。幻苍崖云树,名娃金屋[1],残霸宫城。箭径[2],酸风射眼,腻水染花腥。时靸[3]双鸳响,廊叶秋声。　　宫里吴王沉醉,倩五湖倦客[4],独钓醒醒。问苍波无语,华发奈山青。水涵空、阑干高处,送乱鸦、斜日落渔汀。连呼酒,上琴台去,秋与云平。

【注解】

〔1〕名娃金屋:《越绝书》云:吴人于研石山,置馆娃宫,山顶有三池:曰月池,曰研池,曰玩花池,盖吴时所凿也。山上旧传有琴台,又有响屟廊,或曰鸣屐廊,廊以梗枬藉地,西子行,则有声,故名。

〔2〕箭径:《吴郡志》云:"灵岩山前有采香径横斜如卧箭。"

〔3〕靸(sǎ洒):读入声,履无踵直曳曰靸。

〔4〕五湖倦客:指范蠡。

【评笺】

张炎云:如梦窗《登灵岩》云:"连呼酒,上琴台去,秋与云平。"《闰重九》云:"帘半卷,带黄花,人在小楼。"皆平易中有句法。(《词源》)

麦孺博云:奇情壮采。(《艺蘅馆词选》)

陈洵云：换头三句，不过言山容水态，如吴王、范蠡之醉醒耳。"苍波"承"五湖"，"山青"承"宫里"，独醒无语，沉醉奈何，是此词最沉痛处，今更为推进之，盖惜夫差之受欺越王也。长颈之毒，蠡知而王不知，则王醉而蠡醒矣。女真之猾，甚于勾践，北甬之辱，奇于甬东；五国城之崩，酷于卑犹位；遗民之凭吊，异于鸱夷之逍遥。而游艮岳、幸樊楼者，乃荒于吴宫之沉湎。北宋已矣，南渡宴安，又将岌岌，五湖倦客，今复何人？一"倩"字有众人皆醉意，不知当时庾幕诸公，何以对此？（《海绡说词》）

踏莎行

润玉[1]笼绡，檀樱[2]倚扇，绣圈[3]犹带脂香浅。榴心空叠舞裙红，艾枝[4]应压愁鬟乱。　　午梦千山，窗阴一箭，香瘢新褪红丝腕[5]。隔江人在雨声中，晚风菰叶[6]生秋怨。

【注解】

〔1〕润玉：指玉肌。

〔2〕檀樱：指檀口。

〔3〕绣圈：绣花妆饰。

〔4〕艾枝：端午以艾为虎形，或剪彩为小虎，粘艾叶以戴。见《荆楚岁时记》。

〔5〕红丝腕：五月五日以五彩丝系臂，辟鬼及兵。一名长命缕，一名续命缕，一名辟兵缯。见《风俗通》。

〔6〕菰叶：蔬类植物，生浅水中，高五六尺。春月生新芽如笋，名茭

白。叶细长而尖,秋结实曰菰米,可煮饭。

【评笺】
王国维云:介存谓梦窗词之佳者,如天光云影,摇荡绿波,抚玩无极,追寻已远。余览梦窗甲乙丙丁稿中,实无足当此者。有之,其"隔江人在雨声中,晚风菰叶生秋怨"二语乎?(《人间词话》)

陈洵云:读上阕,几疑真见其人矣。换头点睛,却只一梦,惟有雨声菰叶,伴人凄凉耳。"生秋怨",则时节风物,一切皆空。(《海绡说词》)

瑞鹤仙

晴丝牵绪乱,对沧江斜日,花飞人远。垂杨暗吴苑,正旗亭[1]烟冷,河桥风暖。兰情蕙盼[2],惹相思、春根酒畔。又争[3]知、吟骨萦消,渐把旧衫重剪。　　凄断流红千浪,缺月孤楼,总难留燕。歌尘凝扇,待凭信,拚分钿[4]。试挑灯欲写,还依不忍,笺幅偷和泪卷。寄残云剩雨蓬莱[5],也应梦见。

【注解】
〔1〕旗亭:市楼,张衡《西京赋》:"旗亭五重。"
〔2〕兰情蕙盼:喻人之浓厚情谊,周邦彦词:"水盼兰情。"
〔3〕争:怎。
〔4〕分钿:钿,金宝等饰器之名,白居易《长恨歌》:"钗擘黄金合

分钿。"

〔5〕蓬莱:仙境,指所思人之住处。

【评笺】

陈洵云:吴苑是其人所在地,此时觉翁不在吴也,故曰"花飞人远"。《莺啼序》云:"晴烟冉冉吴宫树。"《玉蝴蝶》云:"羡故人还买吴航。"《尾犯·赠浪翁重客吴门》曰:"长亭曾送客。"《新雁过妆楼》曰:"江寒夜枫怨落。"又是吴中事。是其人既去,由越入吴也。"旗亭"二句,当年邂逅,正是此时。"兰情"二句,对面反击,跌落下二句,思力沉透极矣。旧衫是其人所裁,"流红千浪",复上阕之"花飞";"缺月孤楼,总难留燕",复上阕之"人远",为"凄断"二字钩勒。"歌尘凝扇",对上"兰情蕙盼";人一处,物一处。"待凭信,拚分钿"纵开,"还依不忍",仍转故步。"笺幅偷和泪卷"复"挑灯欲写";疑往而复,欲断还连,是深得清真之妙者。"应梦见",尚不曾梦见也。含思凄惋,低徊不尽。(《海绡说词》)

鹧鸪天

化度寺作[1]

池上红衣伴倚阑,栖鸦常带夕阳还。殷云度雨疏桐落,明月生凉宝扇闲。　乡梦窄,水天宽,小窗愁黛淡秋山。吴鸿好为传归信,杨柳阊门屋数间。

【注解】

〔1〕化度寺:《杭州府志》:"化度寺在仁和县北江涨桥,原名水云,宋治平二年改。"

【评笺】

陈洵云:杨柳闾门,其去姬所居也。全神注定,是此一句。吴鸿归信,言己亦将去此间矣,眼前风景何有焉!(《海绡说词》)

夜游宫

人去西楼雁杳,叙别梦,扬州一觉。云淡星疏楚山晓,听啼乌,立河桥,话未了。　　雨外蛩声早,细织就霜丝[1]多少?说与萧娘[2]未知道,向长安,对秋灯,几人老?

【注解】

〔1〕霜丝:指白发。
〔2〕萧娘:见前周邦彦《夜游宫》注。

【评笺】

陈洵云:楚山梦境,长安京师,是运典;扬州则旧游之地,是赋事;此时觉翁身在临安也。词则沉朴浑厚,直是清真后身。(《海绡说词》)

贺新郎

陪履斋先生[1]沧浪[2]看梅

乔木生云气,访中兴、英雄[3]陈迹,暗追前事。战舰东风[4]慳借便,梦断神州故里。旋小筑、吴宫闲地,华表月明归夜鹤[5],叹当时、花竹今如此,枝上露,溅清泪。　　遨头[6]小簇行春队,步苍苔、寻幽别墅,问梅开未?重唱梅边新度曲,催发寒梢冻蕊。此心与东君[7]同意,后不如今今非昔,两无言相对沧浪水,怀此恨,寄残醉。

【注解】

〔1〕履斋先生:吴潜字毅夫,号履斋,淳祐中,观文殿大学士,封庆国公。景定初,安置循州卒。

〔2〕沧浪:亭名,在苏州府学东,初为吴越钱元璙池馆,后废为寺,寺后又废。苏舜钦在苏州买水石,作沧浪亭于邱上,后为韩世忠别墅。

〔3〕英雄:指韩世忠。

〔4〕战舰东风:指韩世忠黄天荡之捷。

〔5〕归夜鹤:见前王安石《千秋岁引》注。

〔6〕遨头:太守曰遨头,见《成都记》。

〔7〕东君:原谓春神,此指吴履斋。杨铁夫以为其时梦窗又为吴客,故以东君称之。

【评笺】

龚明之云：沧浪亭在郡学之东，中吴节度使孙承祐之池馆，其后苏子美得之，为钱不过四万，欧公诗所谓"清风明月本无价，可惜只卖四万钱"是也。余家旧与章庄敏俱有其笔，余尽为韩王所得矣。吴潜《贺新郎·沧浪亭和吴梦窗韵》云："扑尽征衫气，小夷犹，尊罍杖履，蹋开花事。邂逅山翁行乐处，何似乌衣旧里，叹荒草舞台歌地。百岁光阴如梦断，算古今兴废都如此，何用洒，儿曹泪。　　江南自有渔樵队，想家山猿愁鹤怨，问人归未。寄语寒梅休放尽，留取三花两蕊，待老子领些春意。皎皎风流心自许，尽何妨瘦影横斜水。烦翠羽，伴醒醉。"（《中吴纪闻》）

陈洵云：要心与东君同意，能将履斋忠款道出，是时边事日亟，将无韩、岳，国脉微弱，又非昔时。履斋意主和守而屡疏不省，卒致败亡，则所谓"后不如今今非昔，两无言相对沧浪水。怀此恨，寄残醉"也。言外寄慨，学者须理会此旨。前阕沧浪起，看梅结；后阕看梅起，沧浪结，章法一丝不走。（《海绡说词》）

唐多令

何处合成愁？离人心上秋[1]，纵芭蕉、不雨也飕飕。都道晚凉天气好，有明月，怕登楼。　　年事梦中休，花空烟水流，燕辞归、客尚淹留。垂柳不萦裙带[2]住，漫长是、系行舟。

【注解】

〔1〕心上秋：合成"愁"字。

〔2〕裙带：指燕，指别去女子。

【评笺】

张炎云：此词疏快，不质实。(《词源》)

沈际飞云：所以感伤之本，岂在蕉雨？妙妙。又云：垂柳句原不熟烂。(《草堂诗馀正集》)

王士禛云："何处合成愁？离人心上秋。"滑稽之隽，与龙辅《闺怨诗》："得郎一人来，便可成仙去"，同是《子夜》变体。(《花草蒙拾》)

陈洵云：玉田不知梦窗，乃欲拈出此阕牵彼就我，无识者，群聚而和之，遂使四明绝调，沉没几六百年，可叹！(《海绡说词》)

陈廷焯云：张皋文《词选》独不收梦窗，以梦窗与耆卿、山谷、改之同列，不知梦窗者也。至董毅《续词选》只取梦窗《唐多令》、《忆旧游》两篇，此二篇绝非梦窗高诣；《唐多令》几于油腔滑调，在梦窗集中，最属下乘，续选独取，岂故收其下者以实皋文之言耶？谬矣！(《白雨斋词话》)

黄孝迈

孝迈,字德夫,号雪舟。

湘春夜月

近清明,翠禽枝上消魂。可惜一片清歌,都付与黄昏。欲共柳花低诉,怕柳花轻薄,不解伤春。念楚乡旅宿,柔情别绪,谁与温存? 空尊夜泣,青山不语,残照当门。翠玉楼[1]前,惟是有、一陂湘水,摇荡湘云。天长梦短,问甚时、重见桃根[2]?者次第[3]、算人间没个并刀[4],剪断心上愁痕。

【注解】

〔1〕翠玉楼:美丽之楼。

〔2〕桃根:见姜夔《琵琶仙》注。

〔3〕者次第:这许多情况。

〔4〕并刀:并州产快剪刀。杜甫诗:"焉得并州快剪刀,剪取吴松半江水。"

【评笺】

万树云:此调他无作者,想雪舟自度,风度婉秀,真佳词也。或谓

首句明字起韵,非也,如此佳词,岂有借韵之理!(《词律》)

查礼云:情有文不能达、诗不能道者,而独于长短句中,可以委宛形容之;如黄雪舟自度《湘春夜月》云云。雪舟才思俊逸,天分高超,握笔神来,当有悟入处,非积学所到也。刘后村跋雪舟乐章,谓其清丽;叔原、方回,不能加其绵密,骎骎秦郎"和天也瘦"之作。后村可为雪舟之知音。(《铜鼓书堂遗稿》)

麦孺博云:时事日非,无可与语,感喟遥深。(《艺蘅馆词选》)

潘希白

希白字怀古,永嘉人。宝祐进士,干办临安府节制司公事,德祐初,以史馆诏,不赴。自号渔庄。

大有

九日

戏马台[1]前,采花篱下,问岁华、还是重九。恰归来、南山翠色依旧。帘栊昨夜听风雨,都不似登临时候。一片宋玉[2]情怀,十分卫郎[3]清瘦。　　红萸佩[4],空对酒。砧杵动微寒,暗欺罗袖。秋已无多,早是败荷衰柳。强整帽檐[5]欹侧,曾经向天涯搔首。几回忆、故国莼鲈[6],霜前雁后。

【注解】
〔1〕戏马台:见前吴文英《霜叶飞》注。
〔2〕宋玉:见前柳永《戚氏》注。
〔3〕卫郎:见前周邦彦《大酺》注。
〔4〕红萸佩:见前吴文英《霜叶飞》注。
〔5〕帽檐:见前吴文英《霜叶飞》注。

〔6〕莼鲈:见前辛弃疾《水龙吟》注。

【评笺】

查礼云:用事用意,搭凑得瑰玮有姿,其高淡处,可以与稼轩比肩。(《铜鼓书堂遗稿》)

黄公绍

公绍字直翁,邵武人。咸淳元年进士,隐居樵溪。有《在轩词》,见《彊村丛书》刊本。

青玉案

年年社日[1]停针线[2],怎忍见、双飞燕?今日江城春已半,一身犹在,乱山深处,寂寞溪桥畔。　　春衫著破谁针线?点点行行泪痕满。落日解鞍芳草岸,花无人戴,酒无人劝,醉也无人管。

【注解】
〔1〕社日:见前周邦彦《应天长》注。
〔2〕停针线:《墨庄漫录》云:"唐、宋妇人社日不用针线,谓之忌作。"张籍诗:"今朝社日停针线。"

【评笺】
龚颐正云:周美成"社日停针线",盖用张文昌《吴楚词》:"今朝社日停针线",有自来矣。若此起句,亦本文昌也。(《芥隐笔记》)
先著云:"花无人戴,酒无人劝,醉也无人管。"与晁补之《忆少年》起句:"无穷官柳,无情画舸,无根行客。"同一警绝;唐以后特地有词,正以有如许妙语,诗家收拾不尽耳。又云:一词中针线字两见,必误,然俱有作意。(《词洁》)

贺裳云:词有如张融危膝,不可无一不可有二者,如刘改之《天仙子·别妾》是也,中云:"马儿不住去如飞,牵一憩、坐一憩。"又云:"去则是、住则是,烦恼自家烦恼你。"再若效颦,宁非打油恶道乎。然篇中"雪迷村店酒旗斜",固非雅流不能作一二语。至无名氏《青玉案》:"日落解鞍芳草岸,花无人戴,酒无人劝,醉也无人管。"语淡而情浓,事浅而言深,真得词家三昧,非鄙俚朴陋者可冒。(《皱水轩词筌》)

陈廷焯云:不是风流放荡,只是一腔血泪耳!(《白雨斋词话》)

案黄公绍《在轩词》不载此首。秦刻本《阳春白雪》、《翰墨大全》、《花草粹编》等书引此首均不注撰人。惟《词林万选》、《历代诗馀》作黄词。

朱嗣发

嗣发,字士荣。其先当炎、绍之际,避兵乌程常乐乡,地曰东朱,适与姓同,遂占籍焉。颛志奉亲,后举充提学学官,亦不受。

摸鱼儿

对西风、鬓摇烟碧,参差前事流水。紫丝罗带鸳鸯结,的的镜盟钗誓。浑不记,漫手织回文[1],几度欲心碎。安花著叶,奈雨覆云翻,情宽分[2]窄,石上玉簪脆。　　朱楼外,愁压空云欲坠,月痕犹照无寐。阴晴也只随天意,枉了玉消香碎。君且醉,君不见长门[3]青草春风泪。一时左计,悔不早荆钗,暮天修竹[4],头白倚寒翠。

【注解】
〔1〕回文:见前晏几道《六么令》注。
〔2〕分:读去声,犹缘也。
〔3〕长门:见前辛弃疾《摸鱼儿》注。
〔4〕暮天修竹:杜甫诗:"天寒翠袖薄,日暮倚修竹。"

刘辰翁

辰翁,字会孟,卢陵人。少登陆象山之门,补太学生,景定壬戌,廷试对策,忤贾似道,置丙第。以亲老请濂溪书院山长,荐居史馆,又除太学博士,皆固辞。宋亡,隐居卒。有《须溪词》一卷,补遗一卷,见《彊村丛书》刊本。

况周颐云:《须溪词》风格遒上,似稼轩;情辞跌宕,似遗山。有时意笔俱化,纯任天倪,竟能略似坡公。往往独到之处,能以中锋达意,以中声赴节,世或目为别词,非知人之言也。(《蕙风词话》)

兰陵王

丙子[1]送春

送春去,春去人间无路。秋千外、芳草连天,谁遣风沙暗南浦。依依甚意绪?漫忆海门飞絮。乱鸦过、斗转城荒,不见来时试灯[2]处。　　春去谁最苦?但箭雁沉边,梁燕无主,杜鹃声里长门暮。想玉树凋土,泪盘如露[3]。咸阳送客屡回顾,斜日未能度。　　春去尚来否?正江令[4]恨别,庾信[5]愁赋,苏堤尽日风和雨。叹神游故国,花记前度。人生流落,顾孺子,共夜语。

【注解】

〔1〕丙子:宋景炎元年(1276)。

〔2〕试灯:张灯。

〔3〕泪盘如露:《三辅故事》云:"汉武帝以铜作承露盘,高二十丈,大十围,上有仙人掌承露,和玉屑饮之以求仙。"李贺《诗序》云:"魏明帝青龙元年八月,诏宫官牵车西去,取汉孝武捧露盘仙人,欲立置前殿,宫官既折盘,仙人临载乃潸然泪下。"

〔4〕江令:见前周邦彦《过秦楼》注。

〔5〕庾信:见前周邦彦《大酺》注。

【评笺】

卓人月云:"送春去"二句悲绝,"春去谁最苦"四句凄清,何减夜猿;第三叠悠扬俳恻,即以为《小雅》、《楚骚》可也。(《词统》)

张宗橚云:按樊榭论词绝句:"《送春》苦调刘须溪。"信然。(《词林纪事》)

陈廷焯云:题是《送春》,词是悲宋,曲折说来,有多少眼泪。(《白雨斋词话》)

宝鼎现

红妆春骑,踏月影竿旗穿市。望不尽、楼台歌舞,习习香尘莲步底。箫声断、约彩鸾[1]归去,未怕金吾[2]呵醉。甚辇路、喧阗且止,听得念奴[3]歌起。　　父老犹记宣和[4]事,抱铜仙、清泪如水。还转盼、沙河[5]多丽。溅漾明光连邸第,帘影冻、散红光成绮。月浸葡萄十里,看往来、神仙才子,肯把菱花扑碎。　　肠断竹马儿童,空见说、三千乐指。等多时春不归来,到春时欲睡。又说向灯前拥髻,暗滴鲛珠[6]坠。便当日亲见《霓裳》[7],天上人间梦里。

【注解】

〔1〕彩鸾:太和末,书生文萧遇女仙彩鸾,吟诗曰:"若能相伴陟仙坛,应得文萧驾彩鸾。自有绣襦并甲帐,琼台不怕雪霜寒。"后遂登仙而去。见《唐人传奇集》。

〔2〕金吾:汉官有执金吾,颜师古注:"金吾,鸟名也,主辟不祥。天子出行,职主先导,以御非常,故执此鸟之象,因以名官。"

〔3〕念奴:唐天宝时名歌女。

〔4〕宣和:宋徽宗年号。

〔5〕沙河:钱塘南五里有沙河塘,宋时居民甚盛,碧瓦红檐,歌管不绝。

〔6〕鲛珠:《述异记》:"南海中有鲛人室,水居如鱼,不废机织。其眼能泣则出珠。"

〔7〕《霓裳》:乐曲名,《乐苑》:"《霓裳羽衣曲》,开元中,西凉府节度扬敬述进。"

【评笺】

张孟浩云:刘辰翁作《宝鼎现》词,时为大德元年,自题曰丁酉元夕,亦义熙旧人,只书甲子之意,其词有云:"父老犹记宣和事,抱铜仙、清泪如水。"又云:"肠断竹马儿童,空见说三千乐指。"又云:"向灯前拥髻,暗滴鲛珠坠,便当日亲见《霓裳》,天上人间梦里。"反反复复,字字悲咽,真孤竹、彭泽之流。(《历代诗馀》引)

杨慎云:词意凄婉,与《麦秀》歌何殊?(《词品》)

陈廷焯云:通篇炼金错采,绚烂极矣;而一二今昔之感处,尤觉韵味深长。(《白雨斋词话》)

永遇乐

余自乙亥[1]上元,诵李易安《永遇乐》,为之涕下。今三年矣,每闻此词,辄不自堪,遂依其声,又托之易安自喻,虽辞情不及,而悲苦过之。

璧月初晴,黛云远淡,春事谁主?禁苑娇寒,湖堤倦暖,前度遽如许。香尘暗陌,华灯明昼,长是懒携手去。谁知道断烟禁夜,满城似愁风雨。　　宣和旧日,临安[2]南渡,芳景犹自如故。缃帙[3]离离,风鬟三五,能赋词最苦。江南无路,鄜州[4]今夜,此苦又谁知否?空相对残釭[5]无寐,满村社鼓。

【注解】
〔1〕乙亥:宋德祐元年(1275)。
〔2〕临安:今杭州。
〔3〕缃帙:浅黄色之书衣,因谓书卷曰缃帙。

〔4〕鄜州:鄜音 fū,鄜州在今陕西省富县。杜甫诗:"今夜鄜州月,闺中只独看。"

〔5〕残釭:残灯。

摸鱼儿

酒边留同年徐云屋

怎知他、春归何处？相逢且尽尊酒。少年袅袅天涯恨,长结西湖烟柳。休回首,但细雨断桥,憔悴人归后。东风似旧,向前度桃花,刘郎[1]能记,花复认郎否？　君且住,草草留君剪韭,前宵正恁时候。深杯欲共歌声滑,翻湿春衫半袖。空眉皱,看白发尊前,已似人人有。临分把手,叹一笑论文,清狂顾曲,此会几时又？

【注解】

〔1〕刘郎:刘禹锡诗:"种桃道士归何处？前度刘郎今又来。"

周　密

　　密字公谨,号草窗,济南人。流寓吴兴,居弁山;自号弁阳啸翁,又号萧斋,又号四水潜夫。淳祐中为义乌令。有《草窗词》二卷,《补遗》二卷,见《知不足斋丛书》本,又有曼陀罗华阁刊本,又《蘋州渔笛谱》二卷,《集外词》一卷,见《彊村丛书》本,又尝选南宋词,题曰:《绝妙好词》。

　　张宗楠云:郑元庆《湖录》;四水者,湖城以苕水、馀不水、前溪水、北流水合而入于郡,霅溪故名四水。旧人诗:"四水交流霅霅声"是也,据此,则四水潜夫与弁阳啸翁,皆寓公之意。(《词林纪事》)

　　周济云:公谨敲金戛玉,嚼雪望花,新妙无与为匹。又云:公谨只是词人,颇有名心,未能自克,故虽才情诣力,色色绝人,终不能超然遐举。(《介存斋论词杂著》)

　　戈载云:其词尽洗靡曼,独标清丽;有韶倩之色,有绵渺之思,与梦窗旨趣相侔,二窗并称,允矣无忝。其于律亦极严谨,盖交游甚广,深得切劘之益。(《七家词选》)

　　陈廷焯云:周公谨词刻意学清真,句法、字法居然合拍,惟气体究去清真已远,其高者可步武梅溪,次亦平视竹屋。(《白雨斋词话》)

　　李慈铭云:南宋之末,终推草窗、梦窗两家,为此事眉目,非碧山、竹屋辈所可颉颃。(《孟学斋日记》)

高阳台

送陈君衡[1]被召

照野旌旗,朝天车马,平沙万里天低。宝带金章,尊前茸帽[2]风欹。秦关汴水经行地,想登临都付新诗。纵英游、叠鼓清笳,骏马名姬。　　酒酣应对燕山雪,正冰河月冻,晓陇云飞。投老残年,江南谁念方回[3]？东风渐绿西湖岸,雁已还人未南归。最关情、折尽梅花,难寄相思。

【注解】
〔1〕陈君衡:名允平,号西麓,四明人。有词名"日湖渔唱"。
〔2〕茸帽:皮帽。
〔3〕方回:贺铸字。黄庭坚诗:"解道江南肠断句,世间惟有贺方回。"以方回自比。

瑶华

　　后土之花,天下无二本,方其初开,帅臣以金瓶飞骑,进之天上,间亦分致贵邸。余客辇下,有以一枝(下缺,按他本题,改作琼花)。

朱钿宝玦,天上飞琼,比人间春别。江南江北,曾未见、漫拟梨云梅雪。淮山春晚,问谁识、芳心高洁?消几番、花落花开,老了玉关豪杰。　　金壶剪送琼枝,看一骑红尘[1],香度瑶阙。韶华正好,应自喜、初乱长安蜂蝶。杜郎老矣,想旧事花须能说。记少年一梦扬州,二十四桥[2]明月。

【注解】

〔1〕一骑红尘:杜牧诗:"一骑红尘妃子笑,无人知是荔枝来。"

〔2〕二十四桥:杜牧诗:"二十四桥明月夜,玉人何处教吹箫。"

【评笺】

蒋子正云:扬州琼花天下只一本,士大夫爱重,作亭花侧,榜曰:无双。德祐乙亥,北师至,花遂不荣。赵棠国炎有绝句吊曰:"名擅无双气色雄,忍将一死报东风。他年我若修花史,合传琼妃烈女中。"(《山房随笔》)

江昱云:草窗词意,似亦指此。又杜斿有《琼花记》。"杜郎"句,盖用樊川点出此人。(《草窗词疏证》)

周密云:扬州后土祠琼花,天下无二本,绝类聚八仙,色微黄而有香。仁宗庆历中,尝分植禁苑,明年辄枯,遂复载还祠中,敷荣如故;淳熙中,寿皇亦尝移植南内,逾年憔悴无花,仍送还之;其后宦者陈源,命园丁取孙枝移接聚八仙根上,遂活,然其香色则大减矣;杭之褚家塘琼花园是也。今后土之花已薪,而人间所有者,特当时接本,仿佛似之耳!(《齐东野语》)

陈廷焯云:不是咏琼花,只是一片感叹,无可说处,借题一发泄耳。(《白雨斋词话》)

玉京秋

长安独客,又见西风,素月、丹枫,凄然其为秋也,因调夹钟羽一解。

烟水阔,高林弄残照,晚蜩[1]凄切。碧砧度韵,银床[2]飘叶。衣湿桐阴露冷,采凉花时赋秋雪[3]。叹轻别,一襟幽事,砌虫能说。　　客思吟商还怯,怨歌长、琼壶暗缺[4]。翠扇恩疏[5],红衣香褪,翻成消歇。玉骨西风,恨最恨、闲却新凉时节。楚箫咽,谁寄西楼淡月。

【注解】

〔1〕蜩(tiáo 条):蝉也。

〔2〕银床:井阑如银,因称银床。

〔3〕秋雪:指芦花。

〔4〕琼壶暗缺:见前周邦彦《浪淘沙慢》注。

〔5〕翠扇恩疏:班婕妤《怨诗行》有"裁成合欢扇,团团似明月。"

【评笺】

陈廷焯云:此词精金百炼,既雄秀、又婉雅,几欲空绝古今,一"暗"字,其恨在骨。(《白雨斋词话》)

谭献云:南渡词境高处,往往出于清真,"玉骨"二句,髀肉之叹也。(《谭评词辨》)

曲游春

禁烟湖上薄游,施中山[1]赋词甚佳,余因次其韵。盖平时游舫。至午后则尽入里湖,抵暮始出断桥,小驻而归,非习于游者不知也。故中山亟击节余"闲却半湖春色"之句,谓能道人之所未云。

禁苑[2]东风外,飏暖丝晴絮,春思如织。燕约莺期,恼芳情偏在,翠深红隙。漠漠香尘隔,沸十里、乱丝丛笛。看画船尽入西泠[3],闲却半湖春色。　　柳陌,新烟凝碧,映帘底宫眉[4],堤上游勒[5]。轻暝笼寒,怕梨云梦冷,杏香愁幂。歌管酬寒食,奈蝶怨良宵岑寂。正满湖碎月摇花,怎生去得?

【注解】

〔1〕施中山:名岳,字仲山,吴人。
〔2〕禁苑:皇宫园林。南宋都杭,西湖一带因称禁苑。
〔3〕西泠:桥名,在西湖。
〔4〕帘底宫眉:楼中丽人。
〔5〕堤上游勒:堤上乘马游人。

【评笺】

周密云:都城自过烧镫,贵游巨室皆争先出郊,谓之探春,至禁烟为最盛。两堤骈集,几于无置足地,水面画楫,栉比如鱼鳞,亦无行舟之路。歌欢箫鼓之声，振动远近，其盛可以想见。若游之次第，则先南而后北，至午则尽入西泠桥里湖，其外几无一舸矣。弁阳老人有词云："看画船尽入西泠，闲却半湖春色。"盖纪实也。既而小泊断桥，千舫骈聚，歌管弦奏，粉黛罗列，最为繁盛。桥上少年郎，竞纵纸鸢以相钩牵剪截，以线绝者为负，此虽小技，亦有专门。爆仗起轮走线之戏，多设于此。至花影暗而月华生，始渐散去。绛纱笼烛，车马争斗，日以为常。(《武林旧事》)又云：虎头岩施梅川墓，名岳，字仲山，吴人。能词，精于律吕，杨守斋为树梅，作亭以葬，薛梯飚为志，李笺房书，周草窗题，盖绝妙好词。施岳《曲游春·清明湖上》云："画舸西陵路，占柳阴花影，芳意如织。小楫冲波，度麹尘扇底，粉香帘隙。岸转斜阳隔，又过尽、别船箫笛。傍断桥、翠绕红围，相对半篙晴色。　顷刻，千山暮碧，向沽酒楼前，犹系金勒。乘月归来，正梨苑夜缟，海棠烟幂。院宇明寒食，醉乍醒一庭春寂。任满身露湿东风，欲眠未得。"(《齐东野语》)

江昱云：《志雅堂杂钞》，公谨称施仲山曰先友，则知仲山，实公谨父交也。(《草窗词疏证》)

许昂霄云：前阕两"丝"字，后阕两"烟"字犯重，似失检点。(《词综偶评》)

马臻《西湖春日壮游诗》云："画船过午入西泠，人拥孤山陌上尘；应被弁阳模写尽，晚来闲却半湖春。"(《霞外集》)

花犯

水仙花

楚江湄,湘娥[1]再见,无言洒清泪,淡然春意。空独倚东风,芳思谁寄?凌波路冷秋无际。香云随步起,漫记得、汉宫仙掌[2],亭亭明月底。　　冰丝写怨更多情,骚人恨,枉赋芳兰幽芷。春思远,谁叹赏国香[3]风味?相将共、岁寒伴侣,小窗静,沉烟熏翠被。幽梦觉、涓涓清露,一枝灯影里。

【注解】

〔1〕湘娥:即湘妃,喻水仙花。

〔2〕汉宫仙掌:汉武帝作柏梁、铜柱、承露仙人掌之属,见《汉书·郊祀志》注:"仙人以手掌擎盘承甘露也。"

〔3〕国香:兰为国香,此谓水仙为国香。

【评笺】

周济云:草窗长于赋物,然惟此及琼花二阕,一意盘旋,毫无渣滓。他人纵极工巧,不免就题寻典,就典趁韵,就韵成句,堕落苦海矣。特拈出之,以为南宋诸公针砭。(《宋四家词选》)

蒋 捷

捷字胜欲,阳羡人。咸淳进士,自号竹山,遁迹不仕。有《竹山词》一卷,见《六十家词》刊本,又见《彊村丛书》刊本,又《竹山词》二卷,见涉园景宋元明词续刊本。

毛晋云:竹山词语语纤巧,字字妍倩。(《竹山词跋》)

《四库全书提要》云:捷词炼字精深,音词谐畅,为倚声家之榘矱。(《竹山词》提要)

周济云:竹山薄有才情,未窥雅操。(《介存斋论词杂著》)

刘熙载云:蒋竹山词未极流动自然,然洗炼缜密,语多创获。其志视梅溪较贞,视梦窗较清。刘文房为五言长城,竹山其亦长短句之长城欤!(《艺概》)

沈雄评竹山云:其词章之刻入纤艳,非游戏馀力为之者,乃有时故作狡狯耳。(沈雄《古今词话》)

瑞鹤仙

乡城见月

绀[1]烟迷雁迹,渐碎鼓零钟,街喧初息。风檠[2]背寒壁,放冰蟾[3],飞到蛛丝帘隙。琼瑰[4]暗泣,念乡关、霜华似织。漫将身化鹤归来[5],忘却旧游端的[6]。　　欢极蓬壶蕖[7]浸,花院梨溶,醉连春夕。柯云罢弈[8],樱桃在[9],梦难觅。劝清光、乍可[10]幽窗相照,休照红楼夜笛。怕人间换谱《伊》《凉》[11],素娥未识。

【注解】

〔1〕绀:红青色。

〔2〕檠(qíng情):灯架。

〔3〕冰蟾:月光。

〔4〕琼瑰:琼玉瑰珠也,《左传》云:"声伯梦涉洹,或与己琼瑰食之,泣而为琼瑰,盈其怀。"

〔5〕化鹤归来:见前王安石《千秋岁引》注。

〔6〕端的:确实情况。

〔7〕蕖:芙蕖,荷花也。

〔8〕柯云罢弈:晋王质入山采樵,遇二童对弈,一童以一物如枣核与质食之,不饥。局终,童云:"汝柯烂矣。"质归家已及百岁。见《述异记》。

〔9〕樱桃在:有人梦邻女遗二樱桃,食之,既觉,核坠枕侧。见段成式《酉阳杂俎》。

〔10〕乍可:宁可。

〔11〕《伊》《凉》:《伊州》、《凉州》,曲名。

【评笺】

先著云:句意警拔,多由于拗峭,然须炼之精纯,殆不失于生硬。竹山此词云:"劝清光、乍可幽窗相照,休照红楼夜笛。"梦窗云:"问阊门,自古春送多少?"玉田云:"能几番游,看花又是明年。"妙语独立,各不相假借,正不必举全词,即此数语,可长留数公天地间。(《词洁》)

贺新郎

梦冷黄金屋,叹秦筝斜鸿阵里[1],素弦尘扑。化作娇莺飞归去,犹认纱窗旧绿。正过雨、荆桃如菽。此恨难平君知否?似琼台、涌起弹棋局[2],消瘦影,嫌明烛。　鸳楼碎泻东西玉[3],问芳踪、何时再展?翠钗难卜。待把宫眉横云样,描上生绡画幅。怕不是新来妆束。彩扇红牙今都在,恨无人、解听开元曲[4]。空掩袖,倚寒竹[5]。

【注解】

[1] 斜鸿阵里:雁柱斜列如雁,故云斜鸿阵里。

[2] 弹棋局:弹棋,古博戏,《述异记》谓汉武帝时已有之。此言世事变幻如棋局。

[3] 东西玉:《词统》云:"山谷诗:'佳人斗南北,美酒玉东西。'注:酒器也。"

[4] 开元曲:开元,唐玄宗年号。开元曲,盛唐歌曲。

[5] 倚寒竹:杜甫诗:"天寒翠袖薄,日暮倚修竹。"

【评笺】

谭献云:瑰丽处鲜妍自在,然词藻太密。(《谭评词辨》)

陈廷焯云:处处飞舞,如奇峰怪石,非平常蹊径也。(《白雨斋词话》)

女冠子

元夕

蕙花香也,雪晴池馆如画。春风飞到,宝钗楼上,一片笙箫,琉璃[1]光射。而今灯漫挂,不是暗尘明月,那时元夜。况年来、心懒意怯,羞与蛾儿[2]争耍。　　江城人悄初更打,问繁华谁解,再向天公借?剔残红炧[3],但梦里隐隐,钿车罗帕。吴笺银粉砑[4],待把旧家风景,写成闲话。笑绿鬟邻女,倚窗犹唱,夕阳西下。

【注解】

〔1〕琉璃:扁青石(铅与钠之矽酸化合物),为药料烧成之物,以前宫殿之琉璃瓦用之。《武林旧事》:"又有幽坊静巷多设五色琉璃泡灯,更自雅洁。"

〔2〕蛾儿:妇人所戴彩花。

〔3〕红炧:炧(xiè谢),烛烬。

〔4〕砑(yà亚):发光也。

【评笺】

周密云:元夕张灯,好事家间设雅戏、烟火,花边水际,灯烛粲然,游人士女纵观,则迎门酌酒而去。又是幽坊静巷,多设五彩琉璃泡灯,更自雅洁,靓妆笑语,望之如神仙。又云:妇人皆带珠翠、闹蛾、玉梅、雪柳、菩提叶灯毬,销金合蝉、貂袖项帕,而衣多尚白,盖月下所宜也。(《武林旧事》)

　　陈廷焯云:极力煊染,"而今"二字,忽然一转,有水逝云卷、风驰电掣之妙。(《白雨斋词话》)

张　炎

炎字叔夏，号玉田，又号乐笑翁。循王诸孙。本西秦人，家临安，生于淳祐间，宋亡，落魄纵游。有《山中白云词》八卷，见曹氏刊本，许氏刊本，又有四印斋本，《彊村丛书》本。

邓牧云：玉田《春水》一词，绝唱今古，人以"张春水"目之。（《伯牙琴》）

郑思肖云：玉田先辈，仰扳姜尧章、史邦卿、卢蒲江、吴梦窗诸名胜，互相鼓吹春声于繁华世界，能令三十年西湖锦绣山水，犹生清响。（《山中白云序》）

戴表元云：玉田张叔夏，酒酣气张，取平生所为乐府词自歌之，暗呜宛抑，流丽清畅，不惟高情旷度，不可亵企；而一时听之，亦能令人忘去穷达得丧所在。（《剡源集》）

仇远云：《山中白云词》，意度超元，律吕协洽，当与白石老仙相鼓吹。又云：铅汞交炼而丹成，情景交炼而词成，指迷妙诀，吾将近叔夏北面而事之。（《山中白云序》）

舒閬云：叔夏词有周清真雅丽之思，未脱承平公子故态。（《山中白云序》）

陆文圭云：西秦玉田张君，著《词源》上下卷，推五音之数，演六么之谱，按月纪节，赋情咏物；自称得音律之学于守斋杨公、南溪徐公。（《山中白云序》）

楼敬思云：南宋词人姜白石外，惟张玉田能以翻笔、侧笔取胜，其章法、句法俱超,清虚骚雅,可谓脱尽溪径,自成一家。迄今读集中诸阕,一气卷舒,不可方物,信乎其为山中白云也。(《词林纪事》引)

《四库全书提要》云:炎生于淳祐戊申,当宋邦沦覆,年已三十有三,犹及见临安全盛之日;故所作往往苍凉激楚,即景抒情,备写其身世盛衰之感,非徒以剪红刻翠为工。至其研究声律,尤得神解,以之接武姜夔,居然后劲,宋、元之间,亦可谓江东独秀矣。(《山中白云提要》)

先著云:美成如杜,白石兼王、孟、韦、柳之长,与白石并有中原者,后起之玉田也。(《词选》)

周济云:玉田近人所最尊奉,才情诣力亦不后诸人,终觉积谷作米,把缆放船,无开阔手段;然其清绝处,自不易制。又云:玉田词佳者匹敌圣与,往往有似是而非者,不可不知。又云:叔夏所以不及前人处,只在字句上着功夫,不肯换意;若其用意佳者,即字字珠辉玉映,不可指摘;近人喜学玉田,亦未为修饰字句易、换意难。(《介存斋论词杂著》)

江昱云:词自白石后惟玉田不愧大宗,而用意之密,适肖题分,尤称极诣。(《山中白云疏证》)

邓廷桢云:西泠词客,石帚而外首数玉田。论者以为堪与白石老仙相鼓吹,要其登堂拔帜,又自壁垒一新;盖白石硬语盘空,时露锋芒,玉田则返虚入浑,不啻嚼蕊吹香。(《双砚斋随笔》)

戈载云:学玉田以空灵为主,但学其空灵而笔不转深,则其意浅,非入于滑,即入于粗;玉田以婉丽为宗,但学其婉丽而句不炼精,则其音卑,非近于弱、即近于靡矣。故善学之,则得门而入升其堂、造其室,即可与清真、白石、梦窗诸公互相鼓吹;否则浮光掠影,貌合神离,仍是门外汉而已。(《七家词选》)

刘熙载云:张玉田词清远蕴藉、凄怆缠绵,大段瓣香白石,亦未尝不转益多师,即《探芳信》次韵草窗,《琐窗寒》之悼碧山,《西子妆》之效梦窗可见。(《艺概》)

王国维云：玉田之词，余得取其词中之一语以评之曰"玉老田荒"。（《人间词话》）

高阳台

西湖春感

接叶巢莺[1]，平波卷絮，断桥[2]斜日归船。能几番游？看花又是明年。东风且伴蔷薇住，到蔷薇、春已堪怜。更凄然，万绿西泠[3]，一抹荒烟。　　当年燕子知何处？但苔深韦曲[4]，草暗斜川[5]。见说新愁，如今也到鸥边。无心再续笙歌梦，掩重门、浅醉闲眠。莫开帘，怕见飞花，怕听啼鹃。

【注解】

〔1〕接叶巢莺：杜甫诗："接叶暗巢莺。"
〔2〕断桥：杭州西湖十景有："断桥残雪。"断桥在孤山侧。
〔3〕西泠：西湖桥名。
〔4〕韦曲：在长安南皇子陂西，唐代诸韦世居此地，因名韦曲。
〔5〕斜川：在江西星子、都昌二县间，陶潜有《游斜川诗》。

【评笺】

陈廷焯云：玉田《高阳台》，凄凉幽怨，郁之至，厚之至，与碧山如出一手，乐笑翁集中亦不多觏。（《白雨斋词话》）

谭献云："能几番"二句，运掉虚浑。"东风"二句，是措注，惟玉

田能之,为他家所无。换头见章法,玉田云:"最是过变不可断了曲意"是也。(《谭评词辨》)

麦孺博云:亡国之音哀以思。(《艺蘅馆词选》)

沈祥龙云:词贵愈转愈深,稼轩云:"是他春带愁来,春归何处,却不解带将愁去。"玉田云:"东风且伴蔷薇住,到蔷薇春已堪怜。"下句即从上句转出,而意更深远。(《论词随笔》)

渡江云

久客山阴,王菊存问予近作,书以寄之。

山空天入海,倚楼望极,风急暮潮初。一帘鸠外雨,几处闲田,隔水动春锄。新烟禁柳,想如今、绿到西湖。犹记得、当年深隐,门掩两三株。　　愁余,荒洲古溆[1],断梗疏萍,更漂流何处?空自觉围羞带减,影怯烟孤。长疑即见桃花面[2],甚近来翻致无书。书纵远,如何梦也都无。

【注解】
〔1〕溆:水浦。
〔2〕桃花面:唐崔护诗:"人面桃花相映红。"

【评笺】
许昂霄云:曲折如意。(《词综偶评》)

八声甘州

辛卯岁,沈尧道同余北归,各处杭、越。逾岁,尧道来问寂寞,语笑数日,又复别去,赋此曲,并寄赵学舟。

记玉关、踏雪事清游,寒气脆貂裘。傍枯林古道,长河饮马,此意悠悠。短梦依然江表,老泪洒西州[1]。一字无题处,落叶都愁。　　载取白云归去,问谁留楚佩,弄影中洲?折芦花赠远,零落一身秋。向寻常、野桥流水,待招来、不是旧沙鸥。空怀感,有斜阳处,却怕登楼。

【注解】

[1] 西州:古城名,在今南京市西。晋谢安还都,舆病入西州门。安薨后,所知羊昙行不由西州路。尝大醉,不觉至西州门,因恸哭而去。见《晋书》。

【评笺】

别本辛卯作庚寅,尧道作秋江,赵学舟作曾心传。江宾谷云:秋江即尧道,与曾心传同以庚寅岁写经至都,为玉田北游之友;故前后诸作,多沈与曾并,别本题正可互参。又云:《绝妙好词》:赵元仁字元父,号学舟,《宋史·宗室世系表》:燕王德昭十世孙,希挺长子。又云:《大观录》曾心传自序,谓庚寅入京,前《台城路》词注:庚辰九月,"辰"字乃寅字之误,辨见词后。《三姝媚》词观海云杳,则系春日尚留燕京,而北归之非本年冬日明矣。此庚寅自当从别本作辛卯为是。又云:庚寅,元世祖至元二十七年,史称六月缮写金字《藏经》,凡糜金三千二百四十四两。

谭献云:一气旋折,作壮词须识此法,白石嬰求稼轩,脱胎者卿,此中消息,愿与知音人参之。"一字无题处",二句恢诡,结有不著屠沽之妙。(《谭评词辨》)

解连环

孤雁

楚江空晚,恨离群万里,怳然[1]惊散。自顾影、却下寒塘,正沙净草枯,水平天远。写不成书,只寄得相思一点[2]。料因循误了,残毡拥雪[3],故人心眼。　　谁怜旅愁荏苒[4],漫长门夜悄[5],锦筝弹怨。想伴侣、犹宿芦花,也曾念春前,去程应转。暮雨相呼,怕蓦地、玉关重见。未羞他、双燕归来,画帘半卷。

【注解】
〔1〕怳然:怅然。
〔2〕相思一点:《至正直记》云:"张叔夏《孤雁》词,有'写不成书,只寄得相思一点',人皆称之曰'张孤雁'。"
〔3〕残毡拥雪:用苏武雁足系书事。
〔4〕荏苒(rěn rǎn 忍冉):谓旅愁如日月之渐增。

〔5〕长门夜悄:见辛弃疾《摸鱼儿》注。

【评笺】

许昂霄云:"暮雨相呼疾,寒塘欲下迟。"唐崔涂《孤雁》诗也。(《词综偶评》)

谭献云:起是侧入而气伤于僄。"写不成书"二句,若樗李之有指痕;"想伴侣"二句,清空如话;"暮雨"二句,若浪花之圆蹴,颇近自然。(《谭评词辨》)

继昌云:"写不成书,只寄得相思一点。"沈昆词:"奈一绳雁影,斜飞点点,又成心字。"周星誉词:"无赖是秋鸿,但写人人,不写人何处。"三词咏雁字名目巧思,皆不落恒蹊。(《左庵词话》)

疏影

咏荷叶[1]

碧圆自洁,向浅洲远浦,亭亭清绝。犹有遗簪,不展秋心,能卷几多炎热?鸳鸯密语同倾盖[2],且莫与、浣纱人[3]说。恐怨歌忽断花风,碎却翠云千叠。　　回首当年汉舞,怕飞去漫皱,留仙裙摺[4]。恋恋青衫,犹染枯香,还叹鬓丝飘雪。盘心清露如铅水,又一夜西风吹折。喜净看、匹练飞光,倒泻半湖明月。

【注解】

〔1〕咏荷叶:张炎《山中白云》卷六有"红情"、"绿意"两词,序云:"《疏影》、《暗香》姜白石为梅著语,因易之曰'红情'、'绿意',以荷花荷叶咏之。"

〔2〕倾盖:驻车交盖。孔子与程子相遇于途,倾盖而语。见《孔丛子》。

〔3〕浣纱人:郑谷诗:"多谢浣溪人未折,雨中留得盖鸳鸯。"

〔4〕留仙裙摺:《赵后外传》:"后歌归风送远之曲,帝以文犀箸击玉瓯。酒酣风起,后扬袖曰:'仙乎仙乎,去故而就新。'帝令左右持其裙,久之,风止,裙为之皱。后曰:'帝恩我,使我仙去不得。'他日宫姝或襞裙为皱,号留仙裙。"

【评笺】

张惠言云:此伤君子负枉而死,盖似李纲、赵鼎之流,"回首当年汉舞"云者,言其自结主知,不肯远引。结语喜其已死而心得白也。(张惠言《词选》)

月下笛

孤游万竹山[1]中,闲门落叶,愁思黯然,因动黍离之感。时寓甬东积翠山舍。

万里孤云,清游渐远,故人何处?寒窗梦里,犹记经行旧时路。连昌[2]约略无多柳,第一是难听夜雨。漫惊回凄悄,相看烛影,拥衾无语。　　张绪[3]归何暮?半零落依依,断桥鸥鹭。天涯倦旅,此时心事良苦。只愁重洒西州泪[4],问杜曲[5]人家在否?恐翠袖天寒,犹倚梅花那树。

【注解】

〔1〕万竹山:《赤城志》云:"万竹山在县西南四十五里,绝顶曰新罗,九峰回环,道极险隘,岭上丛薄敷秀,平旷幽窈,自成一村。薛左丞昂诗所谓:'万竹源中数百家,重重流水绕桑麻'是也。"

〔2〕连昌:唐宫名,高宗所置,在河南宜阳县西,多植柳,元稹有《连昌宫词》。

〔3〕张绪:南齐吴郡人,字思曼,官至国子祭酒。风恣清雅,武帝置蜀柳于灵和殿前,尝曰:"此柳风流可爱,似张绪当年。"

〔4〕西州泪:见前《八声甘州》注。

〔5〕杜曲:唐时杜氏世居于此,故名。《雍录》:"樊川韦曲东十里,有南杜、北杜,杜固谓之南杜,杜曲谓之北杜。"地在长安县南。

王沂孙

沂孙,字圣与,号碧山,又号中仙,又号玉笥山人,会稽人。至元中为庆元路学正,有《碧山乐府》,又名《花外集》,有《知不足斋丛书》本,又有四印斋刊本。

张炎云:碧山能文工词,琢句峭拔,有白石意度。(《词源》)

周济云:碧山餍心切理,言近指远,声容调度,一一可循。又云:碧山胸次恬淡,故《黍离》、《麦秀》之感,只以唱叹出之,无剑拔弩张习气。又云:咏物最争托意,隶事处以意贯串,浑化无痕,碧山胜场也。(《四家词选序论》)又云:中仙最多故国之感,故著力不多,天分高绝,所谓意能尊体也。又云:中仙最近叔夏一派,然玉田自逊其深远。(《介存斋论词杂著》)

邓廷桢云:王圣与工于体物,而不滞色香。(《双砚斋随笔》)

戈载云:予尝谓白石之词,空前绝后,匪特无可比肩,抑且无从入手,而能学之者,则惟中仙。其词运意高远,吐韵妍和,其气清、故无懑憓之音,其笔超、故有宕往之趣,是真白石之入室弟子也。(《七家词选》)

陈廷焯云:王碧山词,品最高、味最厚、意境最深、力量最重,感时伤世之言,而出以缠绵忠爱,诗中之曹子建、杜子美也。词人有此,庶几无憾。又云:词法之密,无过清真;词格之高,无如白石;词味之厚,无过碧山;词坛三绝也。又云:碧山词,观其全体,固自高绝;即于一字一句间求之,亦无不工雅,琼枝寸寸玉,旃檀片片香;吾于词见碧山矣,于诗则

未有所遇也。(《白雨斋词话》)

王鹏运云:碧山词颉颃双白,揖让二窗,实为南宋之杰。(《碧山词跋》)

天香

龙涎香

孤峤[1]蟠烟,层涛蜕月,骊宫[2]夜采铅水。汛[3]远槎风[4],梦深薇露,化作断魂心字[5]。红磁候火[6],还乍识、冰环玉指[7]。一缕萦帘翠影,依稀海天云气。　几回殢娇半醉,剪春灯、夜寒花碎。更好故溪飞雪,小窗深闭。荀令[8]如今顿老,总忘却尊前旧风味。漫惜馀薰,空篝素被[9]。

【注解】

〔1〕峤(qiáo乔):山锐而高。

〔2〕骊宫:骊龙所居之处。

〔3〕汛(xùn迅):水盛。

〔4〕槎(chá察):水中浮木。

〔5〕心字:香名。番禺人作心字香,见范成大《骖鸾录》。

〔6〕候火:及时之火。

〔7〕冰环玉指:香饼形状如环如指。

〔8〕荀令:荀彧字文若,为汉侍中,守尚书令,曹公与筹军国大事,称

之为荀令君。习凿齿《襄阳记》:"荀令君至人家,坐幕三日,香气不歇。"

〔9〕空篝素被:见前周邦彦《花犯》注。

【评笺】

许昂霄云:诸香龙涎为最,出大食国,近海傍,常有云气罩山间,即知有龙睡其下。半载或一二载,土人更相守视,俟云散龙去,往必得龙涎。又一说大洋海中,龙在其下,涌出之涎,为日所烁成片,风漂至岸,人得取之。(《词综偶评》)

《岭南杂记》云:龙枕石而睡,涎沫浮水,积而能坚,鲛人采之,以为至宝,新者色白,久者色紫,甚久则黑,其气近于臊;形如浮石而轻,腻理光泽,入香焚之,则翠烟浮空,结而不散;又云和众香焚之,能聚香烟,缕缕不散,盖龙能兴云,亦蜃气楼台之例也。

《乐府补题》云:宛委山房赋"龙涎香",调《天香》;浮翠山房赋"白莲",调《水龙吟》;紫云山房赋"莼",调《摸鱼儿》;馀闲书院赋"蝉",调《齐天乐》;天柱山房赋"蟹",调《桂枝香》。倡和者为玉笥王沂孙圣与、蘋州周密公谨、天柱王易简理得、友竹冯应瑞祥父、瑶翠唐艺孙英发、紫云吕同老和父、箕房李彭老商隐、宛委陈恕可行之、菊山唐珏玉潜、月洲赵汝钠真卿、五松李居仁师吕、玉田张炎叔夏、山村仇远仁近,皆宋遗民也。

蔡绦云:奉宸库者,祖宗之珍藏也。政和中,太上于库中得龙涎香二,分锡大臣近侍,其模制甚大而质古,外视不大佳,每以一豆大爇之,辄作异花气,芬郁满座,终日累不歇。于是太上大奇之,命藉被赐者随数多寡,复收以归中禁,因号曰古龙涎,为贵也。诸大珰争取一瓶,可直百缗,金玉穴而以青丝贯之,挂于颈,时于衣领间摩挲以相示,坐此遂作佩香焉。今佩香,盖因古龙涎始也。(《铁围山丛谈》)

蔡绦又云：旧说蔷薇水，乃外国采蔷薇花上露水；殆不然。实用白金为甑，采蔷薇花蒸气成水，则屡采屡蒸，积而为香，此所以不败。但异域蔷薇花气馨烈非常，故大食国蔷薇水虽贮琉璃缶中，蜡密封其外，然香犹透彻，闻数十步。洒著人衣袂。经十数日不歇。至五羊效外国造香，则不能得蔷薇，第取素馨茉莉花为之，亦足袭人鼻观。但视大食国真蔷薇水犹奴尔。(《铁围山丛谈》)

周尔墉云：密栗是极用力之作。(周评《绝妙好词》)

眉妩

新月

渐新痕悬柳，淡彩穿花，依约破初暝。便有团圆意，深深拜[1]，相逢谁在香径？画眉未稳，料素娥、犹带离恨。最堪爱、一曲银钩[2]小，宝奁挂秋冷。　　千古盈亏休问，叹慢磨玉斧[3]，难补金镜。太液池[4]犹在，凄凉处、何人重赋清景？故山夜永，试待他窥户端正。看云外山河，还老桂花旧影。

【注解】

〔1〕深深拜：李端《新月诗》："开帘见新月，即便下阶拜。细语人不闻，北风吹裙带。"

〔2〕银钩：喻新月。

〔3〕玉斧：相传汉吴刚曾以斧伐月中桂，见《酉阳杂俎》。

〔4〕太液池：卢多逊《新月诗》："太液池边看月时。"

【评笺】

陈廷焯云:千古句忽将上半阕意一笔撇去,有龙跳虎卧之奇,结更高简。(《白雨斋词话》)

谭献云:圣与精能以婉约出之。律以诗派,大历诸家,去开、宝未远,玉田正是劲敌,但士气则碧山胜矣,"便有"三句,则寓意自深,音辞高亮,欧、晏如兰亭真本,此仅一翻。(《谭评词辨》)

张惠言云:碧山咏物诸篇,并有君国之忧,此喜君有恢复之志,而惜无贤臣也。(张惠言《词选》)

齐天乐

蝉

一襟馀恨宫魂断[1],年年翠阴庭树。乍咽凉柯,还移暗叶,重把离愁深诉。西窗过雨,怪瑶佩流空,玉筝调柱。镜暗妆残,为谁娇鬓尚如许? 铜仙铅泪似洗,叹移盘去远,难贮零露。病翼惊秋,枯形阅世,消得斜阳几度?馀音更苦,甚独抱清商[2],顿成凄楚。漫想薰风,柳丝千万缕。

【注解】

〔1〕宫魂断:齐王后怨王而死,尸变为蝉,见《古今注》。

〔2〕清商:即清商曲,古乐府之一种。曹丕《燕歌行》:"援琴鸣弦发清商,短歌微吟不能长。"

【评笺】

周济云:此家国之恨。(《宋四家词选》)

谭献云:此是学唐人句法、章法;"庾郎先自吟愁赋",逊其蔚跂。(《谭评词辨》)

陈廷焯云:字字凄断,却浑雅不激烈。(《白雨斋词话》)

端木埰云:详味词意,殆亦黍离之感耶!宫魂字点出命意,乍咽还移,慨播迁也。"西窗"三句,伤敌骑暂退,燕安如故。"镜暗"二句,残破满眼,而修养饰貌,侧媚依然,衰世臣主,全无心肝,千古一辙也。"铜仙"三句,宗器重宝,均被迁败,泽不下究也。"病翼"二句,是痛哭流涕,大声疾呼,言海岛栖流,断不能久也。"馀音"三句,遗臣孤愤,哀怨难论也。"漫想"二句,责诸臣到此,尚安危利灾,视若全盛也。(张惠言《词选》评)

长亭怨慢

重过中庵[1]故园

泛孤艇东皋过遍,尚记当日,绿阴门掩。屐齿[2]莓苔,酒痕罗袖事何限?欲寻前迹,空惆怅成秋苑。自约赏花人,别后总、风流云散。　　水远,怎知流水外,却是乱山尤远。天涯梦短,想忘了绮疏雕槛。望不尽冉冉斜阳,抚乔木年华将晚。但数点红英,犹识西园凄婉。

【注解】

〔1〕中庵:元刘敏中号中庵,有《中庵乐府》。

〔2〕屐齿:木履施两齿,可以践泥。

【评笺】

周尔墉云:后半阕一片神行,笔墨到此俱化。(周批《碧山词》)

高阳台

和周草窗《寄越中诸友》韵

残雪庭阴,轻寒帘影,霏霏玉管春葭[1]。小帖金泥[2],不知春是谁家?相思一夜窗前梦,奈个人、水隔天遮。但凄然、满树幽香,满地横斜。　　江南自是离愁苦,况游骢古道,归雁平沙。怎得银笺,殷勤说与年华。如今处处生芳草,纵凭高不见天涯。更消他,几度东风,几度飞花。

【注解】

〔1〕春葭:见前卢祖皋《宴清都》注。

〔2〕小帖金泥:唐进士及第,以泥金书帖附家中,报登科之喜。见《卢氏杂记》。

【评笺】

周密原词云:小雨分江,残寒迷浦,春容浅入蒹葭,雪霁空城,燕归何处人家。梦魂欲渡苍茫去,怕梦轻、还被愁遮。感流年,夜汐东还,冷照西斜。　　凄凄望极王孙草,认云中烟树,沤外平沙。白发青山,可怜相对苍华。归鸿自趁潮回去,笑倦游犹是天涯。问东风,先到垂杨,后到梅花?(《草窗词》)

张惠言云:此伤君臣晏安,不思国耻,天下将亡也。(张惠言《词选》)

周尔墉云:莫两山词,"直饶明日便春晴,已是一春闲过了";与此收笔用意相反,而一用进笔,一用缩笔,洵为异曲同工。(周批《草窗词》)

况周颐云:结笔低徊掩抑,荡气回肠。(《蕙风词话》)

陈廷焯云:上半阕是叙其远游未还,悬揣之词;下半阕是言其他日归后情事,逆料之词。(《白雨斋词话》)

谭献云:"相思"句点逗清醒,换头又是一层钩勒;《诗品》云:返虚入浑,如今二句是也。(《谭评词辨》)

王闿运云:此等伤心语,词家各自出新,实则一意,比较自知文法。(《湘绮楼词选》)

法曲献仙音

聚景亭梅次草窗韵

层绿[1]峨峨,纤琼[2]皎皎,倒压波痕清浅。过眼年华,动人幽意,相逢几番春换。记唤酒寻芳处,盈盈褪妆晚。
已消黯,况凄凉近来离思,应忘却明月,夜深归辇。荏苒一枝春,恨东风人似天远。纵有残花,洒征衣、铅泪都满。但殷勤折取,自遣一襟幽怨。

【注解】
〔1〕层绿:指绿梅。
〔2〕纤琼:细玉,指白梅。

【评笺】
周密原词云:松雪飘寒,岭云吹冻,红破数枝春浅,衬舞台荒,浣妆池冷,凄凉市朝轻换,叹花与人凋谢,依依岁华晚。　共凄黯,问东风几番吹梦,应惯识当年,翠屏金辇。一片古今愁,但废绿平烟空远。无语销魂,对斜阳衰草泪满。又西泠残笛,低送数声春怨。(《草窗词》)

董嗣杲云:聚景园在清波园外,阜陵致养北宫,拓圃西湖之东,斥浮屠之庐九,曾经四朝临幸,继以谏官陈言,出郊之令遂绝,园今芜圮,惟柳浪桥花光亭存。(《西湖百咏》注)

吴自牧云:高似孙《过聚景园诗》云,翠华不向苑中来,可是年年惜露台;水际春风寒漠漠,官梅却作野梅开。(《梦粱录》)

张宗橚云:按此阕和草窗原韵,但草窗题是香雪亭,此云聚景亭,异。(《词林纪事》)

彭元逊

元逊字巽吾,庐陵人。

疏影

寻梅不见

江空不渡,恨蘪芜杜若[1],零落无数。远道荒寒,婉娩流年,望望美人迟暮。风烟雨雪阴晴晚,更何须春风千树。尽孤城、落木萧萧,日夜江声流去。　　日晏山深闻笛,恐他年流落,与子同赋。事阔心违,交淡媒劳[2],蔓草[3]沾衣多露。汀洲窈窕馀醒寐,遗佩环、浮沉澧浦[4]。有白鸥、淡月微波,寄语逍遥容与[5]。

【注解】
[1] 蘪芜、杜若:皆香草名。见《楚辞》。
[2] 媒劳:《楚辞·九歌》:"心不同兮媒劳,恩不甚兮轻绝。"
[3] 蔓草:《诗经·郑风》:"野有蔓草,零露漙兮。"
[4] 澧浦:澧,水名。《楚辞·九歌》:"余佩兮醴浦。"澧、醴,古书通用。

〔5〕逍遥容与:逍遥而游,容与而戏,《楚辞·九歌》:"聊逍遥兮容与。"

六丑

杨花

似东风老大,那复有当时风气。有情不收,江山身是寄,浩荡何世?但忆临官道,暂来不住,便出门千里。痴心指望回风坠,扇底相逢,钗头微缀。他家万条千缕,解遮亭障驿,不隔江水。　　瓜洲曾舣,等行人岁岁,日下长秋,城乌夜起。帐庐好在春睡,共飞归湖上,草青无地。悁悁雨、春心如腻,欲待化、丰乐楼前帐饮,青门[1]都废。何人念、流落无几,点点抟作雪绵松润,为君裛[2]泪。

【注解】

〔1〕青门:古长安城门名。门外出佳瓜,广陵人邵平为秦东陵侯,秦破为布衣,种瓜青门外。见《三辅黄图》。王绩诗:"失路青门引,藏名白社游。"

〔2〕裛(yì 意):读入声,浥也,濡也。陶潜诗:"裛露掇其英。"

姚云文

云文,字圣瑞,高安人。宋咸淳进士,入元授承直郎,抚、建两路儒学提举。有《江村遗稿》。

紫萸香慢

近重阳、偏多风雨,绝怜此日暄明。问秋香浓未,待携客、出西城。正自羁怀多感,怕荒台[1]高处,更不胜情。向尊前又忆、漉酒[2]插花人,只座上已无老兵[3]。　　凄清,浅醉还醒,愁不肯、与诗平。记长楸走马,雕弓搀[4]柳,前事休评。紫萸[5]一枝传赐,梦谁到、汉家陵。尽乌纱[6]便随风去,要天知道,华发如此星星,歌罢涕零。

【注解】

〔1〕荒台:见前吴文英《霜叶飞》注。

〔2〕漉酒:陶渊明尝取头上葛巾漉酒,见萧统《陶渊明传》。

〔3〕老兵:晋谢奕尝逼桓温饮,温走避之。奕遂引温一兵帅共饮曰:"失一老兵,得一老兵。"见《晋书》。

〔4〕搀(zhà乍):射击。雕弓搀柳即百步穿杨意。

〔5〕紫萸:见前吴文英《霜叶飞》注。

〔6〕乌纱:帽也,用孟嘉事,见前吴文英《霜叶飞》注。

僧 挥

僧挥姓张氏;安州进士。因事出家,名仲殊,字师利,住苏州承天寺,杭州吴山宝月寺,东坡所称蜜殊者是也。

黄昇云:仲殊之词多矣,佳者固不少,而小令为最,小令之中《诉衷情》一调又其最;盖篇篇奇丽,字字清婉,高处不减唐人风致也。(《花庵词选》)

苏轼云:苏州仲殊师利和尚,能文,善诗及歌词,皆操笔立成,不点窜一字。予曰,此僧胸中无一毫发事,故与之游。(《东坡志林》)

沈雄云:词选中有方外语,芜累与空疏同病。要寓意言外,一如寻常,不别立门户,斯为入情,仲殊、觉范、祖可尚矣。(沈雄《古今词话》)

金 明 池

天阔云高,溪横水远,晚日寒生轻晕。闲阶静、杨花渐少,朱门掩、莺声犹嫩。悔匆匆、过却清明,旋占得、馀芳已成幽恨。却几日阴沉,连宵慵困,起来韶华都尽。　　怨入双眉闲斗损,乍品得情怀,看承[1]全近[2]。深深态、无非自许,厌厌意、终羞人问。争知道、梦里蓬莱,待忘了馀香,时传音信。纵留得莺花,东风不住,也则[3]眼前愁闷。

【注解】

〔1〕看承:特别看待意。

〔2〕全近:极其亲近。

〔3〕也则:依然意。

李清照

清照号易安居士,济南人,格非之女、赵明诚妻。有《漱玉集》一卷,见《汲古阁诗词杂俎》刊本,又有《四印斋所刻词》刊本,李文裿辑本,赵万里辑本。

王灼云:易安居士,京东提刑李格非之女,建康守赵明诚之妻;若本朝妇人,当推词采第一。赵死再嫁某氏,讼而离之,晚节流荡无归。作长短句能曲折尽人意,轻巧尖新,姿态百出,闾巷荒淫之语,肆意落笔,自古缙绅之家,能文妇女,未见如此无顾藉也。(《碧鸡漫志》)

伊世珍云:赵明诚幼时,其父将为择妇,明诚昼寝,梦咏一书,觉来惟忆三句:"言与司合,安上已脱,芝芙草拔。"以告其父,其父为解曰:"汝殆得能文词妇也,言与司合是'词'字;安上已脱,是'女'字;芝芙草拔,是'之夫'二字,非谓汝为词女之夫乎。"后李翁以女妻之,即易安也。(《嫏嬛记》)

周煇云:顷见易安族人,言明诚在建康日,易安每值天大雪,即顶笠披蓑,循城远览,以寻诗得句,必邀其夫赓和,明诚每苦之也。(《清波杂志》)

陆游云:张子韶对策有"桂子飘香"之语,赵明诚妻李氏嘲之曰:"露花倒影柳三变,桂子飘香张九成。"(《老学庵笔记》)

朱熹云:本朝妇人能文者,惟魏夫人及李易安二人而已。(沈雄《古今词话》引)

黄昇云:李易安、魏夫人,使在衣冠之列,当与秦七、黄九争雄,不徒

擅名闺阁也。(《花庵词选》)

吴衡照云:易安居士再适张汝舟,卒至对簿,有与綦处厚启云云。宋人说部多载其事,大抵彼此衍袭,未可尽信。《宋史·李文叔传》附见易安居士,不著此语,而容斋去德甫未远,其载于《四笔》中无微辞也。且失节之妇,子朱子又何以称乎,反覆推之,易安当不其然。(《莲子居词话》)

沈雄云:李别号易安居士,适赵明诚,明诚在太学,朔望出质衣,取半千钱,市碑文果实,归相玩味,吟和过日。(沈雄《古今词话》)

王士禛云:张南湖论词派有二,一曰婉约,一曰豪放,仆谓婉约以易安为宗,豪放惟幼安称首,皆吾济南人,难乎为继矣。(《花草蒙拾》)

沈谦云:男中李后主,女中李易安,极是当行本色。(《填词杂说》)

《四库全书提要》云:清照以一妇人而词格乃抗轶周、柳,虽篇帙无多,固不能不宝而存之,为词家一大宗矣。(《漱玉词》提要)

李调元云:易安在宋诸媛中,自卓然一家,不在秦七、黄九之下,词无一首不工,其炼处可夺梦窗之席,其丽处直参片玉之班,盖不徒俯视巾帼,直欲压倒须眉。(《雨村词话》)

周济云:闺秀词惟清照最优,究苦无骨。(《介存斋论词杂著》)

陈廷焯云:李易安独辟门径,居然可观,其源自从淮海、大晟来;而铸语则多生造,妇人有此,可谓奇矣。(《白雨斋词话》)

沈曾植云:易安跌宕昭彰,气调极类少游,刻挚且兼山谷,篇章惜少,不过窥豹一斑,闺房之秀,固文士之豪也。才锋大露,被谤始亦因此。自明以来,随情者醉其芬馨,飞想者赏其神骏,易安有灵,后者当许为知己。渔洋称易安、幼安为济南二安,难乎为继;易安为婉约主,幼安为豪放主,此论非明代诸公所及。(《菌阁琐谈》)

凤凰台上忆吹箫

香冷金猊[1],被翻红浪[2],起来慵自梳头。任宝奁[3]尘满,日上帘钩。生怕离怀别苦,多少事、欲说还休。新来瘦,非干病酒,不是悲秋。　　休休,者回去也,千万遍《阳关》[4],也则难留。念武陵人远[5],烟锁秦楼。惟有楼前流水,应念我、终日凝眸。凝眸处,从今又添,一段新愁。

【注解】
〔1〕金猊:狮形之铜香炉。
〔2〕红浪:锦被上绣文。
〔3〕宝奁:美丽之镜匣。
〔4〕《阳关》:原为王维七绝,后歌入乐府,以为送别之曲。
〔5〕武陵人远:用陶潜《桃花源记》,武陵人到桃花源事,意指所思之人远去。

【评笺】
李攀龙云:写其一腔临别心神,新瘦新愁,真如秦女楼头,声声有和鸣之奏。(《草堂诗馀隽》)

沈际飞云:懒说出妙。瘦为甚的?千万遍痛甚。又云:清风朗月,陡化为楚雨巫云;阿阁洞房,立变为离亭别墅;至文也。(《草堂诗馀正集》)

杨慎云:"欲说还休"与"怕伤郎又还休道"同意。(《词品》)

张祖望云:"惟有楼前流水,应念我、终日凝眸。"痴语也。如巧匠运斤,毫无痕迹。(《古今词论》引)

陈廷焯云:"新来瘦"三语,婉转曲折,煞是妙绝。(《白雨斋词话》)

醉花阴

薄雾浓云愁永昼,瑞脑[1]消金兽[2]。佳节又重阳,玉枕纱厨[3],半夜凉初透。　东篱把酒黄昏后,有暗香[4]盈袖。莫道不消魂?帘卷西风,人比黄花瘦。

【注解】

[1] 瑞脑:一种香料,即龙脑,旧称冰片,香气甚浓。

[2] 金兽:即兽形之铜香炉。

[3] 纱厨:即碧纱厨。

[4] 暗香:幽香。林逋诗:"暗香浮动月黄昏。"指梅花,此用陶诗"采菊东篱下",指菊花。

【评笺】

胡仔云:"帘卷西风,人比黄花瘦",此语亦妇人所难到也。(《苕溪渔隐丛话》)

伊世珍云:易安作此词,明诚叹绝,苦思求胜之,乃忘寝食三日夜,得十五阕,杂易安作以示友人陆德夫。德夫玩之再三,曰:只有"莫道不消魂"三句绝佳。(《嫏嬛记》)

柴虎臣云：语情则红雨飞愁，黄花比瘦，可谓雅畅。(《古今词论》)

王士禛云："薄雾浓云"，新都引中山王《文木赋》"薄雾浓霁"，以折"云"字之非；杨博奥，每失穿凿，如王右丞诗，玉角䩨与朱鬣马之类，殊堕狐穴，此"雾"字辨证独妙。(《花草蒙拾》)

沈际飞云：康词"比梅花瘦几分"，一婉一直，并时争衡。(《草堂诗馀正集》)

王世贞云：康与之"人比梅花瘦几分"；又"天还知道，和天也瘦"；又"帘卷西风，人比黄花瘦"；又"应是绿肥红瘦"；又"人共博山烟瘦"；字字俱妙。(《艺苑卮言》)

况周颐云：中山王《文木赋》："奔电屯云，薄雾浓霁。"易安《醉花阴》首句用此，俗本改"霁"为"云"，陋甚！升庵杨氏尝辨之，且即付之歌喉，"云"字殊不入律，不如"霁"字起调，可为知者耳。稼轩词《木兰花慢·送张仲固帅兴元》句云："追亡事、今不见，但山川满目泪沾衣"，"追亡"用韩信事，俗本改作"兴亡"，则毫无故实，是亦"薄雾浓云"之流亚也。(《蕙风词话》)

陈廷焯云：深情苦调，元人词曲往往宗之。(《白雨斋词话》)

声声慢

寻寻觅觅，冷冷清清，凄凄惨惨戚戚。乍暖还寒时候，最难将息[1]。三杯两盏淡酒，怎敌他、晚来风急。雁过也，最伤心，却是旧时相识。　　满地黄花堆积，憔悴损、如今有谁堪摘。守著窗儿，独自怎生得黑？梧桐更兼细雨，到黄昏、点点滴滴。者次第[2],怎一个、愁字了得。

【注解】
〔1〕将息:休养。
〔2〕者次第:这许多情况。

【评笺】
罗大经云:起头连叠七字,以妇人乃能创意出奇如此。(《鹤林玉露》)

杨慎云:宋人中填词,易安亦称冠绝,使在衣冠,当与秦七、黄九争,不独争雄于闺阁也。其词名《漱玉集》,寻之未得。《声声慢》一词,最为婉妙。(《词品》)

张端义云:此乃公孙大娘舞剑手,本朝非无能词之士,未曾有一下十四叠字者,用《文选》诸赋格。后叠又云"梧桐更兼细雨,到黄昏点点滴滴",又使叠字,俱无斧凿痕。更有一奇字云:"守著窗儿独自怎生得黑?""黑"字不许第二人押。妇人中有此文笔,殆间气也。(《贵耳集》)

万树云:此道逸之气,如生龙活虎,非描塑可拟。其用字奇横而不妨音律,故卓绝千古,人若不见才而故学其笔,则未免类狗矣。(《词律》)

徐釚云:首句连下十四个叠字,真似大珠小珠落玉盘也。(《词苑丛谈》)

吴灏云:易安以词专长,挥洒俊逸,亦能琢炼;最爱其"草绿阶前,暮天雁断",极似唐人。其《声声慢》一阕,张正夫称为公孙大娘舞剑手,以其连下十四叠字也,此却不是难处,因调名《声声慢》而刻意播弄之耳；其佳处在后又下"点点滴滴"四字，与前照应有法，不是草草落句。玩其笔力，本自矫拔，词家少有，庶几苏、辛之亚。(《历朝名媛诗词》)

周济云：双声叠韵字，要著意布置，有宜双不宜叠、宜叠不宜双处；重字则既双且叠，尤宜斟酌，如李易安之"凄凄惨惨戚戚"，三叠韵、六双声，是锻炼出来，非偶然拈得也。(《介存斋词选序论》)

刘体仁云：周美成不止不能作情语，其体雅正，无旁见侧出之妙。柳七最尖颖，时有俳狎，故子瞻以是呵少游，若山谷亦不免，如"我不合太捆就"类，下此则蒜酪体也；惟易安居士"最难将息"，"怎一个愁字了得"，深妙稳雅，不落蒜酪，亦不落绝句，真此道本色当行第一人也。(《七颂堂随笔》)

梁绍壬云：诗有一句叠三字者，吴融《秋树》诗："槭槭凄凄叶叶同"是也；有一句连三字者，刘驾诗："树树树梢啼晓莺，夜夜夜深闻子规"是也；有两句连三字者，白乐天诗："新诗三十轴，轴轴金玉声"是也；有一句叠四字者，古诗："行行重行行"；《木兰诗》："唧唧复唧唧"是也；有两句互叠字者，王胄诗："年年岁岁花常发，岁岁年年人不同"是也；有三联叠字者，古诗："青青河畔草"是也；有七联叠字者，昌黎《南山诗》："延延离又属"十四句是也；至李易安词："寻寻觅觅，冷冷清清，凄凄惨惨戚戚"，连上十四叠字，则出奇制胜，真匪夷所思矣。(《两般秋雨盦随笔》)

许昂霄云：易安此词，颇带伧气，而昔人极口称之，殆不可解。(《词综偶评》)

陈廷焯云：后幅一片神行，愈唱愈妙。(《白雨斋词话》)

陆蓥云：叠字之法最古，义山尤喜用之，然如《菊诗》"暗暗淡淡紫，融融冶冶黄"，转成笑柄，宋人中易安居士善用此法，其《声声慢》

一词,顿挫凄绝。(《问花楼词话》)

念奴娇

萧条庭院,有斜风细雨,重门须闭。宠柳娇花寒食近,种种恼人天气。险韵[1]诗成,扶头酒醒,别是闲滋味。征鸿过尽,万千心事难寄。　　楼上几日春寒,帘垂四面,玉阑干慵倚。被冷香消新梦觉,不许愁人不起。清露[2]晨流,新桐初引,多少游春意。日高烟敛,更看今日晴未。

【注解】
〔1〕险韵:以生僻字协韵。
〔2〕"清露"二句:见《世说新语》。

【评笺】
黄昇云:前辈尝称易安"绿肥红瘦"为佳句,余谓此篇"宠柳娇花"之语,亦甚奇俊,前此未有能道之者。(《花庵词选》)

杨慎云:"清露晨流,新桐初引",用《世说》入妙。(《词品》)

王世贞云:"宠柳娇花",新丽之甚。(《艺苑卮言》)

李攀龙云:上是心事,难以言传;下是新梦,可以意会。(《草堂诗馀隽》)

邹祗谟云:李易安"被冷香消新梦觉,不许愁人不起。""守著窗儿,独自怎生得黑?"皆用浅俗之语,发清新之思,词意并工,闺情绝调。(《远志斋词衷》)

毛先舒云：尝论词贵开宕，不欲沾滞，忽悲忽喜，乍远乍近，斯为妙耳。如游乐词须微著悲思，方不痴肥；李《春晴词》本闺怨，结云"多少游春意，更看今日晴未"，忽尔开拓，不但不为题束，并不为本意所苦，直如行云，舒卷自如，人不觉耳。（《词苑丛谈》引）

黄蓼园云：只写心绪落寞，近寒食更难遣耳，陡然而起，便尔深邃；至前段云："重门须闭"，后段云不许起，一开一合，情各戛戛生新。起处雨，结句晴，局法浑成。（《蓼园词选》）

永遇乐

落日镕金，暮云合璧，人在何处？染柳烟浓，吹梅笛怨，春意知几许？元宵佳节，融和天气，次第岂无风雨。来相召、香车宝马，谢他酒朋诗侣。　　中州[1]盛日，闺门多暇，记得偏重三五[2]。铺翠冠儿，捻金雪柳[3]，簇带争济楚[4]。如今憔悴，风鬟雾鬓，怕见夜间出去。不如向帘儿底下，听人笑语。

【注解】

〔1〕中州：通常河南省曰中州，以其处九州之中也。

〔2〕三五：谓元宵节。

〔3〕捻金雪柳：剪贴之纸花。

〔4〕济楚：整洁貌。

【评笺】

张端义云：晚年赋"元宵"《永遇乐》词云："落日镕金，暮云合璧",已自工致。至于"染柳烟浓,吹梅笛怨,春意知几许?"气象更好。后叠云:"于今憔悴,风鬟雾鬓,怕见夜间出去",皆以寻常语度入音律,炼句精巧则易,平淡入调者难。(《贵耳集》)

张炎云:昔人咏节序,付之歌喉者,不过为应时帖括之作,所谓清明"拆桐花烂熳",端午"梅霖乍歇",七夕"炎光谢",若律以词家风度,则俱未然。岂如周美成《解语花》咏"元夕",史邦卿《东风第一枝》咏"立春",不独措辞精粹,且见时序风物之感,若易安《永遇乐》咏"元夕"云"不如向帘儿底下,听人笑语",亦自不恶;如以俚词歌于坐花醉月之下,为真可惜。(《词源》)

杨慎云:辛稼轩词"泛菊杯深,吹梅笛怨",盖用易安"染柳烟浓,吹梅笛怨"也;然稼轩改数字更工,不妨袭用;不然盖盗狐白裘手耶。(《词品》)